COIA VALLS (Reus, 1960) es escritora y actriz.

En el otoño de 2010 publica su primera novela, *La princesa de jade*, en castellano y catalán, con la que obtiene el premio Néstor Luján de novela histórica.

En 2012 aparece *El mercader* en Ediciones B (catalán y castellano) y gana el Premi dels Lectors de L'Illa dels Llibres, el Premi a la Millor Novel·la en Català de Llegir en Cas d'Incendi y el Premio a la Mejor Novela Histórica 2012 de la web Novelas Históricas. Los tres por votación popular.

En marzo de 2013, la editorial Sperling & Kuper lo edita en italiano *(Il mercante di stoffe)* y próximamente saldrá una edición en Brasil.

Posteriormente publica *Las torres del cielo* / *Les torres del cel* (Ediciones B, 2013), y un año después *La cocinera* / *La cuinera* (Ediciones B, 2014), por la que en diciembre de ese mismo año recibe el premio de los Lectores de la web literaria *Llegir en cas d'incendi* a la mejor novela del año.

En febrero de 2015 ve la luz su última novela, *Amor prohibido* / *Amor prohibit* (Ediciones B).

En el ámbito de la literatura infantil y juvenil ha publicado el cuento infantil *Marea de lletres que maregen* (2010) y la novela juvenil *L'Ombra dels oblidats* (2011).

Como actriz ha participado en diversas obras teatrales y en el film *Ventre blanc* de Jordi Lara, seleccionado en el Busan International Film Festival de Corea del Sur.

Como dramaturga, ha llevado cuatro obras a escena: *El mercader*, *Les torres del cel*, *La cuinera* y *Amor prohibit*.

coiavalls1.wordpress.com

1.ª edición: septiembre, 2015

© Coia Valls, 2011
© Ediciones B, S. A., 2015
 para el sello B de Bolsillo
 Consell de Cent, 425-427 - 08009 Barcelona (España)
 www.edicionesb.com

Printed in Spain
ISBN: 978-84-9070-114-0
DL B 15886-2015

Impreso por NOVOPRINT
 Energía, 53
 08740 Sant Andreu de la Barca - Barcelona

Todos los derechos reservados. Bajo las sanciones establecidas en el ordenamiento jurídico, queda rigurosamente prohibida, sin autorización escrita de los titulares del *copyright*, la reproducción total o parcial de esta obra por cualquier medio o procedimiento, comprendidos la reprografía y el tratamiento informático, así como la distribución de ejemplares mediante alquiler o préstamo públicos.

La princesa de jade

COIA VALLS

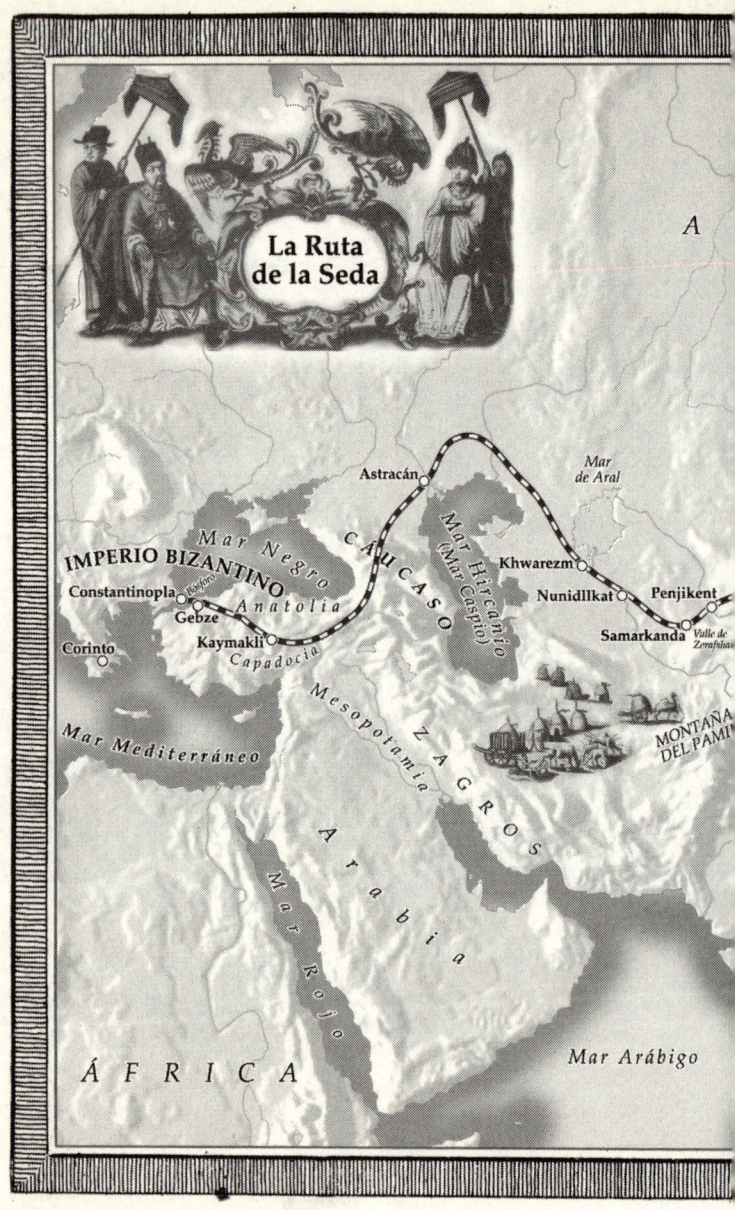

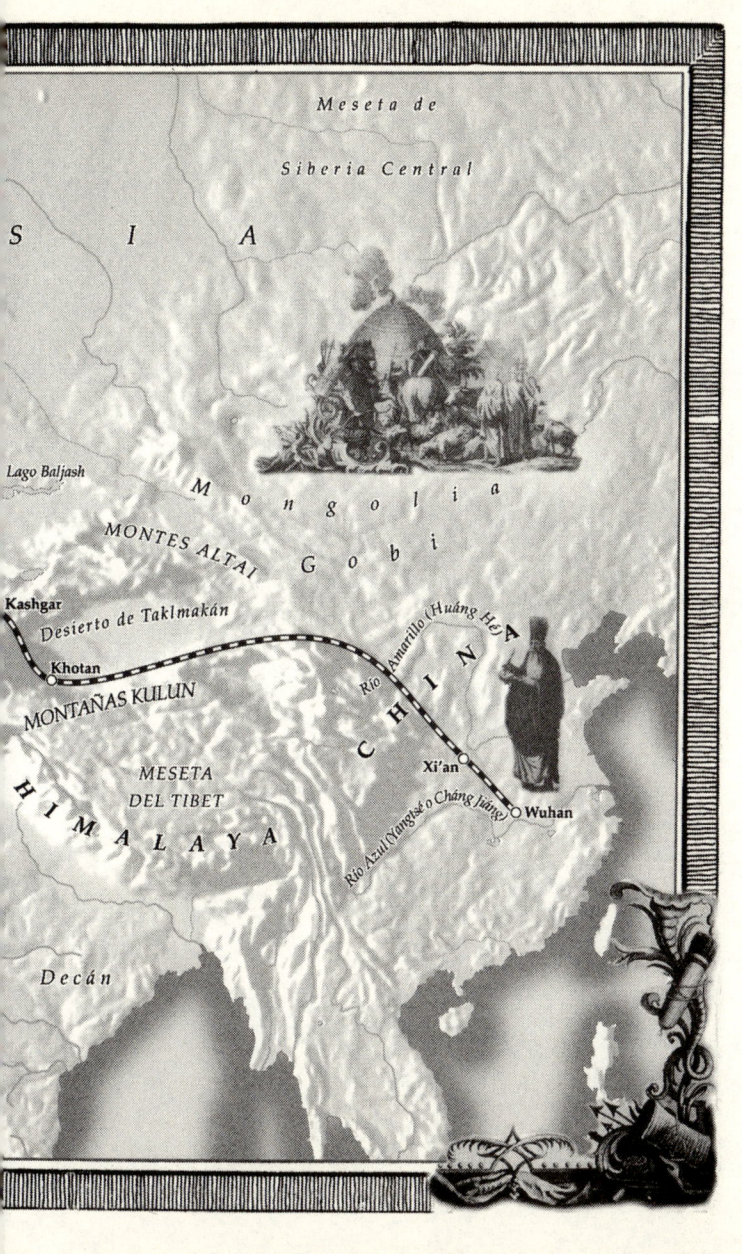

A mis padres, a mi hermana...

«El tiempo es una cierta parte de la eternidad. No hay ventaja alguna en conocer el futuro; al contrario, es doloroso atormentarse sin provecho. No saber lo que ha ocurrido antes de nosotros es como seguir siendo niños.»

Marco Tulio Cicerón

«Descubrir lo desconocido no es una especialidad de Simbad, de Erico el Rojo o de Copérnico, no hay un solo hombre que no sea un descubridor. Empieza descubriendo lo amargo, lo salado, lo cóncavo, lo liso, lo áspero, los siete colores del arco iris y las veintitantas letras del alfabeto; pasa por los rostros, los mapas, los animales y los astros; concluye por la duda o por la fe, y por la certidumbre, casi total, de su propia ignorancia.»

Jorge Luis Borges

Notas de la autora

Hace siete años escribí mis primeras notas de autora y lo hice con la siguiente reflexión:

«El tiempo no es un barco que aparece de pronto sobre la línea del horizonte, sin pasado, sin memoria; antes ha vivido otras singladuras, ha recorrido otras extensiones, y ese trayecto continúa presente.»

Solo en mis mejores sueños me hubiera atrevido a pensar que la historia que vas a leer, querido lector, sería galardonada con el premio Néstor Luján de novela histórica y que su recorrido sería tan longevo y feliz.

Es por ello que, en primer lugar, deseo darte las gracias. Gracias por tu fidelidad y confianza, por tu cariño, por cada aportación y mirada que enriquecen mi universo literario y personal.

Gracias, muchísimas gracias, a Ediciones B por darle una nueva oportunidad a mi primera obra narrativa, por permitirme, después de publicar cuatro novelas más, regresar sobre mis propios pasos. Sobre todo porque creo que lo hago siendo más sabia, más conocedora de mis debilidades y fortalezas.

Aquella primera vez, en febrero del 2008, me hallaba en plena escritura cuando se impuso una pausa forzosa. Albert, uno de mis hijos, tuvo un accidente muy grave. Durante unas semanas tuve que concentrarme en respirar y coger fuerzas. Ahora tengo muy presente la noche que retomé la historia. Instalada en el hospital, era incapaz de recordar cuáles eran las circunstancias que rodeaban a mis personajes. Pasé pantallas hasta la última línea, donde se explicaba la lucha entre la vida y la muerte del protagonista. La situación era muy parecida a la que vivía mi hijo Albert. En *La princesa de jade*, a Úrian se le iba la vida ante la mirada impotente de todos aquellos que le querían. Una maldita infección ganaba terreno y ninguno de los remedios parecía ser capaz de detenerla.

Por unos momentos me pareció una broma de mal gusto y estuve a punto de cerrar el ordenador y lanzarlo todo por la borda. Pero no fue así como sucedió. En diferentes hospitales, junto a la cama, reemprendí el camino, confiada, hasta el desenlace de mi novela.

Seguramente, la historia que escribí habría sido parecida. Pero el tono, la sensibilidad, el aprendizaje y la lucha que acompañaron la escritura fueron decisivos. La complicidad con mi hijo la marcó muy de cerca. Hoy sé que el dolor no fue gratuito para ninguno de los dos.

Mi afán por la documentación me hizo viajar a París, al Museo Guimet de las Artes Asiáticas, para observar de cerca estatuillas chinas de la época, leer buenas traducciones de poesía china o ensayos sobre las mujeres en el siglo VI, siempre teniendo en cuenta las diferentes culturas que se daban cita en mis escenarios. Fue una experiencia extraordinaria dar vida a la Capadocia basándome en estudios como los de Gregorio Nazianzo y visitar de nuevo el Bósforo retrocediendo quince siglos en el intento de tomar el pulso a sus gentes y la vida que transitaba en sus costas.

Me interesó estudiar al general Belisario y a la emperatriz Teodora, o leer los estudios de Plinio el Viejo. También conocer otros muchos personajes históricos, emperadores, historiadores o filósofos que detenían mi pluma y me pedían que les hiciese un hueco en la novela. Estaba inmersa en un recorrido fascinante, una primera Ruta de la Seda, mucho antes de la que conocimos más tarde gracias a Marco Polo.

La novela ha suscitado muchas lecturas desde que fue publicada por primera vez, pero para mí siempre será aquella ficción que me permitió entender la escritura como una metamorfosis de la existencia. Como siempre digo cuando hablo de ella, *La princesa de jade* intenta profundizar en el viaje como metáfora de vida, nada más y nada menos.

¡Gracias por acompañarme en esta gran aventura!

Coia Valls
Junio de 2015

PRIMERA PARTE

«Ya no soy yo, sino otro que recién acaba de empezar.»

SAMUEL BECKETT

¿Qué hay en la lejanía que nos atrae de una manera irremediable? ¿Quizá transformamos esta extensión que se nos escapa en una metáfora del deseo de eternidad que todos querríamos probar? Por imposible que ahora nos parezca, hubo una época en que partir era un verbo cargado de incertidumbres. El viaje solo se podía conjugar en clave desconocida, y enfrentarse a él reducía aún más la frágil distancia existente entre la vida y la muerte.

La Europa del siglo VI se debatió entre las viejas y las nuevas estructuras. Por un lado, hacía muy poco que los pueblos, en otro tiempo castigados por la máquina de guerra más poderosa de los inicios de la era cristiana, habían hecho tambalear hasta los cimientos la antigua y gloriosa Roma; por otro, y sobre todo tras Constantino, el imperio había encontrado en Oriente una nueva oportunidad que tuvo su máximo esplendor durante el largo reinado de Justiniano (527-565). Éste conquistó buena parte de lo que los romanos habían abandonado ante la fuerza de otra civilización que venía del norte, al tiempo que estableció códigos de conducta que todavía no han podido superarse. No obstante, no debemos olvidar el papel que jugó su esposa Teodora, una emperatriz revolucionaria que, a pesar de sus actitudes tiránicas, también supo conectar con un espíritu de modernidad hasta entonces inédito.

En este momento de la historia tiene lugar nuestra aventura. El Imperio Bizantino dominaba el Mediterráneo y había establecido un poder casi místico sobre las culturas antiguas. Las tradiciones romanas disfrutaron así de una continuidad esperanzadora, pero la religión —un catolicismo excluyente dictado a base de concilios— fue ahogando legados como el griego, con todo lo que tenía de camino hacia la libertad.

El nestorianismo fue una de las herejías más perseguidas por la ortodoxia bizantina. Las dudas que habían nacido en Antioquía sobre la unión completa de la divinidad y de la humanidad en Cristo se convirtieron en un problema político cuando Nestorio fue nombrado patriarca de Constantinopla. Sus seguidores fueron expulsados del imperio, pero consiguieron un notable número de adeptos fuera de este territorio. En Persia fundaron varias academias donde continuaron sus estudios y, además de colaborar en la transmisión de la cultura griega, establecieron las bases de la medicina tal y como la conocemos en la actualidad. Una de las academias más destacadas fue la de Gundishapur, donde los griegos, los persas y los hindúes investigaban y traducían el legado de los sabios antiguos. Al mismo tiempo, se desplegaron por la Ruta de Oriente, fundando monasterios, incluso en la lejana y desconocida China.

El gran poder bizantino en el Mediterráneo fue, a pesar de todo, incapaz de extender su influencia hacia el este, donde los persas formaban una barrera infranqueable que ninguna de las continuas campañas llevadas a cabo por los emperadores del Nuevo Imperio Romano fue capaz de doblegar. El muro persa suponía un grave inconveniente para los bizantinos. Su objetivo era situarse en la ruta comercial más importante de entonces, la Ruta de Oriente. Los aranceles exigidos por los persas para que productos esenciales llegaran a Constantinopla hacían cada vez más difícil la pasión de los europeos por las sedas orientales.

Justiniano fue el emperador bizantino que con mayor resolución se enfrentó a este problema. Convencido de que las guerras con los persas no les darían la supremacía comercial en la Ruta de Oriente, usó otros métodos.

Ésta es, pues, la historia de una misión que a todas luces parecía imposible: conseguir un secreto que los chinos guardaban con celo extremo, ensanchar los límites de Occidente y demostrar que la astucia es más útil al ser humano que la violencia.

Queda en las manos del lector dilucidar qué hay de historia y qué de leyenda en las páginas que siguen, siempre que quiera acompañarnos.

1

Corinto (Peloponeso)
Marzo, 551

Desde su infancia, siempre que sumergía las telas en tintes multicolores para ayudar a su padre, el muchacho imaginaba la vida repleta de aventuras. Pero el paso del tiempo había traicionado todas sus esperanzas. En ocasiones, se le antojaba inmóvil. Nada indicaba la inmediatez con que se realizarían sus anhelos. El día que cumplió quince años todo cambió...

Padre e hijo viven en Corinto, una ciudad griega al abrigo del mar Egeo. Ha sido la patria de todos sus antepasados. En la actualidad es un lugar tranquilo. La reconquista del antiguo imperio, que lleva a cabo el general Belisario por orden de Justiniano, apenas se ha dejado notar. Las grandes batallas solo son reales en las historias de los viajeros. Noticias que el viento puede cambiar de un día para otro.

Xenos, un tejedor célebre por sus originales procedimientos, no sospecha que su fama trasciende los límites de la ciudad. Difundida por los mercaderes persas que comercian a lo largo del Mediterráneo, ha llegado hasta el despacho desde el cual Justiniano dirige el imperio.

El día que cumple quince años, Úrian también ayuda a Xenos. Nadie más lo hace desde que se han quedado solos. Es él quien escucha las quejas de su padre. Los tejedores tienen graves dificultades en los últimos tiempos, se ven incapaces de igualar la calidad de las telas que llegan de países lejanos.

—Por mucho que nos esforcemos —insiste Xenos—, jamás ganaremos dinero con nuestro trabajo.

—¿Por qué las telas venidas de Oriente son tan perfectas? Vos siempre decís que tienen una suavidad imposible... —pregunta Úrian, que a menudo se esfuerza para llegar al fondo de las cosas.

—Porque poseen un árbol mágico, el árbol de los «seres», capaz de producir hilos de una delicadeza insuperable.

—¿Un árbol mágico? ¿Y nosotros no lo tendremos nunca?

—Nunca, si Dios no pone remedio.

Xenos permanece en silencio. Minutos después suaviza el gesto y le explica leyendas que escucha a los mercaderes llegados de tierras lejanas. Le gusta hablar con su hijo; también con aquellos que llaman a su puerta y comparten con él sus ambiciones. Es un hombre ambicioso, el tejedor. Pero los clientes, de un tiempo a esta parte, escasean.

Para olvidar sus preocupaciones se entrega al trabajo, a los instantes de felicidad que este le aporta. Disfruta con la espera paciente hasta que el tinte llega al punto ideal para sumergir las telas. Horas más tarde, cuando las sacan de las calderas, pasan largo tiempo admirando la perfección del proceso. Xenos dice entonces que nadie le puede negar la condición de artista. Su hijo le escucha con un gesto de admiración que le ilumina el rostro y refuerza la armonía de unos rasgos aún por definir.

En ocasiones, el tejedor se queda mirando el mar, la lentitud de las barcazas o las gaviotas de procedencia incierta. Son escasas las naves de grandes dimensiones que se aventuran en el golfo de Corinto. Es entonces cuando muestra aquella expresión que tanto sorprende a Úrian. Una mirada feroz que choca con su actitud plácida.

Bajo este dilema, el joven construye su mundo. Piensa en las palabras de su padre. Intenta imaginar aquel pueblo formado por individuos altos y pelirrojos, quienes, según las historias que explican de Plinio el Viejo, extraen de los árboles la pelusa blanca que más tarde hilan y tejen. A menudo se pregunta si, a pesar de todos sus sueños, el destino que le aguarda es permanecer en Corinto y continuar con el oficio de tejedor.

Ha cumplido quince años, pero el mundo continúa inalterable.

Todavía.

Padre e hijo tardan mucho en finalizar el trabajo. Nada saben, por tanto, de lo que se habla en la taberna. De los hombres armados que se acercan a la ciudad. Este pequeño ejército tiene una misión. Imposible pensar que está relacionada con Xenos, el hombre escogido por Justiniano para llevar a cabo sus propósitos. Secretos e inaplazables.

Úrian se duerme feliz. Han puesto fin al proceso más duro para la confección de los vestidos. Muy pronto, las clases pobres de la ciudad los comprarán a plazos o los pagarán con productos de sus cosechas. Duerme, pero las cuencas inquietas de sus ojos delatan al hijo del tejedor. Una vez más sueña con grandes aventuras, estimulado por los relatos de los comerciantes.

Mientras tanto, la inmensidad del mundo está a punto de penetrar en su propia casa.

2

*Palacio de Justiniano, Constantinopla
Abril, 548*

No podemos engañarnos; los médicos han dicho que me queda poco tiempo. Me muero —dijo Teodora, quien, sin la corona y con los cabellos sueltos enmarcando la blancura del rostro sobre el cojín, parecía haber perdido buena parte de su fortaleza.

—Vos no os rendiréis, Teodora. Os conozco. He mandado llamar a un médico persa famoso por su sabiduría. Dicen que ha curado enfermedades que otros muchos doctores daban por mortales. Solo hay un detalle que no será de vuestro agrado. Es un seguidor de Nestorio... —respondió el emperador.

Justiniano iba de un lado a otro del aposento. De vez en cuando, con la mano que dejaba libre su lujosa túnica, disponía los cojines del triclinio donde ella se debatía.

El general Belisario esperaba de pie, visiblemente desmejorado; sus ojos azules hundidos mostraban la indignación por el tratamiento recibido. Había pasado más de un año desde su demanda de nuevos hombres que pudieran aumentar la escasa guarnición que quedaba en Roma, donde estaba sufriendo un asedio largo y trágico. Cuando llegaron las dotaciones que reforzarían la antigua capital, el eunuco Narsés iba al frente, como general del ejército bizantino y persona de confianza del emperador. Belisario, que no entendió absolutamente nada de aquella estrategia, había enviado una misiva a Constantinopla pidiendo explicaciones a Justiniano.

—¿Cuál es exactamente la función de Narsés? —le preguntó.

Para entonces ya había entendido que el emperador sospechaba de una posible conspiración. Sabía que su lealtad estaba en entredicho y que Justiniano, que tanto había celebrado sus victorias, se mostraba receloso de su capacidad estratégica y de la estima que todo el imperio le proclamaba. Algunos ya le habían insinuado que el general, envanecido por el éxito, era capaz de postularse al trono.

No podía dejar que aquella ignominia tomara cuerpo. Necesitaba regresar a Constantinopla, declarar su fidelidad al emperador e intentar recuperar el gobierno de sus hombres. Lo que no tenía previsto era encontrar a Justiniano destrozado, incapaz de detener la agonía de la persona que más amaba. Al conocer la enfermedad de la emperatriz, entendió que su misión era casi imposible.

La ciudad no entendía aquel silencio de sus dirigentes. Se mantenía expectante ante las noticias sobre la salud de Teodora, y también dolida por el cierre del hipódromo, huérfana de los perfumes que las cortesanas desperdigaban en su ir y venir, desposeída de los colores que a diario se mezclaban en los bailes.

Mientras, en palacio, se vivía a media voz. Todo el mundo se esforzaba para no molestar a la orgullosa emperatriz. Ella no se abandonaba a su destino y todavía le quedaban fuerzas para responder visiblemente alterada...

—¿Nestoriano? ¡Qué más me da que sea nestoriano...! —exclamó, reflexionando sobre cómo había provocado la expulsión de la corte de los seguidores de Nestorio varios años atrás—. Si es capaz de curarme, ¿a qué esperáis? ¡Hacedlo pasar!

—Está de camino, querida. Los mensajeros han traído noticias de su paso por Esmirna.

—No llegará a tiempo, de la misma forma que vos tampoco habéis sido capaz de conseguir el secreto de la seda, tal y como me prometisteis —añadió la emperatriz, mientras un gesto de dolor la obligaba a apretar los dientes y aferrarse al vestido que la cubría.

—Vos sabéis que nunca he renunciado a esa empresa. Conocéis todas las expediciones que han partido con el objetivo de poner el secreto en vuestras manos —dijo Justiniano, pensando asimismo en otros deseos de su esposa; por primera vez se había dictado una ley que protegía a las mujeres, al mismo tiempo que la reconstrucción de la iglesia de Hagia Sofía se convertía en una realidad.

—¿Os referís al ridículo príncipe abisinio con el cual habéis querido controlar el comercio de la seda asiática? ¿De eso habla vuestra majestad cuando menciona su gran hazaña?

—Si me permitís —intervino Belisario—. Quizá deberíamos organizar una expedición; dispongo de los hombres adecuados y han demostrado suficientemente su capacidad en múltiples empresas.

—Vos, Belisario, pensáis en guerras y en el honor de las grandes batallas. No siempre las victorias pasan por las armas. Miradme; en mí tenéis la prueba. Hace falta convocar la astucia, provocar el ingenio y usar la inteligencia.

—Ya sabéis, Teodora, que el general ha demostrado ser un gran estratega. Necesitaremos muchos soldados si queremos traer hasta Bizancio los árboles de la seda —dijo Justiniano, defendiendo a regañadientes al hombre que tanto había contribuido a la reunificación del imperio, mientras Belisario se mostraba cada vez más inquieto.

—Todos los intentos que habéis hecho han sido un fracaso. La China no está a las puertas del Mediterráneo —exclamó Teodora, incorporándose y apoyando una mano sobre el reposacabezas de bronce, y protegiendo con la otra el pecho en el que se había instalado el mal. Todavía, con un tono más íntimo, como si ninguno de sus interlocutores merecieran la confidencia, añadió—: Ni quizá la seda crece en los árboles...

—No pretendía contradecir a la emperatriz —dijo Belisario, intentando imponerse sin provocar más tensión de la necesaria—. Me consta que conocéis las palabras de Plinio en su *Historia natural*, donde explica que la seda se extrae de la pelusa blanca de determinados árboles. No podemos ir en contra de nuestros clásicos... Sería como creer...

—¿Que una prostituta no puede llegar a ser emperatriz de Bizancio?

Al pronunciar estas palabras, los ojos de Teodora llamearon. Su voz altiva llegó a todos los rincones del aposento. Con aire aristocrático se apartó los cabellos caídos sobre el rostro. Y presa de una dignidad rescatada del dolor desafió al general.

—Belisario no ha querido decir nada parecido, querida. Seguro que encontraremos la manera... —se apresuró Justiniano, salvando la incomodidad de la situación; a Teodora le gustaba recordar aquella vieja historia.

Lejos de avergonzarse, la emperatriz se tomaba su pasado como un motivo de superación. La mujer que reinaba con mano firme sobre Bizancio, de quien Justiniano admiraba su competencia, nunca habría sido posible sin aquella bajada a los infiernos del hambre, sin la humillación y la degradación. Tampoco sin la risa frenética del circo, su cuerpo insinuado entre plumas y el latido de saberse la más deseada.

—¡Escuchadme los dos! Esta vez seré yo quien diga cómo conseguir el secreto de la seda —dijo Teodora en un estallido de lucidez y determinación—. Ya sabéis que mis días están contados y ésta es mi última voluntad. Los nestorianos posiblemente no llegarán a tiempo para salvar mi vida, pero serían hábiles en la misión que os propondré. —Los dos hombres escuchaban a Teodora sin atreverse a interrumpir su discurso—. Mi plan tiene más en cuenta las ventajas de la astucia y la felonía que las de una acción bélica. Hace años que los herejes nestorianos han instalado sus monasterios en la Ruta de Oriente. Incluso dicen que muchos de ellos disfrutan del favor de los emperadores chinos.

—¿Acaso proponéis que sean ellos los que lleven a cabo esta misión? —preguntó Justiniano, visiblemente extrañado.

—¿Cómo podemos poner en manos de unos monjes un objetivo tan elevado? —exclamó Belisario.

—Es mi última voluntad —insistió Teodora—, y estoy segura de que encontraréis la manera de complacerme.

Mientras Justiniano pensaba en la propuesta de la emperatriz, ella se dejó llevar por el cansancio. Se había esforzado en gran manera para defender su deseo. Cerró los párpados mientras sus brazos seguían el movimiento de los ojos hasta reposar sobre su vientre. Apoyó de nuevo la cabeza sobre el cojín inmaculado. Sus pupilas, empapadas por el rojo de la túnica de Justiniano, se mostraban ausentes. Belisario salió de la estancia, en silencio.

3

Corinto, Peloponeso
Marzo, 551

Bajo el cielo estrellado de las tierras griegas, el general Belisario, distinguido en mil batallas, protege al calor de la lumbre el sueño de sus hombres. Con el paso de los años, cada vez le resulta más difícil dormir y deja que el tiempo transcurra mientras inventa historias o recuerda sus episodios más gloriosos.

Como esta noche.

Atrapado en un silencio que solo rompe la inquietud de los caballos, Belisario desea que el sol despunte en el horizonte. Despertará a los soldados a regañadientes. Siempre se ha sentido incómodo con las empresas ridículas; esta lo es, y mucho. La derrota ante los ostrogodos le ha obligado a aceptar que sea el eunuco Narsés quien se ponga al frente del gran ejército. Será este viejo soldado, que ya ha superado los setenta años, quien se llevará todos los honores. Mientras tanto, debe cazar a un hombre. Solo a uno; él, que ha tenido miles postrados a sus pies.

En el transcurso de la noche, recuerda su última conversación con la prostituta de Bizancio, cuando Justiniano le prometió aquel absurdo. Las escasas luces de Corinto en la lejanía, recortándose sobre el cielo oscuro, le inquietan. Tal vez porque no ha olvidado el terremoto que vivió hace ya treinta años en esa misma ciudad, cuando no era más que un joven soldado a las órdenes del emperador. Un adolescente que aprendía a no inquietarse frente al dolor ajeno.

Las formas indómitas que construyen las llamas le devuelven a la realidad. Le resulta imposible entender la incapacidad de Justiniano para sobreponerse a la pérdida de la emperatriz. Tres años después de morir la terrible Teodora, todavía están vigentes sus designios. Le parece un tiempo perdido.

Pronto despertará el día y los habitantes de la antigua Corinto, que ahora denominan Gorto, quizás en su intento por esconderse de la furia divina, les recibirán hostiles. Siempre es así; pese a que Belisario ha conseguido reunir bajo el poder del emperador buena parte del antiguo imperio, el rechazo y la desconfianza son las reacciones más habituales a su paso.

—¡Xenos! ¡Xenos! —escucha el tejedor que gritan sus vecinos.

El hombre despierta sobresaltado por el ajetreo y comprueba que Úrian duerme. Todavía confundido, nuevas voces le hacen sospechar que ese domingo no será el día de descanso que necesitaba después de teñir las telas.

—¡Xenos! ¡Xenos!

—¿Qué queréis? —responde el tejedor, tomando conciencia de la multitud reunida alrededor de su casa.

—No hay tiempo... Debéis huir... Belisario se acerca... —le dice Jedisán, el herrero, que ha entrado apresuradamente al aposento.

—¿Belisario? —interroga Xenos, incapaz de recordar si alguno de sus acreedores lleva ese nombre—. ¿Quién es Belisario? ¿Quizás habéis bebido más de la cuenta esta noche?

—¡Es el general Belisario quien os busca! La gente no quiere problemas y le han dicho dónde vivís. Llegarán pronto. ¡Debéis huir, vos y también Úrian!

Xenos se incorpora sorprendido mientras le asaltan todo tipo de preguntas. ¡Belisario! ¿Qué puede querer el más temible de los generales de Justiniano de un pobre tejedor como él? Sin vacilar, mientras sacude el cuerpo de su hijo plácidamente dormido, toma una decisión.

—¡No nos iremos! ¡No tengo nada que esconder, ni siquiera al emperador!

Durante un breve espacio de tiempo recupera la memoria de los muertos que acompañan su soledad. Las tumbas donde reposan sus padres y su amada mujer, Iris, víctima del mal negro. Diez años después, todavía no es capaz de liberarse de aquel olor fétido. Invadió todos los rincones del hogar como si fuera obra del diablo.

Xenos se aproxima a la ventana y contempla las casas bajas repartidas al azar. Imagina la antigua ciudadela protegida todavía por las murallas, antes de que el terremoto las convirtiera en una ruina. Su tío se lo había contado docenas de veces.

Él es un superviviente, no un cobarde.

—¡Os habéis vuelto loco, Xenos! Nadie moverá un dedo a vuestro favor si tienen que enfrentarse con los soldados de Belisario.

—A lo mejor Dios tiene alguna razón, amigo Jedisán —responde el tejedor ante el asombro del herrero.

Los dos salen al exterior y comprueban la trascendencia de la visita inesperada. Parece que todos los habitantes de Corinto han decidido reunirse en la plaza con la intención de acompañar al general y a sus soldados.

—¡Esta es la casa que buscáis, señor! —dice una voz anónima entre la multitud; uno de los soldados se le acerca y deposita en sus manos una bolsa con monedas.

Belisario se adelanta a sus hombres y camina por el corredor que han formado los presentes. Baja del caballo y da unos pasos en dirección a la casa. Xenos espera en la entrada. Apenas ha tenido tiempo de ponerse su túnica corta y ceñirse el cinturón.

—¿Eres Xenos, el tejedor de Corinto?

Mientras hace la pregunta, el general levanta la mirada buscando los ojos de aquel hombre. Se arrepiente de inmediato. Su altura incomoda, pero sus ojos inquietan. Hasta entonces, nunca había contemplado unos ojos de colores tan dispares. El derecho recuerda el barro, te atrapa como si cubriera un pie desnudo; el izquierdo, azul, parece no tener fondo, es un túnel o un abismo. Los cabellos oscuros y abundantes acentúan todavía más su arrogancia, la nobleza de su gesto. Belisario piensa que, de haberse presentado en plena noche, no habría tenido aquella multitud como testigo. Por unos momentos, inesperadamente, se siente fuera de lugar.

—Lo soy —responde el tejedor—. ¿Quién me reclama?

—Tengo órdenes de llevarte a Constantinopla. Puedes escoger si vienes de buen grado o si tenemos que obligarte. Así lo ha querido Justiniano, tu emperador. ¿Reconoces su autoridad?

—No me dais opción.

—Como bien dices, no la tienes —dice Belisario, fijándose en el muchacho que sale del interior de la casa.

—Este es mi hijo Úrian —responde Xenos—, no le dejaré solo.

—Pues él también vendrá —anuncia el general, elevando la voz y acelerando el desenlace de una escena que le inquieta.

El tejedor coge a su hijo por la espalda y le hace saber que deben iniciar un largo viaje, que reúna ropa y algunos víveres. El muchacho no entiende qué sucede, le parece vivir todavía en sueños, incapaz de reconocer la gravedad del instante. Entre la multitud se encuentra su amigo Fiblas, el hijo del herrero Jedisán, que observa la escena con el espanto reflejado en su rostro.

Nadie acompaña a Úrian al interior de la casa. Podría huir por la ventana trasera. Lo piensa mientras sigue las indicaciones de su padre. Poco después sale al exterior con un fardo; los soldados acercan dos caballos enormes y negros que le asustan con sus relinchos.

Los habitantes de Corinto se quedan mirando la partida de los hombres de Belisario. Se alejan entre nubes de polvo que hacen escocer los ojos. El tejedor de Corinto y su hijo Úrian marchan en medio de la comitiva. Todos regresan a sus casas en silencio, como si el viento del Peloponeso hubiera desperdigado la palabra cobardía por la ciudad.

Solo un grito ahogado se adhiere a las paredes. Fiblas grita el nombre de su amigo en cuanto su padre afloja las manos que hasta ahora le han retenido con la intención de protegerlo. Como una centella, se apresura a coger su honda y las municiones necesarias. A lomos de la mejor mula del herrero, sigue la estela del pequeño ejército.

4

Mar de Mármara / Constantinopla
Abril, 551

El griterío del centenar de esclavos que manejan los remos incomoda el descanso de los viajeros. Frente a la entrada del mar de Mármara, este latido sordo se convierte en un rugido escalofriante. El fuerte viento, que les ha impulsado durante la travesía del Egeo y el estrecho de los Dardanelos, da paso a una calma tensa, inexplicable. Las grandes velas del dromón quedan plegadas sobre los palos.

A partir de este momento, el esfuerzo de los remeros les conduce a las puertas de Constantinopla. El dromón del general bizantino se desliza suave sobre el agua calma y Úrian toma conciencia de estar viviendo una gran aventura; por primera vez surca el mar que, desde la ciudadela de la antigua Corinto, solo era una línea en el horizonte. Aquel escalofrío que le recorría el cuerpo al ver una nave, ahora se ha transformado en incertidumbre.

La salida del sol es inminente y, muy pronto, las luces repartidas sobre la entrada del Bósforo serán innecesarias. Los caballos, inquietos, relinchan e intentan liberarse; Belisario sigue dando órdenes a sus hombres.

El tejedor pasea su impaciencia por cubierta. Nunca ha sido un hombre de grandes discursos, pero desde que se hicieron a la mar un ademán grave y una actitud de alerta permanente le dominan. Su hijo le ha oído decir, repetidas veces, que son las acciones las que muestran la naturaleza de las personas.

—Estoy contigo. No debes temer nada.

Así le había hablado al inicio del viaje. Después tan solo ha repetido el gesto de ponerle la mano sobre la espalda. Siempre lo hace con aplomo, como si fuera suficiente para dar vida a sus palabras.

Los ojos canela de Úrian precipitan una lágrima. Quizás es temor o un desorden de sensaciones que difícilmente podría explicar. Mientras se esfuerza en disimular el trayecto húmedo sobre la mejilla, el perfume a sal del Bósforo, mezclado con el intenso aroma a especias y a *cay,* le ensancha el pecho. El muchacho se acerca la mano al corazón y murmura una palabra inaudible. Bajo la túnica corta aprieta una cinta turquesa. La que un día trenzó los cabellos de su madre.

Lentamente, el mar deja de ser una superficie opaca. En una lejanía desconocida el horizonte arde en silencio. Las olas recortan siluetas intermitentes y desaparecen, como las formas de una acuarela bajo la lluvia.

—¡Mirad, padre! —El muchacho señala, con el brazo tendido, una enorme cúpula tocada por el primer sol.

El dromón balancea, pero ellos, con la vista clavada en el perfil que se ilumina lentamente, siguen inmóviles. Las formas del templo de Hagia Sofía han quedado grabadas en sus retinas. Por unos momentos todo el universo acontece armónico.

El barco se adentra entre las dos riberas de la ciudad mientras deriva hacia su izquierda. Úrian comprueba que en el estrecho del Bósforo todavía no han entrado con fuerza los rayos del sol. Le parece la garganta de un lobo, profunda, inesperada. Algunas embarcaciones sobre el mar atraen su curiosidad.

Hay cárabos, pequeñas naves de vela y remos que ya ha visto en Corinto guiadas por mercaderes árabes; también otras que parecen bien armadas, aunque no tendrían ninguna posibilidad contra el fascinante dromón de Belisario. Sin embargo, hay otras que no sabe identificar. Úrian se acerca a uno de los soldados que les vigilan, aquel que luce una enorme cicatriz en la cara. Ha sido el más amable durante el viaje y, también ahora, atiende solícito su pregunta.

—Ese tipo de nave se usa para patrullar la costa, es una liburna. Las pintan así para que se confundan con el agua.

El muchacho mira el barco, de un verde más bien oscuro, y piensa que ese mar ya no le pertenece. Recuerda con nostalgia la costa del Peloponeso y los azules fascinantes que allí se mezclan con el cielo. Pero la realidad toma fuerza. Se siente atrapado por el templo colosal que se destaca tras las murallas de Constantinopla; parecen abrazar aquel nuevo mundo que les reclama.

Belisario se mueve entre sus hombres con gran seguridad. Da órdenes, pero también lleva a cabo pequeños trabajos por su cuenta. Úrian y Xenos asisten en silencio, abrumados por el barullo que les llega del interior de la ciudad, transportado por una brisa suave que apenas deja un rastro salobre en la cara. El tejedor explica a su hijo que hace muchos años, antes del terremoto, también Corinto era una gran ciudad que tocaba el cielo con sus templos y palacios. Pero el muchacho nunca ha visto nada parecido y querría que el dromón se detuviera ante la orilla para retener todo lo que abarca su mirada.

Al entrar en el puerto, Úrian entiende el porqué de las historias que corren sobre el poder naval de Justiniano. Hay una buena muestra de las naves que han servido a Bizancio para hacerse dueño del Mediterráneo. A resguardo, una destaca por encima de todas las demás. De nuevo busca con la mirada aquel soldado de apariencia feroz.

—Es la nave imperial, que siempre está preparada. Su color púrpura simboliza el color de la realeza.

Pero no puede dar por finalizadas sus explicaciones. Belisario pide su presencia para desembarcar.

El ajetreo en la nave que ha transportado al tejedor de Corinto y a su hijo cautiva por unos instantes la atención de portadores y mercaderes. Han atracado en el puerto de Teodosio tras bordear durante más de una hora la ciudad en dirección oeste. Diferenciándose de los otros que han visto en su recorrido, este puerto no se abre al mar fuera del recinto amurallado. El barco ha atravesado unos muros construidos sobre el agua para acceder a la bahía.

La visión de las cúpulas de Hagia Sofía ha quedado atrás, pero Xenos señala curioso nuevos foros y torres. Úrian no puede resistir la tentación. Imitando a los vigías, sube por el velamen y puede ver centenares de pequeñas casas, muy parecidas a la suya. A los pies de las otras edificaciones, son como gotas de tinte que la caldera de teñir hubiera salpicado sobre el suelo.

Todo indica que los prisioneros serán los últimos en bajar. Belisario da prioridad a los caballos y a las mercancías que trae de Atenas. Después, cuando las tropas se han perdido más allá de la vista, se planta ante los griegos.

5

Constantinopla
Mayo, 548

Los niños que corrían por las terrazas de la pequeña Gebze anunciaban la llegada de la primavera. Era un tiempo en que se reunían todas las noches, poco después de la caída del sol, esperando a que las luces del gran faro incendiaran las aguas del Bósforo. Desde su atalaya, jugaban a adivinar la cantidad de barcos que se dirigían a la ciudad imperial.

La lluvia tardía de las últimas horas había limpiado el aire de la vecina Constantinopla. Las quinientas mil almas que allí vivían enturbiaban el cielo cada jornada con las fumarolas de cocinas, antorchas y talleres. El viejo gigante marcaba el rumbo de los barcos y el ciclo del día. Se hermanaba con el sol en las primeras horas de claridad, y cuando la hoguera se extinguía, dejaba una impronta gris que se podía observar desde enormes distancias. Durante la noche, rivalizaba con la luna, abriendo otro camino posible sobre las aguas.

No obstante, aquel día, un acontecimiento inesperado distrajo a los muchachos de Gebze. Uno de los más pequeños descubrió al personaje que se acercaba por la única calle del pueblo. De la figura, mientras avanzaba con lentitud, tanta que quizás el tiempo no le pisaba los talones como hace con el resto de los mortales, solo se distinguía en la oscuridad el perfil de su túnica.

Los niños intentaban acomodar sus ojos deslumbrados por el faro a la negrura que imperaba en el interior de Gebze. Se diría que observaban en silencio, pero no era así.

—¡Escuchad!
—¿Qué es este ruido?
—El hombre lleva un tambor.
—¡Tal vez sea un soldado!
—O lanza piedras...
—¡Callaos de una vez! Es un sacerdote. El ruido procede de su báculo golpeando contra el suelo.

El monje se mantenía ajeno a la curiosidad de los niños. Quería llegar a Constantinopla antes de caer exhausto por el cansancio. Hacía escasas horas que había perdido de vista a los hombres que le acompañaban en aquel viaje. La caravana había continuado su camino hasta Bursa, uno de los núcleos comerciales situados más al sur.

La noche era fría. Necesitaba cobijo y una cena abundante. Consideró si pedir hospedaje en la pequeña población que atravesaba, pero no quería invertir esfuerzo alguno en dar noticia de su paso, ni de su persona.

Sin duda, habría podido contarles muchas cosas. Era conocedor de lo que se escondía detrás de la luz que llenaba de magia las noches de Gebze. Hubiera podido hablarles de un antiguo sabio griego llamado Arquímedes, el inventor de un sistema de espejos que incendiaba las embarcaciones enemigas al enfocarlas con los rayos del sol. Este ingenio, que había salvado la ciudad de Siracusa de los ataques romanos, era el mismo que ahora usaban los bizantinos. Una inmensa pared cóncava, tachonada de pequeñas piezas de cristal, proyectaba la luz de la hoguera sobre el mar.

A Rashnaw —este era el nombre del monje— le gustaba pensar que el saber iba más allá de un conocimiento hermético, que su cultivo te conduce hacia la paradoja de la doble naturaleza de las cosas. El ser humano es capaz de conjurar el mal y convertirlo en un beneficio para la especie, pero también, desgraciadamente, de ir en dirección contraria y servirse de su inteligencia para las empresas más oscuras.

Retuvo esta última reflexión: direcciones contrarias. Tras señalar el suelo con el índice, apresuró el paso. Era un viejo recorrido el que deshacía. Veintidós años atrás unos hechos lamentables le habían conducido al exilio.

Entonces era un joven profesor de la Academia de Atenas, sin poder para combatir las actitudes intolerantes de Justiniano y su esposa Teodora, contrarios a cualquier idea ajena a la ortodoxia de la Iglesia. El fanatismo de los emperadores traicionó el respeto que merecía la escuela filosófica fundada por Platón y que había acumulado más de ochocientos años de esfuerzos rindiendo honores a Atenea, la diosa del saber.

En aquel tiempo, Rashnaw se había sentido orgulloso de ser un seguidor de Nestorio y de impartir clases en el olivar sagrado donde los griegos habían edificado la Academia. Siguiendo las directrices de sus maestros, el monje nestoriano había estudiado matemáticas, historia antigua, astronomía y, sobre todo, se afanaba por entender la filosofía griega. Él mismo se había considerado un discípulo de Carnéades, y abrazó algunas de sus teorías más escépticas.

Nada detuvo las ansias de poder de Justiniano y su emperatriz. A lo largo de los últimos años se habían agudizado las diferencias entre la religión oficial y las tesis que iban desarrollando los estudiosos, acusados de paganismo y de herejía. Los nestorianos, que disfrutaban de una cierta permisividad desde el Concilio de Calcedonia, hubieron de refugiarse después de los hechos de Atenas en tierras lejanas.

Él mismo podía considerarse un ejemplo. A pesar de que el emperador revocó, cuatro años más tarde, el cierre de la Academia que perpetuaba los conocimientos de los sabios griegos, Rashnaw decidió mantener su exilio, convencido de que podría ser más útil y sentirse más libre en su retiro en tierras persas.

El lugar que le había acogido era la lejana Gundishapur. En aquella ciudad se había desarrollado un espacio de apertura espiritual que le recordaba la Academia de Atenas; se aprendía en contacto con los demás y la tolerancia también acabó siendo un credo común. La historia, pensaba el monje, se repetía.

Algo parecido le sucedía ahora, cuando en las postrimerías de su viaje a Constantinopla, tras atravesar la única calle de la pequeña Gebze, el monje andaba entre olivos atendiendo la llamada de su emperador. A cada paso un olor a tierra húmeda le hacía sentir vivo. Avanzaba esperanzado por el recuerdo de las palabras recientes del papa Vigilio, pronunciándose en contra de la nueva condena a los nestorianos, dictada cinco años antes por Justiniano en los Tres Capítulos. ¿Cambiaría ahora la actitud beligerante del máximo patriarca de Bizancio? ¿Habría una rendija posible en las viejas estructuras de la Iglesia romana? Pese a estos pensamientos, se mostraba cauto. Tal y como enseñaba Carnéades... No se puede lograr más que lo probable. Es decir, la certitud total es imposible, pero también lo es la incertidumbre absoluta.

Su sueño de caminante se había cumplido. Había pasado la noche a cobijo del palacio imperial. Ahora atravesaba los pasillos rodeado de la guardia. Al amanecer fueron a buscarlo. Le extrañó la urgencia con que le reclamaban. No le dieron siquiera la oportunidad de refrescarse en la fuente, ni le ofrecieron nada para comer. Esperaba que le llevaran a la gran sala de audiencias de la cual todo el mundo hablaba; que el emperador, a la luz de los últimos acontecimientos, se mostrara dispuesto a reconsiderar su oposición al culto nestoriano. Por el contrario, los soldados se detuvieron repentinamente ante la puerta del que parecía un aposento privado. La sorpresa fue que el mismo Justiniano les franqueó el paso. Le reconoció enseguida al ver el sello que adornaba su dedo anular. Tenía el rostro desencajado, pero se reflejaba en él un rastro de esperanza.

—Gracias a Dios que estáis aquí, ella ya no puede esperar más —le dijo Justiniano, casi obligándole a atravesar el umbral.

—¿Ella? —le preguntó Rashnaw, ante un desconcierto creciente.

—Sí, ella, vuestra emperatriz, que os necesita. ¡Su estado es muy grave!

El monje, al escuchar esta confesión, se plantó en medio del cuarto y usó su corpulencia para oponerse a una solicitud tan estrambótica. Todas las esperanzas que había ido forjando durante el viaje desaparecieron de repente. Se le reclamaba por su fama como médico y la enferma no era otra que Teodora, la culpable de la adversa suerte de los nestorianos. Por unos instantes se sintió traicionado.

No tuvo demasiado tiempo para reflexionar sobre ello. A primera vista distinguió en la enorme estancia la figura de la emperatriz. Sobre la cabecera de la cama donde yacía destacaba uno de aquellos mosaicos que los artesanos bizantinos habían propagado por todo el imperio. Era una representación colorista y gigantesca de la orgullosa prostituta convertida en emperatriz. Al fin y al cabo una fantasía; del pasado esplendor solo quedaba su espectro.

Lo comprobó de inmediato, justo cuando el desesperado emperador dio orden de correr parcialmente los fastuosos cortinajes que mantenían la habitación en penumbra.

—Ya os podéis marchar, Sabena —le dijo Justiniano a la dama de compañía de Teodora.

—Si la memoria no me engaña, vos sois Rashnaw, el nestoriano escogido por mi esposo para llevar a cabo el milagro de mi curación. Es una buena paradoja —se dirigió la emperatriz al monje en tono grave y burlesco a la vez.

—No os engaña, señora. Pero sin duda vos sabéis que los milagros son una cuestión de fe, un regalo de la voluntad de Dios, y yo no creo merecer este honor.

—Da igual. Vos y yo sabemos que se me acabó la suerte.

Justiniano, que había permanecido inmóvil junto a ellos, se acercó con la intención de intervenir, pero Teodora solamente necesitó levantar una mano para detenerle. El gesto le produjo una mueca de dolor.

—No digáis nada —le pidió al recobrar el aliento—, y dejadnos solos. Quiero hablar con este monje.

—Pero, Teodora, él puede ayudaros —insistió Justiniano.

—¿No sois capaz de respetar la voluntad de vuestra esposa moribunda?

El emperador dio un paso atrás y salió del aposento, pero Rashnaw vio a través de la puerta entreabierta cómo paseaba arriba y abajo. El monje se enfrentó a los ojos febriles de Teodora, esperando con curiosidad sus palabras.

—Vos y yo somos enemigos naturales —le dijo Teodora mientras Rashnaw intentaba medir el alcance de la enfermedad por el ritmo de su respiración.

—Hay situaciones en que los peores enemigos pueden hermanarse, señora. Ya sabéis lo que dicen los libros sagrados...

—No le he dicho al emperador que nos deje solos para hablar de religión. Sobre ese tema os tendréis que poner de acuerdo con él, cuando yo desaparezca. Ahora os quiero pedir un favor más importante que mi vida. Apelaré a vuestra misericordia, a vuestra caridad cristiana. Os he escogido para llevar a cabo el último deseo de una emperatriz a las puertas de la muerte.

Rashnaw no podía estar de acuerdo, pero había entendido lo grave de la enfermedad por el aspecto que presentaba su brazo izquierdo y no respondió a las provocadoras palabras de Teodora. Dejó su báculo apoyado sobre el enorme mosaico mientras ella tosía frenéticamente.

—Quiero que ayudéis a Justiniano para que se pueda cumplir mi sueño. Él me prometió que conseguiría el secreto de la seda, que Bizancio no se vería obligado a mendigar a los persas cuando el imperio más poderoso de la tierra necesitara vestidos que acreditaran su rango. Y además, yo quiero ser recordada como la emperatriz que lo hizo posible.

—Por lo que yo sé, señora, el secreto de la seda solo se conoce en la lejana China. ¿Qué puede hacer un pobre monje como yo para satisfacer vuestro deseo? —le dijo Rashnaw, visiblemente sorprendido.

—Según mis informaciones, vuestros sacerdotes hace tiempo que recorren la Ruta de Oriente. Únicamente un gran hombre puede llevar a buen término esta misión, y me han asegurado que vos lo sois. Los beneficios serían para todos. Cuando yo muera, Justiniano no tendrá demasiados problemas para perdonaros.

—No entiendo lo que me proponéis.

—Entonces puede que no seáis tan inteligente como me habían dicho. Justiniano os pedirá que comandéis una expedición con el objetivo de usurpar a los chinos su secreto. Y quiero que aceptéis. Dadme vuestra palabra. Necesito saber que puedo contar con ello aunque ya no esté aquí para verlo.

La emperatriz sufrió otro acceso y Rashnaw se apresuró a ayudarla. La violencia de la tos a punto estuvo de lanzarla fuera de la cama.

—Complacedme, ¿no veis que me muero? —Las últimas palabras de Teodora iban acompañadas de un rictus de desesperación. Los ojos, a punto del llanto, clavándose en los de su interlocutor, pedían una respuesta afirmativa, sin concesiones. Al menos, eso fue lo que observó el monje.

—De acuerdo. Os prometo que haré todo aquello que esté en mis manos. Pero a cambio me permitiréis ayudaros. Conozco algunos remedios que apaciguarán vuestro dolor —respondió Rashnaw, dudando todavía de la autenticidad que parecía transmitir la frágil figura de la emperatriz.

—También este servicio sería un acto de amor a Bizancio —dijo Teodora poco antes de dejarse caer agotada.

Rashnaw puso sobre la mano izquierda de Teodora la cruz que ella intentaba coger y tuvo la impresión de que el contacto con el esmalte frío la tranquilizaba. El emperador ya hacía unos minutos que asomaba en la puerta, incapaz de resistir la espera.

—¿Cómo la veis? —preguntó al monje cuando este se le acercó—. ¿Se puede hacer algo por ella?

—Vos sois un hombre culto y sabio, Justiniano —dijo Rashnaw sin miedo, mirándole a los ojos—. Vuestra esposa no vivirá demasiado tiempo, pero podemos liberarla de su dolor lacerante.

—Lo haréis por ella..., por mí..., por la causa nestoriana...

—Lo haré porque es mi obligación como médico,

porque en la Academia de Gundishapur he podido profundizar en mis conocimientos.

—¡Seréis recompensado! —respondió solemne Justiniano, pasando por alto la alusión al cierre de la Academia ateniense, mientras pensaba en el caballo escogido personalmente para premiar la visita del monje.

—No quiero ninguna recompensa, solo quiero justicia.

—Ayudadla y la tendréis —concluyó el emperador.

6

Constantinopla
Abril, 551

La numerosa comitiva que conduce a los griegos por las calles de la ciudad avanza con dificultad hacia el palacio del emperador. Xenos y Úrian marchan atemorizados por la furia que los soldados desencadenan a su paso. Centenares de personas se arremolinan a su alrededor, chocan con la contundencia de los hombres de Justiniano. Constituyen un río de individuos extraños entre sí y muchos de ellos hablan lenguas desconocidas. Un paisaje insólito, que ilustra el conglomerado de razas y culturas de Constantinopla.

Xenos vigila a su hijo muy de cerca, sobresaltado por los destrozos que causa la multitud. Observa cómo los puestos se tambalean, cómo el suelo se cubre de una amalgama confusa de frutas, ropas y víveres, mientras algunos aprovechan para llenar su fardo. Muy cerca, la tarima que unos monjes utilizan para predicar es arrasada por la turba. Alguien hace predicciones de futuro y una madre grita, angustiada, llamando al hijo que no encuentra. El tejedor abraza a Úrian.

Le preocupa la decisión que tomó en Corinto. Las palabras pronunciadas por Belisario en el puerto han sido reveladoras. No son prisioneros, Justiniano les necesita para alguna empresa que todavía no es capaz de adivinar. Siente que el muchacho es una responsabilidad que le abruma, quizás habría sido más justo no comprometerle y dejarle bajo la protección del buen Jedisán, su amigo herrero. Le mira. Durante días ha compartido con él sus anhelos, pero ahora tiene miedo de que al fin y al cabo todo acabe siendo una quimera. Piensa si su ambición no les estará llevando demasiado lejos.

Mientras los soldados forman un estrecho pasillo de lanzas y escudos, el ruido metálico se mezcla con el griterío del pueblo. Las noticias del asedio que sufre la antigua Roma hacen crecer la expectación ante la presencia de Belisario. Pero el general marcha imperturbable. Desde la muerte de Teodora, Justiniano cada vez dedica menos tiempo a los problemas del imperio. Concentra sus fuerzas en cuestiones teológicas que solo parecen importar al círculo de religiosos y académicos que se ha instalado en palacio.

Pese a las dificultades, la comitiva se acerca a su destino. Ante la imagen deslumbrante que perciben, los recién llegados se abstraen por unos momentos de la confusión. Úrian se dirige hacia la única persona que hasta entonces se ha mostrado atenta con ellos.

—¿Es allá hacia donde nos llevan? ¿Veremos al emperador?

—Solo es la gran Puerta de Bronce. La entrada que comunica con el recinto imperial, aunque algunos suelen llamarlo Palacio Sagrado. Tiene que ver con la sensación que te produce dirigirte hacia él, algo así como andar en dirección al cielo. Y ahora, ya basta de palabrería, muchacho. Según tengo entendido, te llaman Úrian; mi nombre es Lysippos, pero no me molesta si usas mi mote. Todo el mundo me conoce por Cicatriz.

El gigante le dirige una sonrisa que en otras circunstancias no habría resultado tranquilizadora, al mismo tiempo que recorre con el pulgar la marca profunda que le surca la mejilla.

Lysippos nació en la Iberia del Cáucaso poco antes de que fuera invadida por los soldados persas. Justino I, tío del emperador Justiniano, envió contra ellos a un joven general Belisario en su primera misión. En una de las ciudades que se opusieron al avance de los bizantinos, Belisario se sintió acorralado mientras sus hombres se defendían de un ataque sorpresa. Con su espada acometió contra todo el que le amenazaba. Le rodeaban los guerreros enemigos, pero también mujeres y niños que huían despavoridos. Mientras duró la contienda lanzó golpes a ciegas contra la turba que le asediaba. Al quedarse solo, comprobó las consecuencias de su acción.

Los enemigos yacían en el suelo, entre ellos el cuerpo destrozado de una mujer joven de gran belleza. Sobre su vientre gemía un niño que no debía de tener más de tres años. No gritaba a su madre, tan solo le acariciaba el rostro como si ese gesto fuera suficiente para devolverle la vida, sin atender a la herida sangrante de su mejilla. Antes de ir al encuentro de sus hombres, Belisario le recogió sentándole en la grupa de su caballo. El general bautizó al niño con el nombre de Lysippos y, con el paso de los años, aquel caucásico que desconocía su verdadera historia se convirtió en la mano derecha de Belisario.

—Pero ¿veremos al emperador? ¿Vos sabéis para qué ha hecho llamar a mi padre? —pregunta Úrian poco después, emocionado e incrédulo por ser merecedor de un honor tan elevado.

—¡Haces muchas peguntas para ser tan joven! Yo cumplo órdenes, pero puedo asegurarte que en algún momento el emperador os ha de recibir. Ese es el motivo de vuestra presencia aquí, ¿no crees?

Úrian le devuelve la sonrisa en señal de agradecimiento. Xenos, al escuchar la respuesta, ve confirmadas sus expectativas. El emperador los necesita, le necesita. La curiosidad le atormenta. Daría un año de su vida a cambio de saber cuál es la misión que le espera.

Al atravesar la Puerta de Bronce, los soldados se retiran al cuartel de la guardia y los acontecimientos se precipitan. El general Belisario les dice que serán llamados a presencia de Justiniano y señala a Lysippos, quien, todo parece indicarlo, será su maestro de ceremonias.

—Ahora os llevaré a vuestros alojamientos —dice el hombre de la cicatriz—. Es posible que esta reunión tarde en celebrarse. Por lo tanto os recomiendo mucha paciencia. Mientras, tenéis libertad para hacer lo que os plazca, pero tened en cuenta que siempre estaréis vigilados de cerca.

—¿Vigilados de cerca? ¿Por qué si no somos prisioneros? —pregunta Úrian, como si un resorte le hiciera saltar de su embeleso.

—Todo irá bien, hijo mío. Debes confiar. Estamos juntos y nada malo nos puede suceder. Ya verás; muy pronto tendremos respuestas a todo lo que ahora nos desconcierta —interviene Xenos, sin poder evitar una cierta decepción por la espera anunciada.

Los tres caminan juntos, atraviesan plazas y jardines rodeados de edificaciones majestuosas. Se internan por galerías que conducen a nuevos hallazgos. Úrian se detiene a menudo para disfrutar de los mosaicos que embellecen paredes y techos. Pasan delante de las caballerizas, observan las cúpulas que coronan lugares de oración. El tiempo que invierten en el recorrido es incierto. La voluntad de los recién llegados oscila entre llegar al destino señalado o vagar sin rumbo en aquel paraíso insólito. Una extraña sensación los domina: querrían permanecer un tiempo fuera del tiempo, si eso fuera posible.

Pero la realidad se impone y Lysippos señala el lugar que les ha sido atribuido. No estarán solos. El aposento alberga a otras personas que ante la presencia del soldado se ponen en alerta. Pero el hombre de la cicatriz no responde a ninguna de sus preguntas. Con un gesto duro, se gira de espaldas y marcha al encuentro de sus hombres.

Xenos, vencido por el cansancio, después de sacudirse el polvo de la túnica, se deja caer en una de las márfegas libres. Pero Úrian lo arrastra excitado, le pide que continúen explorando el recinto.

—Padre, ¡nos queda mucho por descubrir! Ya lo habéis oído, tiempo tendremos para descansar.

—Está bien, de acuerdo —acepta Xenos; no le dirá nunca que, tras un mes de viaje, necesita reponer mente y cuerpo—. ¿Adónde quieres ir?

—Demos una vuelta por los alrededores. He visto un muro enorme detrás del edificio con extrañas inscripciones en las paredes.

—Yo también he visto ese muro. Podría tratarse de algún lateral del Hipódromo. ¿Recuerdas las carreras de carros que explicaban los mercaderes, allá en Corinto? Haz memoria. En una ocasión, cuando todavía eras muy pequeño, me hiciste prometer que te llevaría. Quién sabe, quizás ha llegado el momento... —responde Xenos, saliendo a los jardines exteriores, algo más pobres que los de las plazas adyacentes.

—¿Y las inscripciones? —vuelve a preguntar Úrian, que no deja de interesarse por todo aquello que ve.

—¡Muéstramelas!

Los dos atraviesan nuevas puertas hasta que el muchacho encuentra, en un bloque de mármol, a la altura de sus ojos, aquello que andaba buscando.

—¿Lo veis? ¡Parece la pluma de un pavo real!

—Es cierto, posiblemente lo sea. Todos los picapedreros tienen una marca que usan para dar fe de sus obras. Dicen que este mármol procede de la isla de Mármara, de un lugar llamado canteras de la Virgen María. Según creo, allí trabajan muchos esclavos.

—¡Es fascinante, padre!

—Me alegra que te lo parezca —dice Xenos, satisfecho—. Recuerda aquello que un sacerdote de Corinto dijo del mármol: «Dios atrapó los campos y las flores y los bosques de las montañas, el pescado y la fruta y las nieves que se funden.»

—¿Cómo sabéis tanto de piedras?

—Ya conoces la respuesta. Los artesanos tenemos el oficio más viejo del mundo y estamos en todas partes. Es fácil la comunicación entre nosotros. Tú también acabarás sabiendo muchas cosas, hijo.

Pasará mucho tiempo hasta que Úrian comprenda la dimensión de aquella vieja metáfora.

7

Gundishapur
Marzo, 551

Al joven Tistrya le gusta escuchar los relinchos del caballo negro que tanto destaca en los establos. Lo cepilla todos los días hasta topar con la marca grabada en su lomo, entonces se detiene. Mira a su alrededor, temeroso de que alguien descubra el gesto que nació como fruto de la curiosidad y ha ido convirtiéndose en devoción. Al comprobar que nadie los puede observar, recorre con los dedos el distintivo que señala su procedencia.

Una cruz bizantina atravesada por la gran K, que sirve de símbolo a la ciudad de Constantinopla, es la impronta que identifica a los caballos del emperador. Pronto se cumplirán tres años desde aquel día en que su maestro lo trajo de regreso de la ciudad sagrada. Tistrya cuida de manera minuciosa, casi escrupulosa, al bello animal.

—Todavía no entiendo como Rashnaw me permitió darte un nombre, *Explorador*. Tú y yo hemos adquirido un compromiso. Debo tenerte siempre a punto, preparado para el momento en que mi maestro reciba el aviso de Justiniano. Puede que sepas algo más que yo de este extraño encargo que debe satisfacer la última voluntad de la emperatriz Teodora. Me han dicho que te espera un largo viaje; es lo único que se me ha confiado, pero es suficiente para alimentar mi esperanza. Aunque de algo estoy seguro, tu destino y el mío van de la mano. Lo he soñado en noches claras y en días negros, como tu pelaje. Siempre a punto para partir, compañero. Llegado el momento, le haré saber al maestro mi decisión de acompañaros. No me lo puede negar. Tú tienes una misión y sé que formarás parte de la mía: encontrar a mi padre. Me ahogan las dudas; siete años de ausencia, de incertidumbres, son muchos, amigo mío. ¡Te lo he contado tantas veces! Casi a diario.

»Rashnaw le pidió que partiera en busca de unos viejos documentos, savia nueva para las traducciones de la Academia. Mi padre nunca regresó. Pero tú sabes de añoranzas, *Explorador*. Lo puedo leer en tus ojos brillantes, al amanecer. Yo, a veces, necesito cerrarlos con fuerza para conseguir dibujar el rostro del hombre que me crió. Mi madre ya no habla de él. También el paso del tiempo le ha ensombrecido la mirada. El día que tomé los votos, cuando vestí la túnica de monje nestoriano, lloró. Sé que en sus lágrimas se mezclaban sensaciones contradictorias. Considera que hizo lo mejor para mí, dejarme en esta Academia donde me he formado entre sabios. Y quizá tenga razón. He vivido bajo la tutela del mejor maestro que se puede tener. Rashnaw es un hombre culto, amable, tolerante. Debería sentirme orgulloso de él. ¿Por qué no puedo estarlo? ¿Por qué albergo siempre el deseo de contradecirle, de buscar otras opiniones, si en el fondo lo admiro tanto?

El animal, acostumbrado a escuchar aquella melodía del joven monje, se mantiene tranquilo. Hace tiempo que el caballo de la guardia imperial no perturba la paz de los establos. Ha aprendido a convivir con las otras bestias que ayudan en los trabajos cotidianos de la Academia, incluso ha sido capaz de compartir comedero.

Tistrya le había explicado con ironía esta transformación a su maestro...

—Cada día que pasa, vuestro caballo se integra con más facilidad en la vida tranquila de la Academia.

—Es posible que haya entendido el espíritu que rige nuestra comunidad —respondió Rashnaw, siguiéndole el juego.

—No creo que un caballo, por muy imperial que sea, entienda demasiado de filosofías —dijo Tistrya, feliz de llevarle por un camino dialéctico que solo podía conducir al absurdo.

—No sé si entiendo lo que quieres decirme, joven monje.

—Dudo que un caballo de guerra sea feliz apacentando como las ovejas. ¿O acaso el espíritu de la comunidad se basa en que sus miembros se diluyan en una vida gris y sin emociones?

—¿Realmente hablamos del caballo, Tistrya?

—¿De qué si no podríamos hablar, maestro?

—Podemos hablar de ti, podemos hablar de la felicidad si te place, o de desventura, quizás.

—¿Vos creéis realmente que *Explorador* es feliz aquí? A veces siento que ha perdido la oportunidad de llevar a cabo grandes gestas. Pienso que ni siquiera ha tenido la opción de escoger. Lo miro y trato de averiguar si acomodarse a la nueva realidad puede considerarse una virtud o únicamente sumisión. Una triste y cobarde sumisión.

—Querido Tistrya, creo entender de qué hablas, el dilema que te desasosiega. Se trata del caballo que tanto admiras, por supuesto... Si te parece, podríamos establecer una parábola.

—¿Una parábola, maestro?

—Sí. Quizá podríamos establecer un paralelismo con nuestra comunidad. Ahora hablo en serio, joven monje. Aquí confluyen personas llegadas de cualquier parte del mundo, sabios en diferentes disciplinas, individuos que adoran a dioses diversos. Conviven unos al lado de los otros, suman esfuerzos al compartir aquello que saben. El estudio y el respeto mutuo son el espíritu de la Academia. Es su verdadera esencia, la filosofía que nos hermana. Todas y cada una de las personas que ofrecen su maestría son verdaderos purasangres. ¿Lo entiendes?

Tistrya escuchaba con la mirada altiva y apretaba la túnica con fuerza descargando parte del malestar que no quería poner en evidencia. Rashnaw aún no había acabado su discurso...

—Todos son purasangres, pertenecen a castas nobles. Pero no utilizan sus diferencias para competir. No se diluyen en una comunidad gris y sin emociones. Entre todos crean una nueva, suma de todas sus particularidades, más grande todavía. Humildad, tolerancia, generosidad no son sinónimos de sumisión y cobardía, querido Tistrya.

Rashnaw no añadió ninguna palabra a las ya mencionadas. Le puso la mano sobre la espalda y retomó su camino. Tistrya tampoco dijo nada, una vez más tragó saliva y aflojó el cuerpo. Albergaba la sensación de empequeñecerse ante la lección recibida.

El viejo monje tenía buenas razones para hablar así. La Academia de Gundishapur, fundada trescientos años atrás, contaba entre sus objetivos el estudio de la filosofía y la medicina del mundo antiguo. Poco a poco, se había convertido en un lugar de reunión donde los persas, los griegos —algunos, como Rashnaw, expulsados de Atenas— y los hindúes trabajaban hombro con hombro. Los monjes que más habían viajado siempre explicaban que la fama de la Academia en el mundo entero se fundamentaba en su tarea de formación. Los nuevos médicos que salían de sus aulas habían desterrado la vieja concepción del hospital-asilo, gracias a una sabia combinación de estudios prácticos y teóricos.

Tistrya permaneció todavía algún tiempo en el mismo lugar donde había soportado estoicamente la lección de Rashnaw. Se diría que presa de uno de sus raptos de melancolía, pero solo era la forma que adoptaba para reflexionar: el cuerpo inmóvil, la mirada perdida, una extraña intensidad que en ocasiones le recorría por dentro, como si se hubiera parado a contemplar la extensión sin límites del valle que los rodeaba. El joven monje pensaba en las palabras que su maestro le dirigía tan a menudo: «Desde el exterior únicamente llegan a ver los resultados de nuestra tarea, pero no pueden saber qué hay en el fondo. Pocos entienden que sin la transmisión de las fuentes del saber nada sería posible. Es el trabajo diario de los monjes que pierden la vista traduciendo textos aparentemente indescifrables, la costumbre de debatir entre nosotros cada duda que se presenta. ¿Qué pasaría si las grandes lecciones de los sabios griegos no fueran descifradas del siriaco, si no hiciéramos este esfuerzo de intermediación con los hindúes? Quizás nuestra misión como nestorianos sea transferir al mundo los conocimientos de nuestros antepasados.»

Ahora, Tistrya, mientras da por acabada la limpieza diaria de *Explorador*, sale a los jardines que rodean la Academia y recuerda este episodio vivido con su maestro hace ya dos o tres meses. Aquel es su lugar favorito, posiblemente porque significa pisar la frontera entre el mundo cerrado de los monjes y la inmensidad donde un día desapareció su padre.

Pero esta vez no invierte mucho tiempo paseando entre flores y vallas de bardizas. El joven monje percibe un leve temblor en el suelo que se intensifica por segundos. Mira hacia el noroeste y ve la nube de polvo que sin duda anuncia la llegada de un caballo al galope. La visión aleja todos sus pensamientos. No puede estar seguro, pero una extraña intuición hace que corra hasta la entrada principal.

Los soldados que guardan Gundishapur, tras mirar el salvoconducto que les muestra el jinete, le abren las puertas del recinto. En el interior, uno de ellos se ocupa del caballo, mientras otros le acompañan al encuentro del superior de la Academia. El emisario de Justiniano y los hombres de la guardia atraviesan varias salas donde los monjes trabajan en silencio bajo la luz difusa de las antorchas, cruzan el espacioso aposento de la biblioteca y toman la dirección de los claustros. El paso del grupo deja un movimiento imperceptible en las lámparas de aceite que iluminan el trabajo de los traductores. Tras pedir al recién llegado que espere en un cuarto adyacente, salen a avisar a Rashnaw.

Tistrya los sigue muy de cerca. Apenas se da cuenta del alboroto que ha provocado la incursión repentina en la biblioteca. El corazón le late con fuerza y en su cabeza se mezclan todo tipo de hipótesis. Justo antes de cruzar la puerta que comunica con los claustros, un monje le sale al paso.

—¿Sabéis qué está sucediendo, Tistrya?

—No tengo más información de la que vos disponéis —le miente, buscando la manera de librarse de la curiosidad de los monjes que ya empiezan a rodearlo.

—¡Por sus ropas parece un bizantino!

—En cuanto sepa algo os lo comunicaré —responde, abriéndose camino hacia el umbral.

Aquellos segundos han sido preciosos. Cuando sale al claustro, Tistrya no encuentra más que una extensión vacía. Recorre con la mirada alternativas posibles y, con decisión, se dirige hacia una puerta entreabierta. Es la que da paso a la sala donde Rashnaw tiene por costumbre recibir a los mercaderes. No se lo piensa dos veces, ni pide permiso, irrumpe en el aposento como lo haría un niño en busca de algo que le urge.

Rashnaw le mira sin condenar la forma, de alguna manera se diría que ni siquiera le sorprende. Tistrya se queda inmóvil a unos pasos de la escena. Baja los ojos hasta las manos del viejo monje e, instantes después, busca la confirmación de su sospecha en el rostro del maestro. El documento que le ha sido entregado es, con toda seguridad, el pasaporte al exterior que tanto esperaba.

Observa, en silencio, cómo el emisario del emperador los deja solos e interroga sin palabras al hombre que durante muchos años le ha servido de guía.

—¡Es lo que estaba esperando! —dice Rashnaw—. Quizás ahora nuestra causa tenga un camino más sencillo.

—¿Y...? —acierta a pronunciar Tistrya; la ansiedad no le deja poner palabras a la única pregunta posible.

El superior de Gundishapur no responde de inmediato, pero en sus ojos se empieza a dibujar una sonrisa.

—Mañana mismo partimos hacia Constantinopla.

8

Casa de Belisario, Constantinopla
Marzo, 551

Dirigir la mirada hacia el Bósforo en primavera es a menudo una aventura imprevista. Las formas que se reflejan en sus aguas son inciertas y la única realidad permanece en el interior de la casa. Es allí, en la calle principal, donde el espíritu de Belisario lucha contra los seres que le atormentan. Solo los fantasmas destacan en medio de la oscuridad. Sus criados han recibido orden de mantener los aposentos en una estricta penumbra.

El general, tantas veces victorioso, sabe que han decidido dejarle al margen. Ahora, su presente es contrario a los sueños que tejió desde las montañas de Tracia, a la excitación de la victoria que exudaban sus hombres diecisiete años antes, tras la batalla de Tricamerón, en el monte Papúa. Esta lucha permitió incorporar de nuevo al imperio las antiguas provincias de África. Pero también recuerda cómo, dos años más tarde, vencidos los ostrogodos, rehusó su propuesta de proclamarse emperador de Occidente. Con aquel gesto, hacía honor a la fidelidad absoluta que guardaba a Justiniano, pero el señor de Bizancio nunca tuvo la certeza de que así fuera.

El retiro forzoso le impulsa hacia un silencio estudiado. ¿Qué más puede hacer cuando el mundo exterior le niega la vida? Su ánimo se divide entre las glorias pasadas y la melancolía que ha hecho mella en su ser desde que vive en Constantinopla. Jamás habría sospechado que la muerte de la emperatriz Teodora convertiría a Justiniano en un ser mezquino, siempre receloso de que su inactividad diera alas a los más cercanos y pudieran disputarle el trono.

El general se siente solo. Sí, es cierto que, en un principio, la propuesta de descubrir el misterio de la seda incidió en el ánimo del emperador, mostrándose como el dirigente con visión de futuro de otras épocas. También lo es que sucumbió pronto a la melancolía y se encerró de nuevo en sus aposentos, sin más compañía que los libros sagrados y los antiguos pergaminos confiscados a la Academia de Atenas. Cuando Belisario le planteó llevar a cabo el último deseo de Teodora —conseguir que Bizancio pudiera romper la dependencia de los mercaderes persas, convertir Constantinopla en el punto de mira para llenar de bellas telas todo el Mediterráneo—, no pensó en este final.

El propósito despertó en el emperador la memoria de una antigua promesa, pero él únicamente ha conseguido un ridículo viaje a Corinto. Había estudiado con mucha atención su idea. Mientras la concebía, pensaba que quizá Justiniano le permitiera hacerse cargo de la expedición, guiar a los bizantinos a aquella victoria y abrir el imperio a otra época. La victoria del comercio y de la libertad sobre el ocultismo tradicional de Oriente.

—La memoria de la emperatriz será eterna. Ella os agradecerá vuestra fidelidad preparándoos la entrada a la otra vida. —El general intentaba encontrar un lenguaje que pudiera incidir en el ánimo del emperador para favorecer sus propósitos, pero un tic nervioso en sus ojos delataba su falta de sinceridad.

—Lo pensaré, amigo mío, pero vuestra función es ayudarme a controlar la ciudad, no imaginar aventuras fuera de Constantinopla. Ya habéis tenido vuestras oportunidades; ahora serán otros los que lleven a cabo dicha misión.

Belisario se preguntaba si el escogido sería su amado Lysippos, un comandante que ya había demostrado sus cualidades. La historia se repetía. Él mismo había sido suplantado por Narsés, a causa de la desconfianza del emperador. Era más fácil confiar en un eunuco viejo, sin descendencia ni deseos amorosos, aspectos que Justiniano veía como el germen de muchas ambiciones políticas.

Ahora que los éxitos de su sustituto llegan con frecuencia a Constantinopla, se clavan como puñales en el corazón cansado de Belisario.

En la penumbra de su casa, recuerda a Narsés en la corte, antes de comandar sus ejércitos. Piensa en su ridícula estatura, en sus caderas anchas, en su mirada estrábica, cómo paseaba por los corredores de palacio con un rollo de documentos bajo el brazo. Le recuerda vestido de seda escarlata y blanco, con una cadena de oro honorífica colgada de su corto cuello. Nunca habría dicho entonces que acabaría siendo su rival.

Belisario evoca también la aparición del eunuco en el campo de batalla. Cómo su mujer Antonina, en un ataque de risa, tuvo que retirarse al verle llegar. Poco se imaginaba, en aquel momento, que su divertimento sería del todo pasajero. Ni la armadura de Narsés, laminada a la última moda, con peces, cruces y otros símbolos cristianos, ni su casco, con un altísimo penacho de avestruz, ni la capa púrpura, ni tampoco la espada de formato natural con la que tropezaba al andar detuvieron sus triunfos.

Hay otro personaje que Belisario añora muy a menudo. Se trata de *Balan*, el caballo blanco que siempre le acompañaba en todas y cada una de las batallas. Le había adiestrado de manera que fuera capaz de lanzarse contra sus enemigos. Los dos formaban un equipo. Era noble y fiel. ¿A quién puede confiarse ahora?

De nuevo se concentra en el pasado, en el momento en que se proclamaron emperadores Justiniano y Teodora. Tenía veintidós años y el cuerpo le hervía en el afán de grandes batallas. Recuerda cómo la pareja imperial necesitaba rodearse de rituales para sentirse poderosa. Los dos procedían de familias humildes y dichas manifestaciones les hacían sentir que consolidaban su autoridad.

Todo el mundo quedaba embelesado cuando les veían aparecer a través de una de las relucientes galerías de mármol del Monte Imperial de Bizancio, preparándose para la audiencia matinal. Justiniano presidía la comitiva con su capa dalmática, atada con piedras preciosas, y su impresionante diadema. Lo seguían, en riguroso protocolo, el maestro de los Oficios, el príncipe Hipatio, el patriarca de Constantinopla, el gobernador de la provincia de Egipto y Torismundo, el embajador godo. Los espaderos, con las armas desenvainadas, protegían la augusta procesión.

Belisario recuerda los *silentiarii* que precedían la comitiva. Todavía puede oír el golpeo rítmico contra el suelo de sus varas de marfil, un sonido que anunciaba la presencia de las majestades. Algunos *cubicularii*, funcionarios de rango superior, completaban el grupo. En el centro caminaba la bella emperatriz Teodora. Era una mujer alta, que impresionaba con su capa verde oscuro labrada en oro, con la diadema ensartada de perlas y piedras preciosas apaciguando sus rizos negros. Unos pendientes pesados le llegaban hasta los hombros.

Cuando resonaba entre las galerías el zumbido de los *silentiarii* y se escuchaba el lento deslizar de los zapatos de brocado y seda, dignatarios, altos funcionarios y oficiales caían en la *proskynesis*, le besaban los pies y la reverenciaban.

¿Quién habría dicho de aquella mujer, hija de un domador de osos del circo, que años más tarde ella domaría a todo el Imperio de Bizancio? Con toda seguridad nadie se hubiera permitido la fantasía de imaginar que sus contorsiones eróticas en el escenario darían paso al andar elegante que durante veinte años acompañó al emperador. ¿Cómo profetizar que los granos de avena con que cubría su cuerpo desnudo, mientras los patos adiestrados picoteaban el alimento, serían sustituidos por las más finas sedas, perlas y piedras preciosas? El auditorio rugía con ella en un espectáculo nunca visto, del mismo modo que en el día de su coronación. Belisario no puede dejar de pensar que, quizás, algunos de los hombres que se inclinaban hasta besar los pies de la emperatriz, mucho antes le habían recorrido la piel con aquellos mismos labios en una de sus fiestas privadas.

Recuerda a Teodora y un escalofrío le atraviesa. Fue durante la rebelión de Niká, la más grande que ha vivido Constantinopla. Sus habitantes divididos en dos colores —verde y azul—, unidos contra un único enemigo, su emperador. Las calles rojas de sangre, sin distinguir la procedencia. Una interminable semana de saqueos, incendios y destrucción por doquier. Se aconseja que Justiniano huya de la ciudad con el propósito de salvar su vida. Nunca olvidará la excelencia de Teodora irrumpiendo en el Senado, al cual no le estaba permitido asistir; su voz revestida con una autoridad irrefutable denunciando la cobardía de todos los presentes. Aún es capaz de reproducir con exactitud sus palabras: «Si la fuga fuera la única manera de salvarse, renunciaría a la salvación. El hombre ha nacido para morir y aquel que reina no debe conocer el miedo. César, escapa tú, si quieres: allí está el mar, allí las naves que te esperan, tienes las suficientes riquezas para no sufrir. Con respecto a mi persona, acepto el viejo dicho y proclamo que la púrpura es la mejor de las mortajas.»

Belisario evoca el silencio que se apoderó de los asistentes y la mirada de la emperatriz clavada en él, por encima de convenciones y reglas. Luchó bajo sus órdenes con el objetivo de sofocar la rebelión, mientras Justiniano imploraba un milagro del cielo, retirado en el templo del palacio.

Todavía se estremece al rememorar su ejército. Lo ve cruzando las columnas de la ciudad y accediendo, por sorpresa, al Hipódromo. Los ciudadanos de Constantinopla ya festejaban su victoria, no hubo capacidad de reacción, ningún espacio entre las trincheras para maniobras defensivas. La batalla que se produjo degeneró rápidamente en matanza. Los soldados de Belisario no se limitaron a ocupar las puertas del Hipódromo, también tomaron posiciones en las gradas más altas, desde las cuales descendían en formación y mataban metódicamente. De los primeros intentos de resistencia de las fuerzas revolucionarias se pasó al pánico, a las muertes provocadas por los soldados se añadieron las producidas por el aplastamiento y la asfixia durante la fuga de la multitud.

A su alrededor había gente conocida, niños y mujeres agolpados, chillando, muriendo. Hace casi veinte años de aquel episodio y las imágenes cobran vida con una realidad aterradora. El día 19 de enero de 532, Constantinopla despertó con más de treinta mil cadáveres. Justiniano pudo mantenerse en el trono, y Belisario respetó ya por siempre jamás a Teodora, aquella mujer del circo, su emperatriz.

9

*Palacio de Justiniano / Calles de
Constantinopla
Abril, 551*

Cuando dejan a Xenos en el interior de la gran sala de audiencias, este recuerda la mirada de su hijo mientras los guardias le decían que no podría acompañarles. Es lo más importante para él en estos momentos. Avanza concentrado en las imponentes losas del suelo. Todavía no alcanza a ver a los curiosos personajes que se reúnen a los pies de un trono vacío.

De repente, las losas desaparecen bajo la alfombra púrpura que traza un sendero hasta la silla real. Xenos levanta la mirada y toma conciencia de la grandeza que le envuelve. Una figura se le acerca con paso firme, pero le cuesta reconocer a Belisario sin el atuendo militar que hasta ahora se ha interpuesto entre los dos. La túnica blanca que cubre su cuerpo casi le otorga la condición de inofensivo.

—Ha llegado el día, tejedor. Muy pronto se presentará Justiniano y conocerás tu destino.

Xenos descubre que en la sala hay otros personajes, semiocultos entre las sombras; se diría que intentan ausentarse de la escena. A medida que avanza por la gran alfombra puede distinguir los árboles artificiales de oro y plata que coronan el trono del emperador. Pronto se da cuenta de que los frutos son representados por piedras preciosas. Siente cómo unas gotas cálidas se deslizan por su piel, a pesar de la agradable temperatura de aquel recinto de techos altísimos y columnas de mármol. El tejedor sigue los pasos de un Belisario que se encuentra incómodo bajo unas ropas que le son ajenas.

Al llegar a la altura del resto de los convocados y advertir su condición religiosa, se acentúa la perplejidad de Xenos. Quiere dirigirse al general, interrogarlo sobre aquella reunión, pero el monje de más edad se adelanta con su báculo hasta situársele muy cerca. El tejedor piensa que le saludará, que se verá obligado a compartir con él su desconcierto. Pero cuando se vuelve hacia Belisario, este ha desaparecido. Las tres figuras permanecen en pie, sin cruzar más allá de miradas furtivas, frente al trono, esperando el destino que ha anunciado el general.

Úrian, apoyado en la puerta, observa cómo Xenos se aleja en compañía de los soldados. Decepcionado, vuelve al dormitorio y se acomoda sobre la márfega donde reposan sus sueños. Tenía la esperanza de ser uno más en esta aventura que empieza, participar de un mundo que le sorprende a cada paso. Pero de nuevo se queda al margen, igual que en Corinto, cuando el tejedor marchaba a la taberna para resolver asuntos que le eran vedados.

Tampoco dispone de respuestas que satisfagan a la gente que se le acerca, extrañada por la prontitud con la que su padre ha sido convocado. Aquellos hombres y mujeres con los cuales comparten el espacio de acogida del palacio llevan mucho tiempo esperando, pero todavía tienen la oportunidad de ser recibidos por el emperador. Una esperanza que él ha dejado atrás.

Decide salir al exterior. Hace un día de sol que anuncia la primavera y camina por la ciudad imperial de plaza en plaza, sin rumbo. Le cuesta trabajo llegar ante la imponente Puerta Dorada, el único obstáculo que se interpone entre aquel espacio majestuoso y el ajetreo de voces y aromas que tanto le fascinaron el día anterior. Mira hacia atrás y observa con disimulo a los vigilantes que parecen seguirlo desde el principio. Es muy probable que no haya escapatoria, pero sí una posibilidad a la cual ampararse.

Solo unos pasos más lejos, frente a los cuarteles de la guardia, hay soldados que discuten a gritos con el que parece un mercader indignado. No es capaz de entender ninguna de las palabras pronunciadas por aquel hombre, pero decide acercarse al lugar. En un acceso de cólera, el mercader apila unos sacos en su carro y se dispone a marchar. Los soldados dan orden de abrir la puerta y Úrian, de un salto, se introduce en el pequeño carruaje polvoriento escondiéndose detrás de los bultos.

Cuando atraviesan la Puerta Dorada, desde la barandilla de madera donde se agarra con fuerza para no caer, respira aliviado. Permanece durante mucho tiempo admirando el espectáculo que le abduce. Pero algo le hace volver a la realidad. Juraría que ha escuchado gritar su nombre. Mira en todas las direcciones, estira el cuello tanto como puede. Por segunda vez le parece escuchar una voz que le reclama. Se pone de puntillas sobre los sacos, consciente de que su movimiento ha de ser rápido. Nada.

Pensándolo bien, es una idea absurda.

Baja la mirada y se deja caer sobre los sacos.

Xenos se recrea en la contemplación del trono, de los pájaros mecánicos que anidan en los árboles de oro y plata. Se pregunta si será posible que muevan sus alas doradas, los imagina gorjeando entre las cúpulas, desperdigando sus cánticos por la enorme estructura de mármoles y bronces. Al fin y al cabo, añaden un punto de calidez a un espacio noble, pero frío, y tal vez muy lejos del corazón de los habitantes de Bizancio. Dadas las circunstancias, después de haber atravesado los muros de la Constantinopla que los viajeros idolatran, de imaginar con la visión de sus calles y plazas lo que fue su querida Corinto, es capaz de creer en cualquier fantasía.

Por el contrario, los dos monjes parecen concentrados en la espera; el de más edad descansa ambas manos sobre el báculo y a veces se acaricia la barba de forma maquinal. El más joven también queda expectante, pero su inmovilidad es traicionada por el baile continuo de sus dedos en el interior de las sandalias.

Ellos son los primeros en darse cuenta de la llegada de Justiniano. Rashnaw se fija en el rostro visiblemente demacrado del emperador, en la ligera curvatura que marca su espalda bajo la gran capa dalmática de seda, más amarilla que los campos de trigo a media tarde. El monje se sorprende de la diadema persa, engalanada de perlas y esmeraldas. Piensa que ni siquiera la joya más preciada es capaz de iluminar aquella figura de andar lento y vacilante. Xenos abandona su estado pensativo justo a tiempo de observar cómo Belisario y Lysippos entran siguiendo al emperador. A su vez, el joven Tistrya da unos pasos atrás.

El general espera a que el gran mandatario de Bizancio ocupe el trono antes de levantar la vista en dirección a los convocados a la anhelada reunión. Le gustaría ver un ademán de desafecto en aquellos hombres, reprimirles para que adopten actitudes más respetuosas, pero los tres mantienen la rodilla derecha flexionada y la cabeza baja. De pronto, un ruido inesperado hace que abandonen su recogimiento. Lysippos descorre los cortinajes que cubren la pared del fondo y la imagen omnipotente de Teodora invade el recinto, invitándoles a sentir el peso de la majestuosidad que les rodea.

—Estáis aquí por orden del emperador y por deseo expreso de nuestra querida emperatriz, que en el cielo esté —dice Belisario, extendiendo los brazos para abarcar mosaicos y pinturas—. Habéis sido escogidos para cumplir su última voluntad. La misión para la que se os reclama no está exenta de peligros, pero tampoco de gloria. Llevarla a cabo significa un servicio muy valioso al imperio y la historia os recordará tanto o más que a los ganadores de las más insignes batallas. Durante mucho tiempo el pueblo de Bizancio ha sido sometido a los caprichos de los mercaderes. Nuestro maestro tejedor bien sabe que el comercio de la seda debe soportar fuertes gravámenes. La frecuencia de las guerras fronterizas supone grandes dificultades para las caravanas. Tanto es así que el estado ha tenido que ceder ante las exigencias de los persas y aceptar sus servidumbres de paso. Es cierto que controlamos la distribución en el interior del imperio, pero comprar la materia prima a precios imposibles es un problema para todos...

Xenos comprende las dificultades expuestas por el general. Él también ha tenido que sufrir la codicia de los mercaderes extranjeros. Por otro lado, no puede olvidar las palabras *peligro* y *gloria.* Todavía desconoce los planes del emperador, pero desea que Belisario acabe su discurso y se materialice una propuesta que no es capaz de imaginar. Por unos momentos se siente confundido, como si de alguna manera todo formara parte de un absurdo. ¿Qué puede hacer él? ¿Y su hijo? ¿Cómo arrastrarlo a una aventura que se adivina peligrosa de antemano? La palabra *gloria* también hace mella en su corazón.

¿Será esta la gran oportunidad que siempre ha soñado?

10

*Palacio de Justiniano / Calles de
Constantinopla
Abril, 551*

Úrian pensaba abandonar el carro en cuanto pasara el peligro de ser visto desde las torres de vigilancia del recinto imperial, pero las mulas avanzan muy despacio y se acostumbra a su ritmo. Un olor penetrante hace que se incorpore. En torno al gran palacio, los vendedores de perfumes prometen amores eternos en pequeños frascos dorados. El joven mira a su alrededor. Desde la atalaya movediza contempla ya sin peligro los puestos que inundan la avenida central de Constantinopla.

Mercaderes y compradores se guarecen bajo toldos abigarrados, dibujando un mosaico que mezcla países y creencias. Úrian observa la avenida que van dejando atrás. La diversidad de formas y colores le recuerda el entramado de una alfombra persa; algo así como si el carro que les transporta fuera la aguja que la va hilvanando.

Bajo columnas y pórticos se alojan los bancos de los orfebres. El muchacho de Corinto advierte las delicadas labores de esmalte que llevan a cabo manos ágiles pese a su apariencia tosca. Otros personajes, con los habituales sombreros cónicos de los sogdianos, fabrican joyas despertando miradas codiciosas a su alrededor. Más allá, hombres con guantes blancos que presiden largas mesas repletas de monedas llevan a cabo sus trueques entre el gentío. La presencia de un viejo medio desnudo que escupe fuego le sobresalta. ¿Cómo es capaz de hacerlo sin quemarse?

El carro avanza muy despacio entre la multitud. De pronto, el hombre que guía las mulas levanta la voz alarmado. Úrian da un brinco, piensa que le ha descubierto. Los animales se detienen entre puestos de víveres: carne, pan, miel... Los olores se mezclan. El muchacho se apea de un salto, incorporándose al ritmo de la multitud. Se siente hambriento, pero su curiosidad prevalece.

Las calles laterales le imponen respeto; están llenas a rebosar y cierran el paso a las miradas. Continúa, pues, por la avenida hasta que, no muy lejos de donde se encuentra, puede entrever una gran columna y una estatua. Camina en aquella dirección y descubre que se trata del Foro de Constantino. El rostro de este emperador corona el enorme pilar de más de noventa pies y, al fondo, adivina el Foro Tauri. Así rezan sendas inscripciones. Pero lo que jamás habría sido capaz de imaginar es que el espacio comprendido entre ambos alberga el mercado de la seda más increíble del mundo.

En él se reúnen todos los colores posibles, aquellos con los que ha soñado ante las calderas de Corinto. Se tiñen túnicas, capas, cortinajes. ¡También zapatos delicadísimos! Úrian intenta grabarlos en la memoria, deseoso de explicárselo a su padre a su regreso al palacio. Este afán le recuerda la necesidad de volver; ha perdido la noción del tiempo y no sabe cuánto ha durado su aventura, pero es posible que más de lo que sería prudente.

Le cuesta trabajo orientarse. Rehace el camino recordando todo aquello que ha llamado su atención. La turba lo engulle. Busca vías alternativas, se esfuerza en descubrir un atajo que le permita ganar tiempo. Así, adentrándose en calles interiores, sin saber cómo, se encuentra formando parte de otra escena. Supone que aquellos son los hogares de la gente trabajadora de la ciudad. Es una miserable red de callejones con casas oscuras, húmedas y sucias. Por todas partes hay restos putrefactos de comida y excrementos. Un lugar infecto que recorre a paso ligero, mirando de un lado a otro sin saber qué dirección seguir.

Angustiado, tropieza con alguien que arrastra unos asnos flacos y rodeados de moscas. Se disculpa, pero no parece que el muchacho quiera aceptar de buen grado sus palabras. De repente, le empuja y silba en dirección a uno de los siniestros portales. Úrian se siente confundido, el muchacho no es mucho mayor que él, pero le mira desde arriba, no entiende sus intenciones. En cuestión de segundos, aparecen tres individuos más. Úrian intenta huir, pero no le es posible. Entre risas, le instigan a devolver los golpes recibidos. Primero lo hacen con sorna, luego con la fuerza de quien se sabe superior en el juego. El muchacho de los animales y otro que casi no tiene dientes le inmovilizan y le conducen al interior de una casa cercana. Un tercero se dispone a arrancarle el cinturón. Cuando parece que todo está perdido, una figura se recorta en la puerta y le llama por su nombre. La aparición solo tarda unos instantes en abalanzarse furiosa contra los agresores.

—Vosotros, Rashnaw, monje nestoriano, superior de la Academia de Gundishapur, y Xenos, maestro tejedor de la ciudad de Corinto, os halláis aquí con motivo de reparar una situación injusta. Si tenéis éxito, Bizancio podrá sacudirse la tiranía y los continuos chantajes de los persas —prosigue Belisario su discurso, mientras Justiniano les observa con indulgencia manifiesta—. Cada uno de vosotros ha sido escogido por su valía. Xenos se ha hecho famoso en todo el territorio por su habilidad en el oficio de dar color a las telas más exquisitas y por sus conocimientos sobre el arte del comercio. Rashnaw pertenece a una comunidad que se extiende desde hace tiempo más allá de las fronteras de Persia, en la Sogdiana y en la China, la Serinda de la cual tanto habla Procopio en sus escritos y que es el objeto de nuestra reunión. En ese país lejano se guarda el secreto más valioso del mundo que conocemos, el origen de la seda, hasta ahora inaccesible por la tenacidad con que ha sido protegido. Contamos con vuestra astucia y con vuestra sabiduría para desvelar ese misterio. El gran erudito Plinio nos explica que esta sustancia forma parte de la pelusa de unos árboles míticos, pero las informaciones que nos llegan de otros lugares son confusas.

En la obtención de la seda virgen está el futuro, y tenéis en vuestras manos la realización de este sueño...

Al escuchar estas palabras Xenos entiende el esfuerzo que han realizado para conducirles a Constantinopla, la importancia que Belisario les otorgaba durante la travesía. Justiniano no daría órdenes de raptar a un pobre tejedor si no quisiera de él algo que justificara la empresa. El discurso de Belisario confirma sus sospechas, pero también sitúa su presencia en palacio muy cerca del absurdo. ¿Qué puede hacer él? ¿De verdad creen que un anciano monje y un tejedor pueden enfrentarse a los chinos y hacerse con su secreto, por más astucia que desplieguen?

Tistrya busca con la mirada a su maestro, le interpela sin palabras, insistentemente. Se pregunta si él ya sabía algo, si el destino del que habla el general confluye con el suyo. Sogdiana. Esta palabra le ha inquietado. Es el único dato que tienen sobre la desaparición de su padre, la única explicación que ha recibido tras siete años: «Su misión era en la Sogdiana, pero no hemos sabido nada más», decía Rashnaw cada vez que le preguntaba. Algunas tardes, Tistrya, tras cumplir con las tareas de la Academia, estudiaba los viejos mapas. Con tanto interés que podría reconstruir los contornos de aquellas tierras lejanas de memoria. Se había esforzado en el intento de situar a su padre en un lugar concreto; se aferraba a una posibilidad e inventaba historias que justificaran su ausencia.

Mientras el joven monje sueña con un viaje que poco antes le parecía imposible, Rashnaw se mantiene en un silencio cauto. Durante la larga explicación de Belisario, contempla, una y otra vez, la imagen de

Teodora. Recuerda su último encuentro con la emperatriz, cuando le hizo prometer que respondería a la llamada de Justiniano; tiene la certeza de que ella preside la reunión, del mismo modo que fue su artífice. Su ademán es triunfal, piensa el monje, quizá porque ve desde su limbo cómo ha conseguido, de nuevo, salirse con la suya. Justiniano, sentado en el trono, justo a sus pies, parece una presencia menor. Pero el rostro del mandatario se muestra satisfecho; Belisario interpreta a la perfección los deseos de Teodora. A ella le habría gustado la visión de los tres hombres sometidos a la voluntad de un imperio, el mismo que durante mucho tiempo se rigió por sus normas.

—¿Fiblas? ¿Eres tú? ¡Fiblas!

El rostro del muchacho es la última imagen que Úrian recuerda antes del golpe en la cabeza que le dejó inconsciente. Después, todo fue oscuridad. Cuando despierta, se encuentra en palacio; duda, pero al comprobar que su amigo de Corinto le acompaña, se da cuenta de que no ha sido un sueño.

—No te muevas, Úrian. El doctor ha ordenado que guardes reposo —le alerta Fiblas, cogiéndole la mano con fuerza.

—¿Qué ha pasado? ¿Dónde está mi padre? Y tú ¿qué haces aquí? ¡Tienes muy mala cara! ¿Te encuentras bien? —pregunta Úrian, desorientado, intentando incorporarse de nuevo. Pero tras una mueca de dolor, se deja caer sobre el lecho.

—Ya te he dicho que no debes moverte. Tranquilízate, tu padre viene de camino. No tienes nada grave. Los soldados de la guardia te iban siguiendo e intervinieron enseguida. Lástima que no llegaron a tiempo para evitar que te golpearan...

—¡Pero tú también me ayudaste! Igual que en los viejos tiempos, ¿eh? Esta vez no te esperaba. ¿Cómo has llegado hasta aquí? —dice Úrian, recordando las trifulcas de ambos con algunos muchachos de Corinto.

Fiblas le explica que él también le vio salir del recinto imperial y le siguió. No podía dejarle marchar sin saber cuál era su destino. Los dos amigos tienen muchas cosas que contarse. El hijo del herrero relata su particular viaje en barco, camuflado entre los marineros, cómo se convirtió en su sombra hasta que la comitiva de Belisario traspasó la gran Puerta Dorada y tuvo que esperar en el exterior.

Una vez en Constantinopla, se escondió en las cisternas donde viven los más pobres, buscando un lugar a cobijo de los guardias que patrullan por todas partes. Está desmejorado, casi en los huesos, y huele mal, pero eso no impide el abrazo en que se funden.

Belisario acaba su discurso con palabras que pretenden aumentar la confianza de los presentes. Lysippos será el jefe militar de una expedición con apenas doce hombres. Los monasterios nestorianos repartidos por la Ruta de Oriente ayudarán a llevar a buen término la difícil empresa. Los dos miembros de más edad, Xenos y Rashnaw, tendrán misiones importantes, que, sumadas, los llevarán al triunfo. El primero aprovechará su habilidad para comerciar, será uno más entre los mercaderes, tratará de ganarse la confianza de los chinos, de perseverar hasta llegar al centro del laberinto. El segundo aportará la serenidad que se espera de su condición ante una empresa que, según pensaba la emperatriz Teodora, necesita algo más que la fuerza de las armas.

Los convocados a la reunión albergan muchas preguntas que alguien debería resolver. Pero no son ellos quienes dan el primer paso. Justiniano levanta por primera vez la mirada del suelo y señala al monje más joven.

—¿Quién eres tú? —dice con desprecio evidente.

—Es mi discípulo, señor. Nos acompañará en este viaje —responde Rashnaw, dando un paso al frente.

—¿No os parece demasiado joven? —continúa el emperador mientras Tistrya se lleva la mano a la barbilla, todavía sin mácula pese a sus veinte años.

—Si me lo permitís —les interrumpe Tistrya—, Juan era el discípulo más querido de Jesús de Nazaret, le fue fiel hasta el final. Allí, al pie de la cruz, el gran Maestro, en su último aliento, le confió a su madre.

—Veo que no me he equivocado con vos, Rashnaw —dice Justiniano, visiblemente satisfecho por la agudeza de la respuesta obtenida, sin prestar atención al desafío que contienen las palabras del joven; todavía añade, dirigiéndose a Tistrya—: Espero que seáis merecedor de la confianza que se os otorga.

Rashnaw interviene para detener la que intuye que será una respuesta airada por parte de su protegido, pero la atención de Belisario se ha desviado bruscamente hacia el tejedor. Sus miradas se cruzan y el general entiende que le pregunta sin palabras por la suerte de su hijo. Xenos ve cómo la mano del militar le hace un gesto inconfundible pidiéndole que mantenga la boca cerrada...

No hay nada más que decir tras la sentencia de Justiniano. El emperador no les concede ni un minuto más de su tiempo y abandona la gran sala de audiencias con la misma lentitud inicial. Le sigue Belisario mientras Lysippos queda encargado de conducir a la pequeña comitiva al lugar que les ha sido destinado. Los tres albergan todavía más dudas que al comienzo. ¿Cuándo tendrá lugar la expedición que se les acaba de anunciar? ¿Quién les acompañará? ¿Será el mismo Belisario?

Uno de los guardianes de la entrada se acerca a Lysippos al verles salir y le dice algo al oído. El soldado de la cicatriz frunce el ceño y, visiblemente preocupado, pide más información. Ni Xenos ni los monjes se han dado cuenta, inmersos en sus propios pensamientos.

—Parece que vuestro hijo ha tenido un mal encuentro —le dice de manera repentina Lysippos al tejedor.

11

Templo de Hagia Sofía / Constantinopla
Abril, 551

¡Tranquilo, Fiblas! Vendrás con nosotros aunque tenga que hablar con el mismo emperador.

—¿Que hablarás con quién...? Pero si ni siquiera te han dejado asistir a la reunión. ¡Tú sueñas imposibles, Úrian!

—Es muy sencillo. El gran Justiniano necesita a mi padre para llevar a cabo esta misión, ¿verdad? Mi padre jamás me dejaría solo, y yo, bajo ningún concepto, me iría sin ti. Además, Lysippos me ha dicho que nuestra presencia ayudará a que no sospechen de los soldados que nos acompañan. Me gusta que sea el comandante de la expedición militar. ¿Sabes qué se me ha ocurrido? Durante el viaje, cuando tengamos más confianza con él, le preguntaré como se hizo la cicatriz. ¡Él sí que debe de haber vivido aventuras de verdad!

—Ah, pero ¿en esta travesía también irán soldados?

—¡Por supuesto! Mi padre dice que no tenemos de qué preocuparnos. Belisario lo tiene todo bajo control.

—¡Cómo me gustaría tener tu confianza, Úrian! A mí todo esto se me hace muy extraño. Dices que vamos a la búsqueda de un secreto, pero yo todavía no entiendo de qué estamos hablando.

—Pero bueno, de eso se trata, ¿no? Si lo supiéramos, ¡dejaría de ser un secreto! —responde mientras le enreda el cabello y le hace un guiño con expresión pícara.

—Estoy hablando en serio, Úrian. Se trata de un viaje muy largo, hacia tierras de las cuales no siempre se regresa. ¿Acaso no te acuerdas de las historias que explicaban los mercaderes en Corinto?

—Claro que las recuerdo, ¡imposible olvidarlas! Piénsalo bien, amigo mío, ahora seremos nosotros quienes las contemos. ¿Te imaginas, Fiblas?

—Tienes la cabeza a pájaros. Ya veo que no podré dejar que te vayas solo —añade el hijo del herrero con ademán grave, imitando el gesto adulto de protección que tanto enternece a Úrian.

—No, si no iremos solos. Parece que, aparte de los soldados, nos acompañarán unos monjes. Dicen que uno de ellos es un sabio y puede orientarse siguiendo las estrellas; también se trata de un médico muy importante. ¡Ves como no hace falta que sufras!

—¿Y el otro? Has dicho que son dos, ¿no?

—El otro es más joven, pero no sé mucho más. ¿Me escuchas, Fiblas? ¿Qué haces?

No puede escucharle. Su conversación les ha distraído de tal forma que ni siquiera se han dado cuenta del camino realizado. Casi sin pensarlo han cruzado las puertas del enorme templo de Hagia Sofía. Fiblas ha caído de rodillas y se abandona a la contemplación de un espacio más cerca del cielo que de la tierra. Cada haz de luz que entra por las numerosas ventanas donde reposa la cúpula ilumina las piedras como si decenas de faros quisieran mostrarles el camino del cielo. O quizá se presenta sin tener la ambición de iluminar nada; tal vez solo quiere confundir los sentidos, crear volúmenes y espacios ficticios. Una luz que, en el extremo inferior, se engendra en ella misma.

El hijo del tejedor no tarda más que unos segundos en sentirse atrapado por la misma conmoción que paraliza a su amigo. Cree que tan solo la mano de Dios puede ser capaz de conjugar los dorados brillantes de las bóvedas con la riqueza de colores que brotan por doquier; únicamente Él puede erigirse en el pintor fabuloso que armoniza este jardín de maravillas. Hay púrpuras, verdes, blancos, carmesíes, que se rinden ante la majestuosidad del resplandor divino.

Úrian observa con atención las columnas. Un bosque de claridades libera su peso y construye el encantamiento; las piedras dejan de ser un lastre para el espíritu y parece que leviten. La inmensa cúpula, en lo alto, se muestra suspendida en el aire. Entonces cree sentir la voz de un poeta. Pero no va en su busca; en realidad, no sabe desde dónde le llegan aquellas palabras que rezan así: «Hay una intención oculta en todas las cosas, mirad con los ojos del corazón y escuchad las palabras que él os dicta. Os encontráis en el templo de la Divina Sabiduría. Este recinto sagrado puede captar el tamaño de una puesta de sol, las tonalidades de todos los pájaros, de los peces, de las piedras preciosas, todas las experiencias de los viejos recuerdos, el color rosado de las uñas de un recién nacido y el color ascendente de la estrella roja reluciente, Arturus.»

Los dos muchachos todavía permanecen unos minutos más en estado de embriaguez. Finalmente es Úrian quien, como si despertara de un sueño, anima a su amigo a seguir. Avanzan con respeto extremo, rodeados por mosaicos que les explican historias conocidas. De repente, alguien se les acerca, parlanchín, casi insolente...

—¿Qué os parece? Ya veo que estáis impresionados. Pero, pese a vuestra mirada atenta, posiblemente no disponéis de todos los elementos que os ayudarían a disfrutar con más profundidad de este templo. Admiráis las piedras, pero no sabéis que han sido traídas desde las lejanas tierras de Egipto; os deslumbra el color verde de los mármoles sin imaginar que solo se encuentran en la rica Tesalia, os asusta la negrura que muestran algunas pilastras y quizás ignoráis que es una tonalidad frecuente en las canteras del Bósforo...

Úrian y Fiblas se muestran sorprendidos pero también admirados por la elocuencia del desconocido. La aparición de los soldados que les vigilan de cerca interrumpe el discurso. Tistrya no puede evitar dar dos pasos atrás.

—¿Quienes sois? ¿Qué queréis de los muchachos? —pregunta con prudencia uno de los soldados, frente a los hábitos del joven monje.

—Mi nombre es Tistrya, soy hijo de Rafik de Mashad, el mercader, y discípulo del gran Rashnaw, superior de la Academia de Gundishapur.

—No os preocupéis, es un amigo —interviene Úrian, que ha oído hablar a su padre del monje en cuestión.

—Gracias, no era mi intención molestaros —dice Tistrya, preparándose para salir.

Los soldados se retiran sin alejarse demasiado. Los muchachos de Corinto ya no albergan duda alguna, les vigilan de cerca, pero esta proximidad, lejos de agobiarles, de alguna forma les resulta divertida.

—No hace falta que te vayas, no nos estorbas en absoluto y parece que sabes mucho sobre la construcción de este templo. Perdona, ¿cómo has dicho que te llamas? —añade Úrian en un intento de paliar aquel encuentro desafortunado.

—Soy Tistrya, ese es mi nombre.

—A mí me llaman Úrian, y él es mi amigo Fiblas. Mi padre ya me había anunciado que un monje joven viajaría con nosotros. Al oír que eres discípulo de Rashnaw he pensado que... —Pero Úrian no puede acabar de explicarse, aquel joven con hábito oscuro y ojos encendidos le interrumpe con brusquedad.

—¿Cómo que viajaría con vosotros? ¿Insinúas que también formaréis parte de la expedición? Pero ¡si sois unos mocosos!

Tras pronunciar estas últimas palabras, Tistrya quiere echarse atrás, pero ya no es posible. Úrian y Fiblas se miran perplejos. El monje es francamente insolente, pero no se lo reprochan.

Tistrya no puede creer que estos chavales imberbes tengan el visto bueno del emperador. Recuerda el trato que le dispensó Justiniano al descubrir su juventud, la forma en que su amor propio quedó profundamente herido. Pero se esfuerza en sobreponerse a la memoria de aquel desagradable episodio y endereza la situación con aire cordial. Intenta simular que al fin y al cabo ha sido una broma. Decide llenar con elocución unos instantes comprometidos.

—¿Sabéis qué dijo el emperador Justiniano cuando contempló esta obra finalizada?

Los dos muchachos niegan con la cabeza y sus rostros le interrogan curiosos.

—Pues dijo: «Salomón, ¡te he vencido!»

Después sigue comentando el porqué de esta afirmación, les habla de cómo la majestuosidad de Hagia Sofía intenta rivalizar con el templo que Salomón construyó en Jerusalén. Úrian no abre la boca; Fiblas de vez en cuando hace preguntas sobre todo aquello que se le ocurre. Sus ojos no alcanzan a mirar todo aquello que les rodea, levantan la vista y en cada esquina hacen un nuevo descubrimiento.

—¡Mirad qué Madre de Dios más bonita! —anuncia el hijo del herrero, señalando con el dedo índice un mosaico donde la Virgen María, con los brazos abiertos, invoca el cielo rodeada por cuatro serafines alados.

—No es la Madre de Dios. Dios no tiene madre, es la Madre de Cristo —sentencia el monje.

—¿Cómo qué no tiene madre? ¡Claro que la tiene! No entiendo a qué te refieres, Tistrya —exclama Úrian con la misma vehemencia que utilizaría para defender aquello que más aprecia.

—Mirad, muchachos, yo soy un monje nestoriano, por lo tanto seguidor de Nestorio, patriarca de Constantinopla. Él proclamó que el hijo de la Virgen

María no es el Hijo de Dios. Cristo no es Dios, sino el portador de Dios.

Fiblas hace el gesto de no entender nada y Úrian se mantiene muy serio, como si hubiera escuchado una blasfemia.

—Entonces, para ti, ¿quién es Jesús, aquel que murió por todos nosotros? —continúa preguntando con contundencia Úrian, cada vez más crecido.

—Jesús es el Hijo de Dios hecho hombre. En Cristo habitan dos naturalezas diferenciadas, dos personas distintas. Las propiedades humanas, esas que mencionas, Úrian, es decir, el nacimiento, la pasión, la muerte, solo se pueden predicar del hombre Cristo. Las propiedades divinas: la creación, omnipotencia, eternidad, únicamente se pueden enunciar del Logos-Dios. Debemos concluir, pues, que no hay comunicación entre las dos naturalezas. No sé si podréis entenderme —añade el monje, observando la cara de extrañeza de los muchachos.

—¡No! No lo puedo entender y, además, ¡me parece absurdo! Si Jesús es el Hijo de Dios y María es la Madre de Jesús, está claro que ¡María es la Madre del Hijo de Dios! No entiendo por qué lo complicas de esa manera.

—Ya me imaginaba que no lo entenderíais. La divinidad de Jesús le fue dada al asumir la naturaleza humana, no en la concepción. ¿Comprendéis ahora por qué a ella no se le puede atribuir una maternidad divina? María es la Madre de Jesús hombre.

La última pregunta del monje queda sin respuesta. Úrian entiende que no está preparado para un enfrentamiento dialéctico de esas dimensiones. Continúan admirando los mosaicos del templo, comentan su belleza, pero ninguno de los jóvenes quiere regresar a la anterior conversación. Solo en ocasiones, mientras Tistrya explica alguna de las imágenes, el hijo del tejedor mira a su amigo Fiblas y se comunican en silencio. Las ideas religiosas del nestoriano les han dejado perplejos.

Después de recorrer el templo en todas las direcciones, Fiblas comenta que posiblemente les esperen para comer. Tistrya le mira con socarronería y sonríe entre dientes.

—A lo mejor tienes razón, joven amigo, pero ya sabes que no solo de pan vive el hombre. Está escrito.

—Fiblas no ha dicho ninguna tontería —interviene Úrian—. Es muy posible que nos busquen y no quiero que mi padre se disguste de nuevo.

Es el hijo del tejedor quien, decidido, se dirige a la salida del templo. Su amigo no tarda en alcanzarle. Los dos se giran en dirección al monje.

—¿Vienes? ¿O quieres demostrar alguna otra teoría? —dice Úrian, antes de cruzar la puerta que les conducirá a un exterior de luz sin matices.

—Mi maestro Rashnaw opina que lo verdaderamente importante de las teorías no es demostrarlas sino su formulación —replica Tistrya, ante la desesperación de los muchachos.

—Cada cual entiende de lo suyo. Esto es lo que dice mi padre cuando los mercaderes le explican historias que no alcanza a comprender.

Los dos corintios dejan al monje en el interior del templo. No es necesario insistir. Úrian piensa que el viaje no será tan fácil como había previsto, que será necesario llegar a un equilibrio entre ideas muy diferentes, pero también cree con firmeza que las vicisitudes del camino les acercarán. No comparte ninguno de estos pensamientos con su amigo, quizá porque sospecha que tiene parte de razón. No quiere darle más vueltas, pero algo en su interior le hace avivar el paso y una risa nerviosa le acompaña hasta los aposentos donde se alojan.

Aquella noche, Úrian está desvelado; como de costumbre, reza junto a su padre encomendándose al Señor, pidiendo que les ayude, que les guarde. Pero hoy, al recitar las palabras de san Anastasio, siente como si encerraran un mal presagio...

—Acuérdate de nosotros, tú que estás cerca de Aquel que te ha dado todas las gracias, tú eres la Virgen María y nuestra Reina. Ayúdanos por los méritos del Rey, Señor, Maestro que ha nacido de ti. Es por ello que eres llamada Llena de Gracia...

SEGUNDA PARTE

«Nunca miramos solo una cosa; siempre miramos la relación entre las cosas y nosotros.»

JOHN BERGER

«Incluso el viaje más largo empieza dando un paso. No tengas miedo de avanzar lentamente. No tengas miedo de quedarte a la espera.»

ANÓNIMO CHINO

¿Son los jóvenes los viajeros por excelencia? Un sabio dijo que solo ellos saben enfrentarse al camino y descubrir nuevas rendijas de futuro a cada paso. Su fuerza está llena de frescura y esperanza, el ímpetu de sus resoluciones puede doblegar a sus enemigos. Pero el mismo sabio expresó también serias dudas sobre la conveniencia de confiar el rumbo de nuestras vidas a un impulso falto de reflexión, a una imagen del mundo que no ha encontrado todavía los obstáculos suficientes para entender que, si vas de casa en casa, de ciudad en ciudad, puede que coincidas con esperanzas y valores que cambiarán tu visión de las cosas.

El emperador hace tiempo que tomó su decisión. Realmente nunca le interesaron demasiado los asuntos de este mundo. Se aferraba a ellos por costumbre, consciente de que únicamente el poder le otorgaría la seguridad necesaria para sus estudios, mientras buscaba una vida relajada que le acercara a Dios. El espíritu rebelde de Teodora le procuró algunos disgustos, pero sabía que, al mismo tiempo, perpetuaba el carác-

ter inmutable de su persona. La pasión de la emperatriz atraía la fuerza que el imperio anhelaba. En algún lugar quedó escrito que solo los valientes se perpetúan, no siempre persiguiendo el bien, en el corazón de las personas.

Justiniano ha fingido un interés desmesurado por la misión que llevarán a cabo los viajeros. A pesar de todo, está lejos de sentir esperanza. Tras su partida, se encierra en palacio y sueña cosas relacionadas con la fe, redacta leyes que no sabe si alguien adoptará, se esfuerza en rechazar la muerte. Es posible que nunca llegue a saber los resultados de la misión. Los caminos son duros, las distancias largas, inciertas las posibilidades de éxito.

El único que recuerda cada día a los valientes es Belisario. Falto de otras ocupaciones que sacien su ansia de aventura, se instala en las terrazas de palacio y espera con la mirada fija en el horizonte. Una semana después de la partida ve llegar a dos de los viajeros. Son soldados que han caído enfermos y, sin duda, Lysippos les ha obligado a regresar. Las noticias que traen son buenas. La caravana avanza en dirección a Capadocia, los ánimos se mantienen, las esperanzas aumentan.

Después de este suceso, el silencio. El general Belisario se consuela pensando que ya están demasiado lejos, que no pueden prescindir de ningún componente de la expedición, que quizá cuando pasen unos meses algún comerciante les traerá noticias. El emperador y el general envejecen. La ciudad continúa inmersa en luchas religiosas que hacen menguar su capacidad para la guerra.

Pero ninguna memoria es más frágil que la nacida del corazón de aquellos que esperan.

La expedición solo puede avanzar, enfrentarse a las inclemencias del camino como una metáfora de la distancia convertida en polvo que el viento dispersa.

1

Capadocia, Anatolia Central
Junio, 551

Kaymakli les espera. Los viajeros hablan de una ciudad de piedra, habitada por seres silenciosos, de una ciudad que los caminos pueden dejar atrás fácilmente. La caravana transita por tierras de Anatolia Central, a la búsqueda de un lugar solo marcado por las palabras.

Ya han pasado muchos días desde que un decepcionado Belisario les vio alejarse desde las terrazas del palacio de Justiniano. Continuó observándoles durante mucho tiempo, hasta que su mano fue incapaz de combatir la calima que engullía la expedición. La mirada del general había acompañado el paso lento de los caballos a través de las calles de Constantinopla. Al mando se distinguía la figura briosa de Lysippos y la altivez de los hombres de Corinto, seguidos muy de cerca por los dos monjes nestorianos. En el centro se hallaban los animales de carga; transportaban agua en enormes calabazas, bultos con víveres, tendales que les protegerían del sol en los desiertos... Cerrando la comitiva se podían ver las siluetas marciales de los soldados, incapaces, a pesar de su torpe intento de parecer mercaderes, de engañar la experta percepción de Belisario.

El militar intuyó que algunos de los hombres mantenían una actitud vacilante, como si la incertidumbre del viaje les hiciera sentirse divididos entre el punto de llegada y el lugar de origen. Era una sensación que conocía de cerca, pero quizás ya no volvería a experimentar. Ese pensamiento le entristeció y se dejó llevar, también él, por la ambigüedad de la niebla.

Ahora, Constantinopla queda lejos. Su recuerdo se ha ido perdiendo entre cordilleras angostas y valles donde no penetra el sol. La caravana ha aprendido a sobrevivir. Los viajeros ya saben que la ruta es al mismo tiempo descubrimiento y penuria, que la única manera de llegar a su destino es dejar atrás muchos destinos posibles.

Los hombres se llevan la mano a los párpados, a cada paso, para combatir el polvo del camino. Tienen un objetivo. Quieren encontrar otros como ellos, viajeros que les acompañarán por unos territorios que ni siquiera pueden intuir. Una caravana de mercaderes procedente de Antioquía les espera, como un remedio contra la incertidumbre del camino.

El encuentro tendrá lugar en Kaymakli, la extensión de tierra que pisan.

¿Pero dónde está Kaymakli? Los soldados serían capaces de olvidar que un día llevaban armas en las manos; los monjes, que alabaron al Señor entre paredes verticales y aromas de incienso y mirra; los tejedores, el tacto espeso del tinte resbalándose entre sus dedos. Olvidarían todo eso porque la nada les rodea, un espacio quimérico, de atrevidas piedras perforadas que se proyectan hacia al cielo y se recortan sobre el azul de una oscuridad inesperada.

Lysippos invierte con extrañeza el pergamino que les marca la ruta mientras mira a Rashnaw buscando una respuesta. El monje muestra una apariencia tranquila, señala las formaciones rocosas y se dirige a los presentes:

—Contempláis la patria de los padres capadocios. Aquí vivieron muchos cristianos que habían huido del poder de Roma.

—Pero si había una ciudad en esta desolación, ya hace mucho tiempo que fue arrasada —responde Xenos, quien comparte las dudas de Lysippos.

—Tenéis una mirada aguda, tejedor, pero todavía no habéis aprendido a mirar. A menudo esperamos que las cosas representen aquello conocido, pero ¿por qué no dar margen a la sorpresa? Solamente si estamos muy despiertos se puede tener acceso a un conocimiento nuevo.

Las palabras del monje caen como un enigma indescifrable entre los viajeros. Los cuerpos agotados por tantos días de ruta impiden que la razón funcione con presteza. Solo Tistrya recuerda una reflexión que ha leído o escuchado entre los sabios de Gundishapur: «De una ciudad no disfrutas las maravillas, por muchas que tenga, sino la respuesta que da a una pregunta tuya, o quizá la pregunta que ella te hace, obligándote a responder.»

Pero los viajeros miran sin entender. Buscan referentes que les ofrezcan seguridad. ¿Dónde se halla la cúpula que guarece el templo? ¿Hacia dónde buscar las calles laberínticas que murmuren la proximidad de los burdeles? ¿De qué modo poder adivinar una vía principal, un camino que te lleve a un lugar de privilegio?

Ajenos a las dudas de los mayores, Úrian y Fiblas bajan del caballo, juegan a interpretar las figuras que esculpen las rocas.

—A mí me parece que en este lugar pasó algo excepcional —dice Úrian, avanzando con precaución y mirando hacia ambos lados.

—¿A qué te refieres con algo excepcional, Úrian? —responde Fiblas, que no las tiene todas consigo.

—No te lo sabría explicar. ¿Pero sabes a qué me recuerda?

—¿Cómo quieres que lo sepa, Úrian? ¡Yo no he visto nada igual en toda mi vida y, estoy bien seguro, tú tampoco!

El hijo del tejedor dirige una sonrisa a su amigo y, con un tono de voz confidencial, como quien se prepara para desvelar un gran secreto, le coge por la espalda y prosigue...

—¿Recuerdas cuando íbamos a ver el mar embravecido, allá en Corinto?

—Sí, claro que lo recuerdo, pero ¡no veo agua por ningún sitio!

—Espera, hombre, ¡todavía no he acabado! ¿Recuerdas cómo las olas se proyectaban hacia el cielo y las crestas blancas dibujaban cumbres imposibles?

Fiblas le mira con una expresión a medio camino de la añoranza y la perplejidad y va diciendo que sí con la cabeza. Úrian retoma su metáfora.

—Pues es el mismo paisaje. ¡Fíjate! Representa el instante en que se congela y petrifica una tormenta.

Tras estas palabras el joven tejedor adopta un ademán satisfecho, como si hubiera pronunciado un sabio discurso. Echa un último vistazo a su alrededor y busca en el rostro de su amigo algún gesto de admiración.

Pero no es Fiblas quien responde. Este le mira perplejo, con las manos apoyadas en sus riñones y la espalda ligeramente arqueada. Intenta apaciguar las molestias causadas por tantas horas de viaje.

Esta vez es el joven monje quien, extrañamente, se pone de parte de Úrian. Desde aquel episodio en Hagia Sofía donde la conversación sobre la divinidad de la Virgen les enfrentó, se han mostrado lejanos. Durante los diecisiete días que ya llevan de camino no han cruzado más que las palabras imprescindibles. Ahora es él quien toma la iniciativa y, dando un paso al frente hasta alcanzar a los muchachos, dice con voz templada:

—Si me permitís... No es por cotillear, pero no he podido dejar de oír vuestra conversación. Y es curioso, Úrian. A mí este lugar también me produce una sensación turbadora. Comparto contigo la impresión de un instante congelado en el tiempo, como si por alguna causa fuera necesario que a todos los viajeros nos quedara grabada su impronta en la memoria.

Tistrya ha ido pensando en torno a su propia reflexión. Se interroga sobre qué pregunta le despierta la ciudad, qué respuesta le pide que emerja de la confusión que le habita.

De pronto se detiene. Su báculo golpea con contundencia el suelo rocoso.

—¡Sodoma y Gomorra! —exclama como si al fin hubiera resuelto el problema.

—¿Cómo dices, Tistrya? —pregunta Fiblas, que va de desconcierto en desconcierto.

—Los Libros Sagrados relatan un episodio que podría ilustrar esta sensación fragmentaria que nos asalta. ¿Recordáis el libro del Génesis?: «El sol salía sobre la tierra, y Lot llegaba a Segor, cuando Yahvé hizo llover sobre Sodoma y Gomorra azufre y fuego que venían de Yahvé desde el cielo. Y destruyó estas ciudades y toda la llanura con todos los habitantes de las ciudades y las plantas de la tierra. La mujer de Lot miró hacia atrás y se convirtió en una columna de sal.»

Tistrya se limita a hacer una asociación de ideas. Es fácil relacionar el recuerdo de la columna de sal en que se transforma la mujer de Lot con las columnas blanquecinas que les rodean. Pero sus pensamientos todavía van más lejos. Le inquieta el motivo por el cual Dios convierte a la mujer en piedra...

—¡Lo hace porque ella duda! —se dice el monje con un movimiento imperceptible en los labios.

Sin pronunciar ni una sola palabra más, aprieta con fuerza el báculo en el intento de alejar su propia confusión, mientras siente un pinchazo en las sienes.

Los dos muchachos de Corinto se esfuerzan en encontrar sentido a la recitación de Tistrya. Pero la voz de Lysippos se escucha por encima de todos...

—¡Úrian! ¡Fiblas! ¡Tistrya! ¡Subid a los caballos y no os separéis del grupo! Parece que no estamos tan solos como pensábamos. No sé de dónde sale toda esta gente, ni tampoco qué intenciones tienen.

2

Kaymakli, Anatolia Central
Junio, 551

Mientras Lysippos da órdenes a sus hombres, solicita que uno de ellos le acompañe. Después avanza en dirección a un grupo que parece querer acercarse. El tejedor se sitúa entre su hijo y Fiblas con actitud protectora. El joven monje les mira, pero no deja aflorar la envidia que siente. Los viajeros observan a las personas que aparecen de la nada, como expulsados de aquellas montañas singulares. Ante el desconcierto, Rashnaw les pide que no pierdan los nervios...

—No debéis temer. Ellos tienen más miedo que nosotros. Son gente pacífica y no os harán ningún daño. Kaymakli es una ciudad subterránea. No se trata de un espejismo, podéis estar tranquilos. Lysippos no ha querido escucharme, pero estos parajes están llenos de casas excavadas en la roca, de pueblos enteros que viven bajo el suelo.

Rashnaw sabe que importantes volcanes inundaron la región con lavas y basaltos, en una época que ni siquiera podrían imaginar. La lluvia, el viento, la violencia de los ríos y los cambios de temperatura agrietaron, arrastraron y limpiaron las tierras configurando este horizonte inmenso y extraordinario. Luego llegó el hombre y descubrió que la excavación del adobe que forma los cerros podía llevarse a cabo sin esfuerzo. Así, le proporcionaba un lugar donde vivir a cubierto, un refugio seguro contra las temperaturas cambiantes, a menudo extremas; y también contra posibles enemigos.

El superior de Gundishapur no se equivoca. Unos minutos más tarde Lysippos regresa con buenas noticias: pueden pasar la noche en el pueblo. La caravana avanza lentamente, con la misma cadencia de un sol en el ocaso que carameliza el atardecer. Úrian siente que es una experiencia única, de aquellas que se graban en la memoria y te acompañan para siempre. Por un espacio breve de tiempo, deja de escuchar el alboroto de sus compañeros, se detiene en un pequeño cerro para saborear el espectáculo. Rashnaw pasa a su lado, pero no interrumpe su momento; sonríe para sí mismo y sigue adelante.

El muchacho de Corinto tiene la sensación de alternar un paisaje vivido y otro imaginario. No puede discernir la realidad de aquello que solo en sueños habría sido capaz de divisar. Las pequeñas casas de tierra guardan un mimetismo absoluto respecto a las montañas que las amparan. Agujeros oscuros en paredes doblegadas, arrugadas o sinuosas, muestran el vientre de la tierra.

Del interior, desde una profundidad desconocida, emergen centenares de personas, como hormigas saliendo de sus nidos. Las procesiones, formadas por las pequeñas figuras desplazándose, dan vida a un lugar que recuerda una enigmática pintura o un sortilegio. No sabe el motivo, pero una dulzura de cerezas le viene a la boca. Quizá guarda relación con el color rosado de las crestas rocallosas que parecen fundirse a sus pies, o tal vez con los matices maduros de unos montículos redondeados. «¡Cerezas y albaricoques!», dice a media voz mientras cierra los ojos, traga saliva y busca en la túnica la cinta turquesa, aquella que un día trenzó los cabellos de su madre.

Con los ojos humedecidos, Úrian se añade a la caravana.

—¡Caramba, cuánto polvo! —dice a Xenos el joven tejedor; le espera a poca distancia, mientras se aclara la mirada con un pestañeo forzado.

—¡Ánimo, hijo! ¡Con un poco de suerte hoy podremos dormir a cubierto!

—¿Nos podremos quedar unos días, padre? —le pregunta Úrian, utilizando una melodía rescatada de su niñez, cuando en la lejana Corinto regateaba unos minutos más de juego antes de acostarse.

—Es posible. La otra caravana todavía no ha llegado y, cuando lo haga, tendrán que reponerse del camino —responde el tejedor, acompañando las palabras con un gesto que transmite confianza.

Padre e hijo aceleran el paso de sus caballos hasta confundirse con el resto de sus compañeros de viaje. Se distingue a Fiblas, quien, alborotado, corre en dirección a su amigo. Úrian sonríe mientras le ve acercarse. El turbante violeta, que estos días le ha protegido del sol, le cae sobre la cara y deja al descubierto unos rizos polvorientos y enredados.

—¿Dónde estabas, Úrian?

El hijo del herrero no espera respuesta, le obliga a bajar del caballo y, tirándole de la manga, le lleva hasta un rincón. Entonces le muestra un pequeño conducto vertical que puede abarcarse con ambas manos y que desaparece tierra adentro.

—¿Sabes qué es esto? Di, Úrian, ¿sabes para qué sirve?

—¿Cómo quieres que lo sepa? ¿Podría ser para succionar el agua de algún pozo?

—¡No, Úrian, no! ¡Esto que tenemos delante sirve para comunicarse con el exterior!

—¡Para comunicarse con el exterior! ¿De qué estás hablando?

—¡Es fascinante, Úrian! Aquí abajo vive un montón de gente, ¡una ciudad entera! Yo he descendido hasta el primer nivel, pero...

El joven tejedor interrumpe el discurso de su amigo y, poniendo las palmas de las manos sobre su pecho, le invita a proseguir su explicación con más tranquilidad...

—Espera, vamos a ver. ¿De qué primer nivel me hablas? Y ¿qué demonios quiere decir que sirve para comunicarse? ¿Para comunicarse con quién?

Fiblas coge aire y trata de poner en orden todo aquello que en pocos minutos ha descubierto y que todavía no acaba de entender.

—Yo iba con los demás, al lado de Lysippos; te he buscado pero no te he visto por ningún lado. Cuando estaba a punto de entrar, he descubierto a un hombre que hablaba utilizando este agujero. He oído cómo anunciaba nuestra presencia y, poco después, pegaba la oreja al orificio como si esperara una respuesta. ¿Recuerdas la forma en la que hablábamos tú y yo a través de una caña perforada? Es muy parecido, ¡pero este conducto es mucho más largo!

—¿No te lo estarás inventando? ¿Y con quién se supone que hablan, con los topos?

—No te hagas el gracioso, ¡me lo ha explicado todo Rashnaw! Se pueden contar dieciocho o veinte niveles. Quiero que bajemos juntos, porque ¡lo poco que he visto es increíble! Así, desde el interior, a más de noventa pies bajo tierra, se informan de lo que pasa en el exterior y a la inversa. ¿Te imaginas? Venga, ¡manos a la obra!

Los dos muchachos levantan la vista hasta localizar a Xenos, quien se muestra impaciente reteniendo al grupo que les acompaña. Entran juntos en una casa sencilla, a través de una abertura. La sala está lóbrega para esa hora del día. Sin desmontar de los caballos observan curiosos cómo unos hombres hacen rodar la gran piedra redonda, de color y textura diferente al resto. Todo indica que esconde una entrada secreta.

Ante sus ojos se muestra un corredor iluminado por antorchas. Se adentran en él cautelosos. La temperatura es agradable y, en contra de lo que podría pensarse, el ambiente no se percibe enrarecido. De un lado a otro se reparten edificaciones de diferentes tamaños y de techos altos. El grupo avanza con la misma facilidad que en el exterior. Rashnaw traduce aquello que un guía, con amabilidad, le va explicando.

Les muestra los pozos de ventilación repartidos por la insólita ciudad. ¡Pueden contarse más de cincuenta!

La sensación de claustrofobia se desvanece a medida que la apariencia de normalidad de sus habitantes contagia a los viajeros. Pronto llegan a unos establos donde dejan los caballos y las mulas, los descargan de su peso y les proporcionan forraje. Unos muchachos los desudan y cepillan. Desde allí siguen a pie, interrumpiéndose los unos a los otros, en el afán de comentar todo aquello que descubren.

—¡Mirad los almacenes, aquí a la derecha! ¿Notáis ese olor?

—Viene de allá, es una prensa de vino. ¡A lo mejor hay también una taberna!

No se equivoca. Pero no solo dan con la taberna. También hay cocinas, comedores, cisternas de agua y todo aquello común a cualquier urbe que albergue miles de habitantes. Alguien habla sobre la existencia de tres entradas estratégicas y un túnel larguísimo, que la comunica con la ciudad de Melengubu.

Los viajeros, tras andar un buen rato y bajar dos niveles más, llegan a un área destinada a las habitaciones colectivas y les indican dónde pueden ir a cenar. El comedor es ancho y la comida abundante: carne acompañada de verduras y un arroz con especias. Hace días que no disfrutan de un manjar como este ni beben un vino tan delicioso. Al finalizar, todavía permanecen un buen rato alrededor de la mesa.

Un hombre fuerte, de cara ancha, cejas pobladas y ojos hundidos de color verde, les invita a beber algo que lleva en una pequeña jarra. Al olerla sienten que es una bebida ligeramente alcohólica. Rashnaw comenta que el personaje es un turco uigur que viene de tierras lejanas, próximas a aquellas a las que ellos se dirigen. Parece que este licor de color claro se obtiene de la fermentación de leche de yegua. Beben juntos y luego se retiran a descansar.

Al levantarse, los muchachos están impacientes por seguir descubriendo el lugar. Tistrya se añade a la expedición que custodia Xenos. Los cuatro bajan hasta el último nivel, donde se encuentra el cementerio, donde rezan unas oraciones por las almas de los difuntos. Entretanto, Rashnaw pasea solo; baja y sube escaleras, atraviesa pasillos y cruza espacios laberínticos.

Allí, en las entrañas de la tierra, descubre una grandiosa estancia; su planta tiene forma de cruz e irradia una luz cálida y acogedora. Admira los techos pintados con exquisitez, la cúpula y las bóvedas de un color más azul que el cielo en un día claro. Toda la escena está presidida por un Cristo sentado en el trono, con dos ángeles a su lado. El monje, conmovido, piensa que seguramente es más fácil encontrar una maravilla cuando no la buscas y que algo parecido sucede con el amor o la felicidad.

Los viajeros se han acostumbrado en apenas dos días a la vida del lugar, pero alguien recuerda la necesidad de la partida. La caravana procedente de la vieja Antioquía ya ha cumplido con el descanso obligado y se dispone a marchar hacia Astracán. Lysippos da la orden y se despiden de sus nuevos amigos; repasan por última vez los lugares que más les han conmocionado o admirado.

Ya en la superficie, Rashnaw observa cómo unas mujeres recogen leña para las hogueras. Andan despacio, tranquilas, como llevadas por una melodía que solo ellas pueden escuchar. Reflexiona sobre ello, quizá sea ese el latido que armoniza el tiempo y la vida. Acto seguido, acompasa el sonido de su báculo a un ritmo que le acerque a esta percepción. Todavía se detiene a coger una flor. Es una amapola azul plata. Según ha estudiado en la Academia de Gundishapur, contiene un líquido lechoso en su vaina y, por decocción, se obtiene aceite con virtudes soporíferas. Es una medicina muy poderosa. El camino es muy largo, piensa, nunca se sabe...

3

Montañas del Cáucaso
Julio, 551

Hace semanas que la caravana se arrastra entre pasos escarpados y la visión de valles impenetrables. Las montañas del Cáucaso han sido su morada durante demasiado tiempo, como si de repente se hubieran trasladado a las alturas mientras seguían cada noche la luminosa estrella celeste. Intuyen que en las zonas más bajas podrían protegerse del calor en árboles y salientes, pero los responsables de la expedición que les acompaña han advertido que este es el camino más adecuado si se quiere llegar al otro lado.

Las montañas hacen del trayecto una realidad agobiante. Tanto es así que incluso las conversaciones entre los viajeros han ido perdiendo su sentido. Algunos podrían argumentar que el esfuerzo continuado les impide cualquier otro, aunque hay quienes recrean su espíritu soñador con las maravillas de la tierra y del cielo.

Úrian también camina sin decir ni una sola palabra. Aprende a compasar sus ansias con la lentitud que imprime su cuerpo. Por primera vez entiende que el silencio es la mejor ayuda para aquellos que quieren llegar a su destino. Los caballos ya tienen suficiente con la carga que transportan, incluso el bello y vigoroso animal de Tistrya se ha rendido a la fuerza que parece emanar del cielo y que, por instantes, es como si les aplastara contra las rocas, a veces volcánicas, siempre salvajes y desnudas.

Quizá por ello, los esforzados viajeros se han abandonado a los recuerdos. Úrian hace días que piensa con fuerza en la conversación que mantuvo con su amigo Fiblas cuando, dos días después de regresar de nuevo a la ruta, miraron hacia atrás percibiendo toda la belleza que habían abandonado...

—No sé si decirte que es bello, Fiblas, o que es lo más extraño que he podido contemplar.

—¡Sí que es extraño, sí! Solo hemos pasado dos noches, pero tengo la sensación de que forma parte de una vida distinta. ¿Me entiendes, Úrian?

—Te entiendo perfectamente, amigo mío. Pero imagino que a lo largo del viaje nos asaltará a menudo esa sensación.

—¿Sabes, Úrian? A veces me gustaría que pudieran verlo mis padres. ¡Son tantas cosas! No sé si conseguiré recordarlo todo, trato de guardar imágenes...

—Yo también las guardo, Fiblas. ¿Te confío un secreto?

—Claro que sí, dime. ¿Sucede algo...?

—Es posible que tenga un poco de añoranza. Ocurrió cuando dejábamos atrás la Capadocia. ¿Recuerdas que, cuando viste que me detenía, me preguntaste qué pensaba? Pues me pasaron por la cabeza nuestros paseos por la playa.

—¿Y qué tiene que ver ese recuerdo con el paisaje que hemos dejado atrás?

—Pensaba en cuando, con los puños cerrados, apretábamos los nudillos para que la arena mezclada con el agua formara los montículos de grumos. ¡Las formaciones de la Capadocia me lo recordaban tanto!

Pero esta conversación queda lejos. La realidad es otra; cerros y cordilleras por cruzar que siempre dan paso a un paisaje parecido, el mundo repitiéndose en cada esquina. Reductos aislados de personas que viven con los animales, rostros curtidos por un sol inclemente.

Úrian abandona repentinamente sus ensoñaciones cuando ve que Lysippos y su padre regresan de inspeccionar el lugar. Los dos han abandonado el grupo, llevándose los caballos más frescos. Lo hacen con mucha frecuencia desde que dejaron Kaymakli, como si hubieran descubierto que sus caracteres pueden avenirse.

—Si aviváis el paso, tendréis una sorpresa —dice Lysippos bajo la mirada silenciosa y afirmativa del tejedor.

Tistrya se gira hacia los muchachos de Corinto con un guiño de malicia. Duda de la posibilidad de que se produzca ningún cambio, después de tantas jornadas llenas de agobiante monotonía. Ha llegado a creer en la inmutabilidad de aquel paisaje, en la eterna sucesión del mismo esfuerzo, como si el único sentido de esta aventura fuese ya avanzar hacia la nada.

Es el recuerdo de su padre el que mantiene su esperanza, lo único que le empuja a coger fuerzas en algún lugar recóndito de su interior al cual nunca había accedido. Piensa que no es el momento todavía, y se limita a sonreír mientras Úrian le devuelve la mirada sin entusiasmo.

Las palabras de Lysippos no han conseguido que se recuperen los ánimos en la caravana, pero han hecho resucitar algún poso de fe. Aceleran el ritmo y el cielo parece agrandarse lentamente hacia una caída vertical.

—¡Mira, Fiblas! Los límites del mundo deben de ser algo así —le indica a su amigo ante la inmensidad que, sin avisar, les asalta desde el horizonte.

El hijo del herrero siente que se le nublan los ojos. Él es un muchacho acostumbrado a la playa y a un mar accesible. Lo que ahora contemplan es tan vasto que la mirada parece volar sobre la tierra. En la lejanía, el cielo cae sobre una colosal extensión de agua. Es un espejo líquido que les libera, por unos instantes, del calor que reina en las cumbres. Rashnaw informa a los viajeros de que se encuentran frente al mar Hircanio, que a partir de ahora todo será más fácil. Pero Xenos ha visto cómo se despeñaban hombres y bestias, quedándose ya para siempre en las montañas. Piensa que es un iluso. De un hombre religioso solo se puede esperar esta visión idílica del camino.

Mientras tanto, Tistrya sube a la roca más alta y allí renueva su juramento.

—Padre, poco importa si estáis vivo o muerto; si me es posible encontrar un rastro vuestro, podéis contar conmigo.

4

Riberas del océano Hircanio
Julio, 551

Cuando el día se precipita, densos velos de niebla rompen la solidez de la caravana. La serpentina se adentra en territorio de los jázaros, pero de repente se deshace como atravesada por brumas translúcidas. Al poco rato, la opacidad se instala entre los viajeros. Desaparece el camino y, con él, la posibilidad de avanzar. La sensación de infinitud les es arrancada de raíz. No hay proyección posible más allá del aquí y del ahora. Ninguna idea de viaje es verosímil si el ayer, el hoy y el mañana se convierten en una masa opalina. Entonces, la mirada de los caminantes se torna ciega e inútil. Sus ambiciones y proyectos se ven atrapados en la ilusión del movimiento. Pero el impulso les sirve de poco. ¿Cuál es la dirección a tomar si el miedo te condena a las tinieblas?

Los caballos se niegan a seguir. Xenos grita el nombre de los muchachos y aquellos nombres se mezclan con otros que se articulan en lenguas muy distintas. Forman un canto coral de gemidos y reclamos pero sin que se les pueda atribuir un rostro. Le parece escuchar una voz conocida, intenta aproximarse pese a la opalescencia de todo aquello que le rodea. No, no es quien creía, y le abandona a su suerte. El tejedor ha perdido los nervios y Lysippos le recuerda que no es el mejor momento. Cruzan unas breves palabras mientras los caballos se frotan con los lomos, pero también se ignoran. En aquel instante, las prioridades ya no son las mismas.

Tistrya permanece inmóvil en medio del sendero. Acaricia a *Explorador* y deja que la niebla se adentre por sus poros. Se concentra en permanecer impasible mientras el hombre y la bestia forman una misma figura imprecisa...

—Lo mejor que puedes hacer cuando no ves claro el camino es quedarte quieto, esperar la llegada de la luz.

Habían sido las palabras de su maestro en la Academia de Gundishapur, cuando Rashnaw casi le había obligado a explicarle la causa de su actitud meditabunda, las razones, al fin y al cabo, de una de sus crisis de fe.

¡Qué lejos quedan aquellos días que ahora recuerda plácidos! El joven monje cree que caminar no siempre se traduce en ganar terreno; no quiere hacerlo en dirección contraria, llevado por el descontrol. La niebla, tarde o temprano, desaparecerá, como también desaparecen las incertidumbres, las pesadillas. En ello confía. Mientras tanto, para tranquilizar a su caballo, repite una oración rítmica, a la manera de los mantras budistas que explican con sorpresa y admiración los nestorianos venidos de Oriente.

En algún lugar —si se encuentra antes o después nadie puede saberlo—, los dos muchachos de Corinto sienten el olor del mar, o algo que se le parece mucho. El aire se llena de una salobridad intensa que les reconforta. La persiguen como se persigue un recuerdo, la memoria de la primavera cuando entra en casa por primera vez. Avanzan con esta compañía, con el mar en los ojos, al frente, como un peso deseado. Lo hacen juntos, lentamente, sin reconocer el hormigueo en las piernas ni en el estómago, las dudas que alberga el pie mientras se aventura donde ni siquiera la bravura de los caballos se arriesga. No dejan de hablar, para cerciorarse de la proximidad del otro.

Rashnaw también ha proseguido su andadura, tantea en la niebla con su báculo, intuye cuerpos abrazados y otros solitarios; cada uno acurrucado en su propio miedo, manifiesto o encubierto. El monje percibe el miedo como una carga pesada, ve cómo forma parte del cuerpo evanescente y blanco que les rodea.

La niebla que enturbia las riberas del mar Hircanio y las cadenas de montañas se disipa progresivamente. Al desalojarlas, la noche queda seca y diáfana, dejando visible un grupo de casas lejanas. Los viajeros se dan cuenta de que el alba está cercana y nadie ha cumplido demasiado con el camino. Hombres, caballos y mercancías se extienden por la llanura como las piezas del juego de azar de un mago, usadas para sus propósitos adivinatorios.

Rashnaw sonríe al recordar que le había parecido

una exageración decirle océano a un mar interior como el Hircanio; así le llamaba el historiador griego Diodoro de Sicilia. Pero, si no se equivocaba en sus estimaciones, se encontraban enfrente, y el espectáculo que habían visto desde las cumbres del Cáucaso no dejaba lugar a dudas.

El nuevo paisaje que les descubre la aurora muestra un verde recién estrenado, como el de una hoja que acaba de brotar, tan fantástico como el verde que refleja el interior del agua, profundo y claro.

Cuando advierte que Xenos y Lysippos gritan sus nombres en diferentes direcciones, el hijo del herrero despierta a su amigo.

—¡Estamos aquí, padre, estamos aquí!

El tejedor llega jadeando al lugar donde los muchachos han caído muertos de cansancio y vencidos por el sueño. El soldado de la cicatriz observa a cierta distancia el emotivo encuentro de los tres de Corinto y después continúa dando órdenes a una expedición malograda.

Los viajeros se reúnen en la llanura, al lado de un pequeño pueblo del que desconocen el nombre. Las riberas del Hircanio no están excesivamente habitadas, pero a menudo se encuentran con pequeños grupos de jázaros que hablan de cosechas, del clima, como si quisieran instalarse a su vera.

Será un pueblo anónimo para ellos, como los que solo pasan a formar parte de nuestra historia de manera fragmentaria. Poco a poco se restablece la normalidad. Los responsables de las dos expediciones evalúan las pérdidas y tratan de encontrar soluciones. Lysippos anuncia un día de descanso.

A las puertas de una vieja muralla, un mercader ofrece sus productos. Úrian ve cómo Rashnaw se dirige hacia allí y le compra alguna cosa que guarda bajo los hábitos, tras inspeccionarla detenidamente. Cuando regresa al campamento, le pregunta:

—Mi padre me ha dicho que no me separe del grupo; creo que todavía está asustado. He visto que habéis adquirido algo en el pueblo.

—Es cierto, ¡he comprado alumbre!

—¿Alumbre? ¿El que usamos para secar y teñir las pieles?

—El mismo, Úrian. Pero este producto también se utiliza para más cosas.

—¿Qué clase de cosas?

—Ya veo que eres un muchacho curioso. Haces bien, esa es la primera cualidad que se necesita para aprender. Recuerda, pues, que el alumbre en cantidades precisas es también un astringente.

—Perdonad, quizás he sido indiscreto... —se disculpa Úrian, intentando salir del atolladero de la mejor forma posible. Pero al observar que el monje no parece incomodarse, añade—: ¿No os encontráis bien, acaso?

—No sufras, Úrian. No se trata de ningún desarreglo en mi salud; gracias a Dios, me encuentro perfectamente. En este caso lo preciso para preparar mi nueva pluma. Ven, te lo mostraré.

El monje y el joven tejedor se sientan uno al lado del otro. Rashnaw enciende el fuego y, bajo la atenta mirada del muchacho, calienta algo de arena en un caldero. En otro recipiente pone a hervir agua. Cuando la arena está incandescente, introduce el cañón, limpio y pelado, de la pluma de ave que guarda en un saco.

—¿Por qué hacéis eso? —pregunta Úrian, extrañado.

—Porque así los aceites de la pluma se secarán y el cañón se endurecerá, volviéndose más resistente.

Mientras clarifica las dudas del muchacho, la pluma descansa unos minutos sumergida en el baño de arena. Con cuidado, deposita un trozo de alumbre dentro del agua hirviendo donde, más tarde, introduce el cañón. Finalmente, con una navaja bien afilada, le hace un corte longitudinal y otro vertical.

—¿Ya está lista? ¡Parece perfecta! —exclama Úrian, embobado.

—No está nada mal, dadas las circunstancias.

—¿Algo no ha ido bien, quizás?

—Mira, esta es una pluma de cuervo, pero las más preciadas son las de oca; y no todas, especialmente las remeras del ala derecha.

—¡Caramba! ¿Podremos probarla sobre un pergamino?

—La probaremos, sí, pero sobre un material que no has visto nunca. Lo llaman papel, un monje me lo trajo desde más allá del Taklamakán. Nadie sabe cómo lo obtienen.

—¿Es el desierto que debemos atravesar y al que todos temen?

—No lo atravesaremos exactamente, pero es mejor que nos preocupemos cuando llegue el momento. Ahora, habíamos quedado en escribir, ¿no es así?

El monje busca dentro del saco, que lleva protegido por los hábitos, y extrae un compendio de páginas gruesas y parcialmente escritas. Lo deposita con un gesto solemne sobre las manos de Úrian, que lo recibe del mismo modo. El muchacho pasa las puntas de los dedos por aquella superficie extraña que acoge las reflexiones del maestro. Se la acerca a la nariz con la idea de percibir algún olor.

—No pesa nada y es blando —comenta por fin, enarcando las cejas.

Rashnaw sonríe. Explica, solícito, algunos de los dibujos que llaman la atención al muchacho. Reflexiona sobre los puntos que simulan estrellas y trazan un mapa celeste. Le confía cómo muchas veces se ha orientado en la noche, consultando las constelaciones y alineándolas a partir de los puntos cardinales. Úrian no dice nada, no se cansaría de escucharlo.

—Demasiadas veces nos hacemos preguntas con los ojos anclados en el suelo —añade el monje—, cuando las respuestas suelen venir de arriba —levanta la vista en dirección al cielo—, solo nos hace falta mantener la mirada atenta.

Sin que ellos se den cuenta, la escena ha tenido un espectador en la sombra. Xenos les ha observado desde un árbol próximo mientras piensa que el viejo monje podría ser alguna clase de druida del cual se debe desconfiar. Pero Úrian parece encantado con sus artes y el tejedor avanza unos pasos para hacerse notar. Tal vez la añoranza de los momentos compartidos en el taller de Corinto hace que se sienta celoso. A su hijo se le abre un nuevo mundo ante los ojos y él permanece al margen.

—¡Mirad, padre, es fantástico! ¿Sabéis cómo lo llaman? —dice el muchacho entusiasmado y, sin esperar respuesta, añade—: Se llama papel y ¡viene de muy lejos!

Pero el tejedor no presta atención a las palabras ni al objeto que Úrian le muestra. Observa con firmeza al monje de Gundishapur, sin que este baje en ningún momento la mirada.

5

Khwarezm
Julio, 551

Hace tanto tiempo que la caravana busca una ciudad o un lago, un desierto o un gran río que pueda servirle de referencia, que los viajeros andan desorientados y con la esperanza mermada. Solo pequeños grupos de personas se dejan ver en la distancia, y son los niños quienes se atreven a acercarse. Siempre que se topan con ellos, Rashnaw pregunta por la ruta a seguir; a menudo con la intención de establecer contacto y mostrar a los componentes de la expedición que no se han quedado solos en el mundo.

El monje intenta hablar en distintas lenguas. Se dirige a ellos en griego, la lengua usada en el imperio desde hace muchos años; en persa, el idioma de sus padres, y también en sogdiano. Sabe, por los nestorianos que regresan a casa tras sus periplos, que, más tarde o más temprano, entrarán en la Sogdiana. El conjunto de pueblos situados alrededor de la ciudad de

Samarkanda le interesa de una manera especial. La posición de este territorio, en medio de la Ruta de Oriente, les ha convertido en excelentes mercaderes, además de desarrollar un notable grado de tolerancia hacia las personas de otras culturas y religiones. Dicen que Alejandro Magno había unificado la Sogdiana y su país vecino, la Bactriana; pero son informaciones leídas en los antiguos manuscritos y ya pertenecen al territorio de las leyendas.

Rashnaw espera comprobar sus conocimientos; piensa que sería un testimonio a gran escala del espíritu de concordia que él pregona, una actitud de amistad entre culturas como la que reina en la Academia de Gundishapur. La colaboración es la máxima a seguir, incluso entre sabios de tierras muy dispares.

Pero antes de pisar la Sogdiana, han de llegar a la antigua ciudad de Khwarezm, y ninguno de los interlocutores que van encontrando por el camino acierta a darles noticias del lugar. Lysippos parece buscar en su interior la virtud de la paciencia, pero un talante resolutivo marca su mirada con cierta desesperanza. Los días y noches carentes de agua fresca acentúan todavía más la sensación que viven los viajeros, como si fuesen en busca de un imposible.

Uno de los más afectados es Xenos, quien empieza a dudar no solo del éxito de la expedición, sino también de sí mismo y del sentido de todo lo que están viviendo. Observa los grupos de gente que se esconden con dificultades en un paisaje áspero. Van y vienen, pero en ningún momento dan la sensación de pertenecer a un lugar concreto. Ve acercarse a Úrian seguido de su inseparable amigo y piensa que Fiblas ha sido de gran ayuda; su hijo se encuentra bien acompañado. Sin embargo, repite con frecuencia las mismas preguntas.

—¿Adónde va toda esta gente, padre? Parece que se hayan perdido.

Xenos no tiene respuestas, pero lo que más le cuesta comprender no tiene que ver con la incertidumbre del destino de todas esas personas; lo que verdaderamente le desasosiega es pensar que no tengan un sitio adonde regresar.

¡Regresar! El tejedor se entretiene en ese concepto y nota un pinchazo que no identifica, pero lo siente adentro, muy adentro, se apodera de sus sentidos mientras duerme o cuando observa preocupado las tierras hostiles que les rodean. A veces piensa que si retrocedieran o se desplazaran hacia cualquier otro punto cardinal, todo acabaría siendo exactamente de la misma manera. El horizonte siempre está lejos, siempre parece inalcanzable, como si a cada paso avanzaran hacia el abismo.

Rashnaw explica durante la cena que los fantasmas son hombres y mujeres de tribus nómadas, que entienden la vida como un viaje sin tregua, desde el nacimiento hasta la muerte.

El tejedor piensa que no tiene ningún sentido vagar. Interviene en la conversación para decir que son gente desarraigada, pero son palabras que no gustan a nadie, posiblemente porque también los viajeros llevan camino de serlo. Xenos se aleja del círculo que forma el grupo alrededor de la hoguera donde calientan los alimentos, cada vez más escasos, y esconde un gesto oscuro. Se queda con la imagen de los muchachos, que ríen y celebran las palabras del viejo monje. No desea un futuro nómada para ellos. Piensa si debe decírselo, pero no encuentra la manera. Considera que el viaje tiene sentido si vas en pos de algo: fortuna, gloria. Después se debe volver a casa, tener un hogar adonde sea posible regresar. Esta es su filosofía y su ambición. Perdido en la oscuridad tan próxima de la noche, toma conciencia de ello.

Tistrya lanza pequeños troncos a las llamas, pero no dice nada.

Caminantes, esto es lo que son todos esos fantasmas, caminantes como él. Al menos es un pueblo que vive de acuerdo con sus creencias; él, en cambio, tiene la sensación de no haber escogido bien su destino. ¿Cuál es su hogar? Quizá cuando ponga fin a la misión que le empuja lo vea claro. Tal vez al encontrar respuestas a la desaparición de su padre dejará de ser un nómada más en ese transitar sin sentido.

Dos días después llegan a Khwarezm. Por el aspecto de los viajeros, cubiertos de polvo y suciedad, con los caballos exhaustos tumbados en una tierra no menos áspera que la ya pisada, nadie les presta demasiada atención.

Los dos muchachos de Corinto despliegan de inmediato su curiosidad. Comentan las historias que el viejo monje ha ido explicando bajo el manto de estrellas que les cubría cada noche. Según una leyenda, Sem, hijo de Noé, andaba por estos contornos. Exhausto, se adormeció a orillas del camino y tuvo un sueño: trescientas antorchas alineadas señalaban un lugar. Al despertarse creyó que había sido una revelación y de inmediato se puso a cavar en el lugar indicado. Para sorpresa de todos, comenzó a brotar agua y, desde entonces, se los conoce como los pozos Keivah. En aquel paraje árido se desarrolló un complejo sistema de regadío.

Fiblas y Úrian no dan crédito a sus ojos. Posiblemente todas las conquistas de las que han sido objeto, según explicaba Rashnaw, han cambiado aquel sueño, y entre los griegos, los árabes y los mongoles se han repartido sus riquezas. La visión que les asalta no se corresponde con la magia de las palabras. Se adivina una muralla de piedra, pero de los treinta pies de altura y once puertas que según el monje había tenido, únicamente queda noticia de algunos tramos. Ahora, las casas de adobe se extienden sin orden. A lo lejos, entre la dispersión y la bruma que conforman el calor y el polvo, se divisan algunos edificios destacados.

Lysippos organiza a sus hombres con autoridad y despierta los recelos del tejedor.

—Si ponéis tanta energía, alguien se dará cuenta de que esta no es una expedición de mercaderes —le reprocha sin demasiado énfasis.

—No creo que sea de vuestra incumbencia; mi misión es mantener la moral de los hombres —responde el soldado de la cicatriz, autoritario.

—Puede que sí, pero os recuerdo que los dos estamos al frente de esta caravana y, pase lo que pase, tendremos que responder ante el emperador.

—Vos ya tenéis bastante trabajo preocupándoos de conseguir el dichoso secreto de la seda. Dejad en mis manos las cuestiones militares.

Lysippos cambia la dirección del caballo y se aleja de Xenos. El tejedor se siente nervioso por la disputa, pero, a su vez, no puede dejar de enorgullecerse por su atrevimiento; necesita recuperar la confianza en sí mismo.

Cuando mira de nuevo al frente, percibe la mirada fija de Rashnaw. Se diría que algo le preocupa. A pesar de todo, se siente apoyado, pero de pronto el monje da media vuelta y le deja entre los muchachos, que han empezado a perder el miedo.

Ni siquiera encontrarán un lugar cómodo para descansar en Khwarezm; después de un mes de viaje, no les dirigen ni una sola palabra que les deje un buen recuerdo de su merecido descanso. La caravana se pliega sobre sí misma a las afueras de la ciudad y espera órdenes. Las pocas conversaciones que han sido capaces de entender hablan de hordas del norte que asuelan la ciudad con insistencia. Nadie, pese a las penurias pasadas, piensa que sea una buena idea permanecer allí.

Solo tienen que esperar dos días para que Xenos, tras un breve paseo por las calles desiertas, vuelva con lo que parece una buena noticia.

—He podido hablar con un griego que vive en estas tierras desde hace muchos años. Me ha comentado que la gran ciudad de Numidllkat se encuentra a nueve días de camino. A lo mejor Dios la ha puesto a nuestro alcance para que no desfallezcamos —explica al grupo, sin tener en cuenta los preparativos que se llevan a término.

—¿Dónde os habíais metido? —le interroga con brusquedad el soldado—. Hace tres horas que he dado orden de partir. Rashnaw ya nos había informado de la proximidad de Numidllkat, solo teníamos que esperar el momento oportuno.

El tejedor mira al monje mientras este acomoda sus pertenencias en el caballo; piensa que su autoridad queda de nuevo en entredicho ante Úrian. El muchacho permanece a su lado con una sonrisa insegura en los labios.

—¡Tranquilo, padre! No le hagáis ningún caso. Es un soldado y ha nacido para combatir, está acostumbrado a la acción, pero vos sois el mejor tejedor del imperio.

Xenos se da cuenta de que, más que consolarlo, las palabras de su hijo lo devuelven a una condición olvidada. Debe hablar con él, transmitirle su ambición, hacerle comprender que no es un pobre hombre, pero no sabe si encontrará el momento ni la manera de hacerlo.

6

Numidllkat
Julio, 551

En esos instantes le gustaría ser un pájaro. Levantar el vuelo y dejar que las casas y los habitantes de Numidllkat se hagan cada vez más pequeños, volar y sentir que es posible volver atrás, con sus padres y hermanos, al seno de su tribu nómada, la de Zaquîf, allá al norte de La Meca. Pero ¿qué haría allí? ¿Cómo podía poner en peligro a su familia negándose a aceptar su destino? Ellos solo podían saldar con su persona la deuda de sangre que se les había exigido.

Quizá por ello, Najaah no sabe cuál es el objeto de esta huida frenética entre los puestos del mercado, pero sigue corriendo aunque tiene la certeza de que no hay escapatoria posible a su suerte. Sin detener la marcha mira atrás, resbala con algo y cae entre un ruido metálico. Escucha cómo los hombres estallan en risas y, sin levantar la vista del suelo, sigue a cuatro patas hasta que consigue incorporarse, como un animal herido. Con las manos sucias de quién sabe qué, intenta liberarse de la pelusa blanca que le hace toser y le provoca escozor en los ojos. Escupe; al hacerlo querría vomitar toda la bilis que la atraganta, pero solamente se deshace de los copos de lana que un tejedor tenía en las balanzas con las que ha tropezado. Pisa pies descalzos, se abre camino entre personajes de barbas prominentes, siente olores intensos que se mezclan hasta el mareo. Desorientada entre la multitud, desearía encontrar una mano amiga que juzga inverosímil. Es una ciudad extraña, muy lejos de su casa, y Najaah, como una fiera enjaulada, en lo único que puede pensar es en el próximo obstáculo a salvar entre ella y sus perseguidores.

Las llamadas de auxilio de la mujer chocan con una lengua incomprensible, pero no es más fácil el trayecto para los que la siguen. También ellos tienen dificultades al atravesar la maraña de gente que, ofendidos por la violencia con que los extranjeros pretenden abrirse paso, les ponen todo tipo de impedimentos. Najaah corre sin pensar, impulsada por su ligereza de mujer pequeña y acostumbrada a las arenas del desierto.

El mercado le parece inalcanzable, extendido entre las construcciones de adobe, distribuyéndose incluso por los patios interiores de las casas. Imposible orientarse, imposible perder el rastro de quienes pretenden capturarla, pensando que hay una salida en algún lugar, pero con la impotencia de no tener alas, de no ser un pájaro que cruza los océanos, de no poder desaparecer en el horizonte; hacerse pequeña, lejana, ella en perfecta conjunción con el aire.

Por un instante percibe en su nuca el aliento de los hombres que la buscan; intenta mirar en dirección a la salida imaginada, improbable, pero únicamente encuentra aquel mar de sombreros cónicos y las caras sorprendidas y hostiles de compradores y mercaderes. Ya siente que la atrapan, que alguien le tira de la manga; imposible escapar. Entonces es cuando se encuentra justo enfrente con la mirada amable pero a la vez reflejo de una decisión inquebrantable, ese rostro de ojos azules, de barba menos poblada, más dócil. Baja la vista y lo descubre vestido como los monjes persas que a veces atraviesan el desierto y dejan palabras de una religión diferente.

Quiere hacerse invisible, continuar su camino, correr antes de ser cazada y que la utilicen de nuevo para satisfacer sus instintos, pero la decisión de quien la abraza y la lleva hacia una casa próxima es más firme. Pronto escucha las primeras palabras del desconocido, le deja hacer, le sigue, como si solo albergara ya la posibilidad de esa esperanza.

—No sé qué te pasa, mujer, pero no es difícil adivinar que necesitas ayuda. Tranquilízate y acompáñame, no debes tener miedo. Ven...

Atraviesan el umbral de una casa; ella todavía temblando, él con paso rápido y decidido. Recorren algunos patios interiores y salen de nuevo a un espacio más amplio, una explanada con caballos, bultos y viajeros que descansan del que parece ha sido un largo camino. Najaah no las tiene todas consigo, todavía mira hacia atrás, busca atemorizada a sus perseguidores, pero la estrategia del hombre santo parece haber tenido éxito y se encuentran los dos uno frente al otro, solo rodeados por el resto del grupo.

El miedo hace que la mujer quiera abandonar aquella compañía; no se siente segura en ninguna parte, no puede confiar en nadie. Ya no, después de haber sido sometida por aquellos bárbaros que la aceptaron como se acepta un animal o un puñado de monedas. Rashnaw la tranquiliza una vez más, le acerca una calabaza con agua fresca y la invita a sentarse a su lado. La mujer todavía no ha tenido tiempo de acompasar la respiración cuando una voz incisiva se oye por encima de sus cabezas.

—¿Se puede saber de dónde ha salido esta mujer? —pregunta Lysippos, en un tono despectivo que deja implícita su censura.

—Está bajo mi protección —responde con brevedad el monje, levantándose y dando un paso adelante hasta quedar a la misma altura del soldado.

—No querría que pareciese una falta de respeto, pero soy responsable de esta caravana. No sé qué intenciones tenéis, pero mientras yo esté a cargo de la misión no permitiré que nadie la ponga en peligro.

—A cada uno de nosotros se le ha asignado un papel, ¿estamos de acuerdo, soldado? El mío es ser fiel a las enseñanzas de Dios, Nuestro Señor, y predicar su palabra —dice Rashnaw bajo la atenta mirada del soldado de la cicatriz.

—No entiendo a qué os referís...

—Lo dice la Biblia, en el Evangelio del apóstol san Mateo: «Porque tuve hambre y me disteis de comer; tuve sed y me disteis de beber; era forastero y me acogisteis.»

Lysippos, que no encuentra una respuesta, permanece unos segundos inmóvil y acto seguido se retira. Se siente contrariado; le intimida aquel monje. Nunca se daría por vencido en el campo de batalla, de ninguna forma dejaría que el adversario le llevara a su terreno, se batiría en el duelo más feroz. Pero ahora se halla fuera de juego. Las malditas ropas de mercader lo tienen atrapado; su arma es la espada, no la palabra, su fuerza recae en la acción y ese personaje que lo provoca desde la serenidad le exaspera.

La mujer ha contemplado la escena acurrucada detrás de los hábitos del religioso. No ha entendido una sola palabra de la conversación, pero algo en su interior le dice que está en buenas manos. Sus labios oscuros insinúan lo que, en otros momentos, habría sido una sonrisa.

—¿Cómo te llaman? —le pregunta Rashnaw.

Ella se encoge de hombros y guarda silencio. De pronto, como provista de un sexto sentido que le advierte de los peligros o porque en esta alerta ha basado su supervivencia, se gira en dirección a una calle estrecha que desemboca en la explanada. Abre mucho los ojos y, asustada, se desliza como una serpiente. El monje sigue el movimiento del pequeño cuerpo, reptando hasta llegar unos pasos más allá y confundirse entre las mercancías, convertida ahora en un fardo que tiembla imperceptiblemente. Rashnaw mira hacia el lugar donde ella ha encontrado el motivo de su miedo y toma conciencia de que ya es muy tarde. Unos personajes enfurecidos penetran dentro del recinto que ocupa la caravana, no duda de que van en busca de la mujer. Pero él no puede salirles al paso, la distancia más corta la ocupa Lysippos, quien ya ha puesto en alerta a sus hombres.

—¡Que la paz del Señor sea con vosotros! —dice desde la lejanía.

La voz firme del monje sacude al soldado de la cicatriz. La recibe como una orden sin interpelación posible. Los dos hombres se miran y se reconocen mutuamente, en un pacto sin palabras. Rashnaw se queda de pie, agarrado a su báculo, con la misma excelencia que Moisés a las orillas del mar Rojo. Espera y observa cómo los intrusos, después de un intercambio de palabras con Lysippos, retoman con la misma urgencia el camino de regreso.

El barullo no ha pasado inadvertido. Las palabras de saludo del viejo monje a los forasteros han turbado a unos y otros. Ahora es Xenos quien exige explicaciones al jefe militar de la expedición.

—¿Se puede saber qué querían esos individuos? ¿Qué es lo que sucede?

—Preguntádselo a él —responde Lysippos, señalando con la barbilla la posición que ocupa el monje.

Tistrya y los muchachos de Corinto también permanecen expectantes a la réplica de Rashnaw. Pero este no parece tener ninguna prisa en dar explicaciones.

—¿Os buscaban a vos? ¿Los conocíais? —interroga el tejedor, entre sorprendido y alterado.

El viejo monje todavía no ha articulado una respuesta cuando Tistrya sale en su defensa y, señalando una posición confusa con el dedo, dictamina:

—¡Es a ella a quien buscan!

Las miradas curiosas de los presentes examinan el lugar. Rashnaw se acerca con presteza y se agacha en dirección a la mujer.

—Ya se han ido, no hay nada que temer. Nadie te hará ningún mal —le dice con suavidad, mientras ella esconde el rostro entre una cabellera negra y enredada que le otorga un aire felino.

—¿Quién es, padre? —pregunta Úrian, mirándola con asombro.

—No lo sé, hijo. Pero lo único que nos puede traer son problemas, de eso estoy seguro —le responde con un gesto contrariado, y añade dirigiéndose al monje—: ¿Es verdad que era a ella a quien buscaban aquellos hombres?

—¡Puede que sea una ladrona! —mascullaFiblas.

—¿Quién eres? ¿Qué haces aquí? —pregunta Xenos, adelantándose a todos.

—No os puede entender, tejedor, parece que no habla nuestro idioma, y, en todo caso, tranquilizaos, no es más que una mujer asustada. ¿De qué tenéis miedo? —interviene Rashnaw.

—¿Miedo, decís? ¡Yo no tengo miedo! Pero no permitiré que una desconocida haga tambalear la misión que nos ha traído hasta aquí... ¡Y mucho menos una mujer!

Úrian y Fiblas se miran de reojo al escucharlo. Algo ha roto la firmeza con que el tejedor ha empezado el discurso y un matiz de inseguridad ha acompañado sus últimas palabras. Él, al darse cuenta, se queda al margen sin añadir nada más al comentario.

—No nos puede entender porque es árabe —interviene Lysippos de repente.

—¿Árabe? —pregunta Tistrya, observando de manera alternativa al soldado de la cicatriz y a su maestro, que sigue inclinado junto a la fugitiva.

—Los hombres que la perseguían así me lo han hecho saber. Parece ser que es de su propiedad y que se les ha escapado —puntualiza Lysippos.

—Y vos, Rashnaw, ¿estabais al corriente? ¿Habéis consentido ponernos en riesgo a todos, únicamente para protegerla? Eso es lo que habéis hecho —acusa Xenos, adoptando de nuevo el tono firme con el que había iniciado su primera intervención.

—No sé quién es, ni qué religión profesa, pero es una criatura de Dios. De eso no tengo ninguna duda. El Señor la ha creado como a todos y a cada uno de sus hijos, libre. Si su delito ha sido huir de aquellos que se creen con derecho a poseerla, no seré yo quien la condene. —El viejo monje calla durante unos segundos, mira a sus compañeros de viaje y añade—: Si alguno de vosotros piensa que tiene derecho a culparla, que tire la primera piedra.

La escena de Jesús de Nazaret en defensa de la mujer adúltera se aloja entre ellos. Rashnaw, con astucia, les ha colocado en un lugar que les incomoda profundamente. Lysippos es quien toma la iniciativa.

—Si va a quedarse entre nosotros, no es prudente continuar aquí. Dispondré a mis hombres con el fin de partir lo antes posible.

—¡Pero los caballos necesitan descansar! Apenas hemos pasado dos noches en este lugar y nos espera casi una semana de viaje hasta Samarkanda. Además, perderemos la caravana que nos acompaña...

Las palabras del tejedor son interrumpidas por

Lysippos, quien de nuevo ejerce como jefe de la expedición. Esta vez con la nueva complicidad del viejo monje.

—Podría ser la solución más sensata —exclama el soldado ante la sorpresa de todos—. Descansaremos en el caravasar. Rashnaw dice que se encuentra a un día de camino.

7

Caravasar de Numidllkat
Julio, 551

Los viajeros recorren el trayecto que les separa del caravasar en menos tiempo del previsto. La eficacia tiene mucho que ver con el estado de ánimo del grupo. Tras la agradable experiencia en Kaymakli, el último lugar donde sintieron la hospitalidad de sus habitantes, todo han sido complicaciones. Los días extraviados entre la niebla, el difícil periplo por los márgenes del mar Hircanio, el vacío sentido en la inhóspita ciudad de Khwarezm, son episodios que se van sumando a un viaje largo y difícil.

De un tiempo a esta parte, todo parece haberse endulzado: la ruta, las gentes, el paisaje. Atraviesan tierras de paso donde los hombres mercadean en casi todas las lenguas conocidas. A la luz y las sombras del comercio se entrecruzan razas y culturas, se enfrentan o conviven religiones y filosofías encontradas, configurando un enjambre heterodoxo. Esa manera de vivir conforma el auténtico paisaje de la Sogdiana.

Muchos de los viajeros piensan que la mujer de aspecto salvaje que sigue al viejo monje ha venido a romper la armonía recuperada. Najaah cree que sin su protección no duraría demasiado en la caravana. Se aferra a esa idea cada vez que se tropieza con el hombre de mirada temible a quien llaman Cicatriz. Trata de pasar desapercibida por miedo a que alguien la reconozca, de hacerse útil con tal de ganar adeptos. Pero no resulta sencillo en un mundo de hombres, a menudo embrutecidos, hambrientos o desarraigados, que la miran con codicia o desprecio.

Úrian, lejos de prestar demasiada atención a la recién llegada, deja volar sus pensamientos acogiéndose a un cielo sembrado de estrellas. Se diría que el espectáculo está en el interior mismo del caravasar. La enorme puerta, que durante el día ha servido de entrada a camellos y caballos cargados de mercancías, permanece ahora en silencio; al fondo, la luna es el único pasajero bajo el umbral. Úrian la contempla boquiabierto mientras le llegan las voces de los hombres que hablan y beben animadamente, repartidos por los aposentos que rodean aquel patio. El sonido de una voz amiga le hace bajar la mirada; es su compañero quien lo reclama con voz juguetona.

—¡Caramba, Fiblas, si casi no te reconozco! —exclama con picardía Úrian al observar al hijo del herrero perfectamente peinado y con ropas limpias.

—Estás impresionado, ¿eh? —le responde, haciéndole una reverencia.

Los dos muchachos se mueren de risa. Hacía muchas jornadas que no se sentían tan a gusto. Inesperadamente, este lugar de reunión y descanso es lo más cercano a un hogar desde que abandonaron Corinto.

—Pero dime, ¿por qué me buscabas? —pregunta Úrian.

—Junto a los establos, en el almacén donde guardan el grano, se ha reunido un grupo de gente que narra historias. He pasado mucho tiempo escuchando a un hombre que, según dice, viene de la Serinda. Rashnaw asegura que algunos llaman así al lugar hacia donde vamos. Enseguida he venido a buscarte, pero antes le he pedido permiso a tu padre. Deja que nos quedemos un rato, si le prometemos no meternos en líos.

De camino hacia la improvisada reunión, el hijo del herrero explica a Úrian que ha estado a punto de cambiar su turbante violeta por un sombrero bien extraño, pero que finalmente no ha habido trato. Los dos muchachos se divierten imaginando el aspecto que tendrían con sombreros tan altos y extravagantes, la forma en que se pasearían por Corinto explicando a diestro y siniestro historias que dejarían a sus amigos boquiabiertos. Con curiosidad, deambulan entre grupos más o menos numerosos donde cada uno narra su experiencia. A veces se miran y buscan otro discurso porque no entienden una sola palabra, pero, en otras ocasiones, se detienen y escuchan atentamente...

—¡Os puedo asegurar que esta historia es tan cierta como que hay un Dios en el cielo! Yo la oí de boca de un hombre que decía conocer a los mismos personajes a quienes les sucedió. Parece ser que unos viajeros que se habían quedado sin agua atravesando el desierto vieron caer alrededor de la medianoche un cometa muy cerca de donde se encontraban. Aseguran que al entrar en contacto con la arena dibujó un camino de luz blanca que parecía del todo irreal, pero asustados por el espejismo y presas del encantamiento lo siguieron. Cuál no sería su sorpresa al darse cuenta de que, en el lugar donde la claridad se fundía con la arena, se encontraba un pozo de agua clara...

Un hombre de cara arrugada y ojos pequeños, sentado sobre sus rodillas, se esfuerza para encontrar las palabras adecuadas y transmitir al grupo un episodio que parece inquietarle. Al finalizar su relato, los muchachos de Corinto salen del aposento y recorren de nuevo el gran patio. Sin mediar palabra, los dos miran al cielo, quizás en busca de un resplandor o puede que para cerciorarse de que todo sigue en su lugar.

Se les ha hecho tarde y corren para reunirse con los suyos, pero desde un lugar próximo les llega el murmullo de otro pequeño grupo reunido bajo el cielo. Alguien, de quien no aciertan a adivinar el rostro, dice en voz baja:

—Esto que os explicaré tuvo lugar un día en que, cansado de andar, me detuve a la sombra de un árbol, al borde del camino. Oí cómo se filtraba el agua entre unas piedras y aproveché para llenar mis calabazas y refrescarme un poco. Aún no me había calzado las botas cuando un hombre se me acercó guiando una mula. Nunca me dijo lo que llevaba en aquellos fardajes, pero, por el esfuerzo del animal al trajinarlos, se podía deducir que era una carga muy pesada. Mientras conversábamos, me hizo saber que venía de un lugar donde las hojas de los árboles mostraban tantos colores que se confundían con las mariposas. Decía también que la belleza más rara de aquellos lugares era patrimonio de una muchacha a quien su padre tenía prisionera. Parece ser que se veía obligado a hacerlo porque, de tan bonita como era, el simple hecho de mirarla dañaba la vista.

Un murmullo se extiende entre los reunidos; después, el grupo se deshace lentamente. Los dos muchachos de Corinto, todavía impregnados por el misterio de las palabras, regresan sin hacer ruido. No dicen nada a nadie, como si realmente se tratara de una confidencia. Fiblas, tras dejarse caer sobre la márfega, se queda dormido profundamente. A Úrian no le resulta fácil conciliar el sueño. Mira a su alrededor, reconoce la nueva familia en que se han convertido los compañeros de viaje. Haces de luz de la luna se filtran con suavidad por el techo de madera y se entretienen en el recorrido de una telaraña. Úrian nunca ha contemplado ninguna con tanto deleite. Le parece un andamio imposible suspendido en la nada.

De pronto nota el aliento de su padre en la mejilla y una sensación de gratitud le hace sonreír. Todavía mira más allá y ve la sombra de la mujer a quien el viejo monje llama Najaah, la adivina acurrucada contra la pared de adobe. Le parece escuchar cómo Tistrya habla en sueños y también el ronquido rítmico de Lysippos; más amortiguado, le llega el relinchar de los caballos en el establo.

Cierra los ojos de nuevo, juega a adivinar de qué extraños colores pueden ser las hojas de aquellos árboles que nombraba el desconocido. Quizá se asemejen a los obtenidos en Corinto al hervir raíces y plantas. Pero el recuerdo de la muchacha prisionera le roba el sueño. Se pregunta qué mal puede haber en ser portadora de belleza; cuanto más piensa, más claro ve que, sin lugar a dudas, se ha impuesto un castigo injusto.

¿Cómo admitir que la contemplación de la excelencia sea capaz de producirte alguna herida? Úrian se adormece intentando encontrar respuestas a ese despropósito. Cuando Rashnaw se levanta para llevar a cabo sus rezos, el joven tejedor entorna los ojos. Despierta a un nuevo día y en el corazón de Úrian nace un desasosiego que aún no tiene nombre. El malestar permanece a su lado, como una compañía inesperada.

8

Samarkanda
Agosto, 551

¡Xenos, Xenos! Úrian quiere agua, pero la mía está demasiado caliente —grita Fiblas para tener la certeza de que el tejedor le escuche.

Hace tres días que han dejado atrás el caravasar de las historias nocturnas y la situación ha cambiado de manera significativa. La extraña enfermedad de Úrian ha vencido su fortaleza juvenil y desde la noche anterior viaja en unas angarillas improvisadas.

La caravana sufre una transformación casi imperceptible. Su estructura natural —una hilera de animales y personas— se ha convertido en una media luna para albergar en su centro al caballo que arrastra las angarillas de Úrian. A su lado, como si quisieran construir un muro que le proteja del sol inclemente de agosto, se sitúan los monjes de Gundishapur, su padre y también Najaah; todos ellos cambian de lado según los recodos del camino. Mucho más cerca viaja

Fiblas, que comprueba a cada paso el estado del enfermo. Son los soldados, comandados por Lysippos, los que mantienen el orden en el grupo.

Xenos atiende de inmediato la petición de Fiblas, deja a Rashnaw con la palabra en la boca y se acerca a su hijo.

—¿Cómo te encuentras, Úrian? —pregunta, acercándole su calabaza llena de agua—. ¡Ya estamos muy cerca! Dentro de nada podrás descansar en un lugar fresco y limpio. Rashnaw asegura que en la comunidad nestoriana adonde nos dirigimos habrá un médico y podremos saber cuál es el motivo de tu fiebre.

—Lo sé, padre, pero tengo tanta sed que a veces lo veo todo borroso, como si el mundo estuviera a punto de desaparecer detrás de un cristal esmerilado.

—¡Tranquilo, Úrian, tranquilo! La ciudad está a la vuelta de la esquina, se pueden distinguir sus murallas. Llegaremos enseguida.

—¿La ciudad está cerca? —responde Úrian, reavivándose de repente e intentando incorporarse—. Padre, quiero verla, quiero subir con vos al caballo...

—Úrian, apenas te quedan fuerzas. Es mejor que sigas en tus angarillas, ya tendrás ocasión cuando mejores.

—No, padre, no entraremos otra vez en Samarkanda. ¡Quiero montar con vos, levantadme!

El tejedor sabe que no puede contrariar a su hijo. Entre él y Fiblas le ayudan a abandonar su improvisado lecho y, con gran esfuerzo, le sitúan encima del caballo. Xenos monta detrás de él y le agarra con fuerza. Se siente satisfecho, orgulloso de que, pese a la enfermedad, su hijo haya querido vivir la entrada en la ciudad.

Tistrya, que ocupaba un lugar muy avanzado en la caravana, regresa hasta colocarse cerca y se muestra extrañado de la permisividad de sus compañeros de viaje. El joven monje hace días que ve a Úrian como un problema. Sin desearle ningún mal, entiende que la enfermedad del muchacho es un obstáculo para sus objetivos, que en algún momento llegarán a la ciudad donde desapareció su padre, pero si el joven empeora no podrán continuar; Xenos no lo permitirá.

El camino se hace cuesta arriba y los viajeros ven a cada paso una perspectiva diferente de las murallas. Las puertas se van perfilando despacio en la lejanía, pero Úrian no parece estar en condiciones de disfrutarlo. Se ha desmayado apenas fue montado a la grupa. Su padre le abraza con todas sus fuerzas mientras Lysippos anuncia que una delegación ha salido a recibirlos.

Najaah se acerca a muy poca distancia del caballo de Xenos y pone en manos del tejedor una piedra. Se trata del betilo que ella misma escondió entre las ropas del muchacho y que le acompaña desde que se encontró indispuesto. Acaba de recogerla del suelo.

—¿Qué intentas decirme, mujer? ¿De verdad crees que una piedra puede curar a mi hijo? Quizá tengas razón o tal vez, como asegura Rashnaw, esta piedra sea la morada de un Dios capaz de ayudarnos. Nuestros mundos no son tan diferentes para que comunicarnos sea tan difícil, en el fondo siempre dejamos un margen abierto a la esperanza.

Xenos aprieta con fuerza la piedra, la lleva en la mano que sostiene a Úrian encima del caballo. Intenta retener cada imagen, la extensión de las murallas, maltrechas por guerras y tempestades, el perfil de los edificios más altos, la buena disposición de los emisarios que han enviado a recibirlos.

Acercándose puede verse un carro pequeño que llega conducido por un monje que viste los mismos hábitos que Rashnaw. Este, observado con expectación por el tejedor, es ahora quien da las órdenes. Úrian es trasladado con la ayuda de todos y desaparece en el interior de las murallas. El viejo monje extiende el brazo hacia el padre del muchacho y lo deja reposar sobre su hombro.

—No debéis tener miedo, amigo mío. Vuestro hijo está en buenas manos. Ahora nos separaremos. Ya he hablado con Lysippos y ellos se instalarán muy cerca, pero todos nosotros lo haremos en el interior de la comunidad.

—¿Estáis seguro de que los soldados no lo tomarán como un agravio? —pregunta Xenos—. Al fin y al cabo, a ellos les ha sido otorgada la responsabilidad del viaje.

—Tenéis un corazón noble, tejedor, pero estarán bien. Ahora vuestra única preocupación debe ser vuestro hijo. Enseguida encontraremos agua y comida. Recuperaos mientras los médicos atienden a Úrian; él os necesita entero y con ánimos suficientes.

—No he perdido ni una pizca de mis ánimos, amigo mío. ¿Estaréis vos a su lado?

—No me moveré hasta que vengáis, pero dejad que mis hermanos hagan su trabajo. Os prometo que harán lo que sea necesario por curarlo, y ya sabéis que un hombre de Dios no hace una promesa en vano.

Al entrar en el recinto que alberga a la comunidad de nestorianos, Xenos se convence de la veracidad de las palabras del viejo monje. El edificio, construido con ladrillos de barro y escayolado con arcilla fina, es de dos plantas, pero enfrente tiene una buena extensión de terreno. Algunos hombres observan a los recién llegados desde la terraza y sus figuras ocultan parcialmente una pequeña cúpula. El tejedor ya no tiene que hacerse cargo de nada. Le acomodan en un aposento donde hay agua y una gran cantidad de víveres, le hablan en griego y prodigan sus atenciones hacia todos los hombres sin excepción. El tejedor piensa que es como si hubiera llegado la comitiva real.

Pero no sucumbe a las tentaciones. Se lava la cara con agua fresca, coge una manzana de la cesta de frutos que casi le deslumbran con sus colores y se dirige seguido de Tistrya hacia la sala adonde han llevado a su hijo.

Lo que allí ve apacigua todos sus miedos. Unos cuantos monjes rodean la pequeña bañera de barro donde Úrian está siendo atendido. Le lavan el rostro y las manos, intentan revivirlo después de su desmayo. Al mirar a Rashnaw, quien se mantiene al margen pero expectante, recoge el gesto de confianza que le transmite. Uno tras otro, con la excepción de Lysippos y Najaah, se van reuniendo todos los viajeros.

—Ahora están buscando algún rastro del animal que nos ha indicado Najaah —comenta el monje al oído de Xenos.

—¿De qué animal me habláis?

—No estamos seguros, pero la mujer podría tener razón. Me ha contado el efecto que causan las garrapatas cuando se adhieren al cuerpo. Según dice, la palidez del joven le ha recordado un episodio parecido que tuvo lugar en su tribu. Puede que Úrian tenga una en su cuerpo.

—¡Una garrapata! Pero ¿y la fiebre? ¿No se tratará de una insolación? —responde Xenos, consternado por sentirse tan inútil en este caso.

—Dejemos trabajar a mis hermanos, querido Xenos. Nosotros llevamos tres días viajando bajo un sol abrasador.

Xenos comprende que el monje tiene razón. Se limita a observar cómo los nestorianos recorren cada parte del cuerpo de Úrian con un gran respeto, pero al acabar parecen decepcionados.

—¡Esperad! ¿Qué es esa mancha roja del brazo? —exclama uno de los monjes, dirigiéndose al tejedor.

—No se trata de nada importante. Es una mancha de nacimiento, su madre siempre decía que se trataba de un signo de buenos augurios...

Poco tiempo después su hijo empieza a reaccionar, pero gime por la altísima fiebre. El religioso de más edad ha participado activamente en la búsqueda y, de repente, se encara a Rashnaw con la tristeza reflejada en sus ojos.

—¡No le encontramos nada! —dice compungido quien parece el patriarca de la comunidad.

—No es posible —responde Rashnaw—, o quizá sí. Tal vez nuestra amiga árabe se equivoque.

—Pero nuestros médicos tampoco acaban de saber con claridad el origen de la fiebre; cada vez es más alta, pese al baño de agua fría al que le hemos sometido.

Casi de inmediato se escuchan en el exterior los gritos de Najaah. Los monjes parecen ofendidos por la interrupción, pero la mujer no se detiene en su súplica. Es Rashnaw quien reacciona; abandona la sala y sale a conocer los motivos del alboroto. Ha sido necesaria la intervención de dos soldados para conseguir que Najaah no entrara en el interior de la casa.

—¿Qué sucede, Najaah? ¿A qué vienen estos gritos? —le pregunta Rashnaw.

—¡Estos hombres no me dejan pasar! Me han dicho que no hay ninguna garrapata en el cuerpo de Úrian, pero no me lo puedo creer. Dad orden de que me dejen entrar.

—No sé si es posible, mujer. Yo no puedo dar órdenes en esta comunidad —le responde Rashnaw pensativo.

—Pero yo sí —les llega una voz desde el umbral de la sala donde los monjes han reconocido a Úrian—. Y si quiere examinar al muchacho, tiene mi bendición.

A su alrededor se escuchan las disputas del resto de los monjes y uno de los doctores se les acerca presentando su queja. Durante unos instantes todo es confuso. Najaah espera al lado de Rashnaw mientras aquellos hombres hablan entre ellos, pero enseguida el superior se adelanta dejándolos con sus discusiones.

—¿Alguien puede decirme que una mujer no es también una criatura de Dios? Porque si es así, yo puedo dejar mi cargo a su disposición. Mientras tanto, pido, más bien le ordeno, a nuestra invitada que pase al interior y prohíbo que nadie le impida su tarea.

Rashnaw transmite estas palabras a Najaah y los dos entran en la sala seguidos del resto de los monjes. Ella se dirige al muchacho, le hace cambiar de postura sobre la cama improvisada y le examina directamente la nuca. El abundante pelo hace muy difícil su tarea, pero al cabo de un rato todo el cuerpo de Úrian se contrae bajo una tensión inusitada. Najaah mira hacia atrás y coge el brazo de Rashnaw.

—Mirad, poned el dedo aquí, ¿notáis el pequeño bulto? Apenas es como un grano que se hubiera quedado en el interior —le pide Najaah.

—Lo noto, es cierto —asegura el monje—, pero ¿quieres decir que solo por esto...?

—Debéis hacerme caso, es muy importante. Ahora tenemos que extraer este animal asqueroso del cuerpo del muchacho. Pedidles aceite, y además necesitaremos una mano firme. Será preciso practicar una pequeña incisión.

—¿Una incisión? —exclama uno de los médicos nestorianos al enterarse de los propósitos de la mujer—. ¿De verdad pensáis tomar en consideración las palabras de una infiel?

—Callad, buen hombre —dice Rashnaw autoritario—, y traed lo que os han dicho. Yo también he leído algo sobre garrapatas en un libro de Plinio el Viejo. El gran peligro de estos animales es que su cabeza se quede en el interior al desprenderlos. Si no hacemos esa pequeña incisión que dice Najaah, Úrian podría morir. —Y añade en árabe—: ¿No es así, amiga mía?

Najaah mueve la cabeza afirmativamente, pero no dice nada más. De pronto se gira hacia el tejedor y le interroga con la mirada.

—¡Yo lo haré! —Xenos alza la voz en medio de la sala—. Mis manos están acostumbradas a trabajar los tejidos y... Úrian ¡es mi hijo! Solo necesito a alguien a mi lado que me guíe.

Uno de los médicos ha vuelto con un pequeño cuchillo muy afilado y agua caliente.

Najaah se acerca con decisión y apoya su mano en el brazo de Xenos. Da instrucciones mientras Rashnaw va traduciendo cada una de sus palabras. Los monjes ponen a disposición de Xenos todo aquello que ella pide. Pero a veces fruncen el ceño y dudan.

—¿Humo? ¿Se puede saber con qué finalidad quiere que hagamos humo? ¿No formará parte de una ceremonia de la tribu a la que pertenece? Imagino que no se atreverá a llevar a cabo un ritual de magia bajo nuestras miradas, ¿verdad? —pregunta uno de los monjes antes de salir con ademán altivo del aposento, dejando clara su oposición y desentendiéndose de lo que pueda suceder.

La mujer mira a Rashnaw y le pide permiso para continuar. No parece interesada en los motivos de esa actitud orgullosa. El viejo monje asiente con la cabeza y explica las maniobras que se van llevando a cabo.

—Según dice Najaah, el animal puede seguir vivo bajo la piel. Por eso unta con aceite la superficie y acerca el humo de una pequeña antorcha. La garrapata debe respirar, si taponamos los poros de la piel y no puede hacerlo, la obligamos a salir.

La espera es tensa, pero no se produce ningún cambio.

—No deberíamos descartar que se trate de la picadura de un insecto o de una araña. Perdemos el tiempo —masculla un monje joven, que no ha parado de pasear de un lado a otro del aposento mientras se acaricia la barba.

—Estas picaduras tienen un efecto rápido. El veneno que inoculan los escorpiones, las arañas y las serpientes es de una virulencia tal que el muchacho no habría podido resistir tres días de camino. Por otro lado, tampoco se observa ninguna parálisis. Sin duda no tiene los síntomas —opina el médico de más edad de forma categórica.

Úrian tose. El humo agrava su débil estado. Xenos le incorpora con delicadeza diciéndole algo en voz baja. Luego se dirige a la mujer en actitud de súplica, como si hubiera ido forjando la idea de que la suerte del muchacho está en sus manos. Ella le aguanta la mirada, se concentra en transmitirle todo aquello que no dicen las palabras. Por primera vez, se miran de igual a igual.

Najaah piensa por unos instantes en el efecto que le provocan aquellos ojos de colores tan distintos. Son como la tierra y el cielo, se dice, y se deja llevar por esa sensación. Cuando Úrian empieza a sufrir convulsiones debido a la fiebre, ambos se concentran de nuevo en su tarea. Le aplican compresas de agua fría mientras alguien resopla ruidosamente dejando entrever que las complicaciones eran previsibles. Rashnaw le mira de arriba abajo y se restablece el silencio.

—Está muerta, no tengo ninguna duda. Si no fuera así, ya habría salido. Preparémonos para extraer la cabeza del animal que ha quedado en el interior —afirma Najaah con firmeza.

Coge una tela, la dobla tres veces y se la ofrece a Úrian. Hace un gesto que quiere imitar el movimiento de apretar los dientes, para que la muerda. Rashnaw pide la colaboración de dos monjes, es necesario inmovilizar al muchacho.

—¡Un momento! —dice uno de los presentes, abandonando con urgencia la sala.

En unos minutos regresa con un vaso en la mano y se inclina sobre el muchacho.

—Toma, este vino lo hacemos nosotros mismos. No te hará ningún mal, solo te enturbiará un poco. ¡Ánimo, todo irá bien!

Úrian bebe con dificultad y, mientras esperan a que le haga efecto, su padre le rasura la zona que rodea el lugar indicado, la limpia y respira hondo. El contacto con el cuchillo provoca una pequeña sacudida del joven. Cierra con fuerza los ojos y aprieta la tela entre los dientes mientras musita una oración. Mentalmente, su padre también eleva una plegaria.

Xenos reza pidiendo que el pulso no le tiemble, que la mujer árabe tenga razón. Ruega, traga saliva y le practica un corte en la piel. Con dos pequeños ganchos separa las dos secciones y la sangre brota sucia, mezclada con un olor desagradable. Najaah se le acerca y le da la mano para transmitirle confianza. Le ofrece unas pinzas, mientras empapa la sangre con unas telas preparadas por los monjes. Uno de los médicos, que no se ha perdido detalle, da un paso al frente.

—Es posible que esta mujer tenga razón. Si me permitís...

Una lágrima se desliza por la mejilla del tejedor, pero la espesa barba la absorbe con diligencia. Cierra los ojos para impedir el paso a la siguiente y, al abrirlos de nuevo, Najaah los contempla más limpios, como la tierra y el cielo tras la lluvia.

La operación se prolonga en el tiempo. Extirpan el pequeño cuerpo extraño, limpian y queman la herida. Úrian emite un grito agudo y todos los presentes aprietan los puños, como si con el gesto pudieran compartir su dolor o evitarle parte del sufrimiento. El olor a piel quemada se extiende por la sala y Úrian pierde el conocimiento.

Mientras el joven de Corinto duerme, todos recobran fuerzas en la noche de Samarkanda. La felicidad que produce haber llegado a una ciudad civilizada, sin pensar en imprevistos, con un techo donde protegerse, y saber que Úrian está en buenas manos, les permite bajar la guardia. Tienen la sensación de haber cumplido una etapa. Saben, no obstante, que solo se trata de un preámbulo, que la magnífica ciudad donde se encuentran no es más que un lugar de descanso para coger fuerzas.

Les llegan noticias de la dureza de las etapas venideras. Sabían que el viaje a través de las estepas del Pamir y el desierto del Taklamakán sería muy difícil. Pero los testimonios en primera persona de algunos monjes resultan impactantes. Hablan de hombres que han desaparecido en el intento de cruzar esos infiernos de hielo o de fuego. Cuentan que otros han enloquecido para siempre. Cada viajero se concentra en el goce del anochecer como un regalo, posiblemente como un recuerdo donde acogerse cuando respirar se haga insoportable. Inspiran la noche, la licúan y se la beben como un elixir.

Un personaje se mueve en la oscuridad. El continuo golpear del báculo de Tistrya mientras camina alrededor del patio anuncia al viejo monje que ha llegado el momento.

—Tendremos que quedarnos algunos días en Samarkanda, amigo mío. ¿Te preocupa? —pregunta Rashnaw, aprovechando el momento de más proximidad.

—Durante todo el viaje, incluso antes de iniciarlo, hemos hablado de que llegaría mi hora. He sido paciente; cada paso que daba lo hacía con la íntima convicción de estar más cerca de mi objetivo. Ahora viviré este aplazamiento como un lastre más insoportable que la blancura opaca de la niebla. Ya sé que la enfermedad de Úrian nos obliga a quedarnos unos días, pero no puedo evitar este desasosiego. ¡No sé qué hacer!

—Los caminos de Dios son inescrutables. Él no deja nada al azar. En los planes que traza para cada uno de nosotros, todo tiene un sentido. Solo debemos disponer el espíritu y escuchar sus designios. Quizás este aplazamiento marque un nuevo comienzo.

—Debo entender que estamos cerca de... —La voz de Tistrya queda suspendida en un espacio de incertidumbres, no se atreve a formular la pregunta que lleva en su interior desde hace tanto tiempo.

Los segundos que preceden a la respuesta del viejo monje se le antojan eternos.

—Sí, estás muy cerca. Solo a unas horas de viaje. Si coges el camino que se aventura hacia el norte poco antes de Penjikent, encontrarás una pequeña comunidad nestoriana. Me consta que son conocedores del destino de tu padre. Mañana, al salir el sol, te indicaré la manera de llegar. Trata de descansar un poco y de prepararte espiritualmente. Yo rogaré por ti.

—Pero ¿no vendréis conmigo? Me habéis dicho que Úrian retrasará nuestra partida, podríamos ir y después reunirnos con el grupo. Siempre he pensado que estaríais a mi lado, es importante para mí. Sois mi maestro, ¡os necesito!

—La labor de un maestro es precisamente enseñar a volar; igual que un buen padre, querido Tistrya. Hay caminos que nadie puede hacer por nosotros, la soledad es una vieja compañera con quien hemos de aprender a convivir. Tómate el tiempo que necesites, nos encontraremos en Penjikent. Allí acogeré al nuevo Tistrya.

El joven monje se queda mirando cómo Rashnaw marcha hacia un merecido descanso. Ya está acostumbrado a su manera de hacer las cosas, como el sembrador que esparce el grano sin mirar atrás, sin esperar a ver nacer los frutos.

Sabe que esa noche será la más difícil desde su partida de Gundishapur, pero también el necesario preludio al final de su incertidumbre.

9

Comunidad nestoriana de Penjikent
Agosto, 551

El sol apenas se insinúa en el horizonte cuando tres jinetes atraviesan a caballo las tierras de Sogdiana. Uno de ellos no ha mirado nunca atrás desde que salieron de Samarkanda. Su único objetivo es conseguir que *Explorador* aumente el ritmo de su trote; quiere recuperar el pasado y, a la vez, dejar atrás todas las dudas que arrastra. Pero los soldados que le custodian están dolidos por perderse el descanso que disfrutan sus compañeros.

Tistrya quería hacer el camino en solitario, pero Lysippos se ha negado rotundamente a que ninguno de los hombres que tiene a su cargo viaje solo. De esta forma, flanquean el valle de Zerafshan por la cara sur, impulsados por las palabras del viejo monje:

—Cabalgad siempre en dirección al sol y, llegando al río, a poca distancia de la ciudad de Penjikent, cuando ya esté prácticamente a vuestro alcance, veréis un mojón de piedras en un cruce. Si cogéis el camino que sale en dirección al norte, encontraréis el monasterio.

Pronto distinguen a contraluz la silueta de la ciudad. El sol naciente deja a oscuras la parte frontal de las murallas, pero ya ilumina el resto del valle. La corriente salvaje del río atraviesa las tierras cultivadas, arrastrando el exceso de lluvia de los últimos días. Uno de los soldados predice que el calor será asfixiante en pocas horas, pero Tistrya se dirige hacia el cauce para que *Explorador*, siempre inquieto, encuentre un paso a través de las aguas.

Al llegar a la otra orilla le acaricia el cuello y le susurra unas palabras. Sabe que se acercan a su objetivo, confía en que en algún recodo del camino aparecerá el lugar que busca con impaciencia. Trata de acompasar el trote con el latido de su corazón, que ahora siente en las sienes. Por unos momentos le parece escuchar una campana y mira a su alrededor, pero no ve ningún animal que la lleve colgando del cuello para ahuyentar a los lobos. Quizás anuncie la ejecución de un criminal en el interior de las murallas. Sacude la cabeza, como si el gesto pudiera liberarle de los malos presagios, y mira al frente. Pocos minutos más tarde, uno de los soldados señala la construcción que se advierte al fondo del paisaje.

—¿Podría tratarse del monasterio? —pregunta con cierto desdén.

Tistrya tira de las bridas de *Explorador* y le indica que se acercarán con solemnidad, como se entra en un espacio que reverencias. Los muros de piedra circunscriben la modesta edificación de dos plantas y la azotea que la corona. Enfrente ven un pequeño jardín y un huerto; más allá, el verdear de unas rocas que la protegen de los vientos. Solo una cruz, que se recorta sobre el cielo azul de agosto, les habla de la santidad del lugar.

Los tres jinetes se aventuran entre los márgenes interiores y bajan de los caballos. Nadie les impide el paso, ni tampoco les da la bienvenida. Tistrya intenta no perder la calma, ignorar aquella voz interior que se empecina en decirle que puede haber llegado tarde. Observa las plantas del jardín, los surcos que trenzan un pequeño espacio cultivado; alguien se hace cargo del lugar, está seguro. Un ruido le distrae de sus pensamientos, pide a los soldados que se detengan, que guarden silencio.

Cree escuchar el recitar de unos salmos, se acerca a la puerta y atraviesa el umbral. En el interior, se deja conducir por aquella voz. Pronto se le suman otras y un olor a incienso cada vez más fuerte. Los soldados marchan tras él a regañadientes. Ve a un grupo de monjes repartidos alrededor de dos ataúdes. Unas velas custodian las pobres cajas de madera. Tistrya, inmóvil, dirige su mirada hacia los féretros.

—¡No podéis ser vos, padre! —murmura el joven monje.

La temperatura del lugar es fresca, o quizás es por el efecto del sudor helado, adherido a su cuerpo. Tistrya siente cómo un escalofrío lo atraviesa de arriba abajo y no se atreve a dar un solo paso sin la ayuda de su báculo. Se apoya en una pared mientras se aproxima uno de los soldados.

—¿Os encontráis bien? —pregunta sorprendido frente al hombre que tiene órdenes de proteger, sin saber cómo hacerlo.

Tistrya no responde, nota la garganta seca, es incapaz de articular una sola palabra, el miedo le vence.

El monje de más edad abandona el círculo cojeando y se acerca despacio.

—Que Dios sea con vosotros, hermanos. ¿Qué os trae por esta santa casa?

—Venía... Vengo... ¿Puedo saber el nombre de estos muertos que veláis? —acierta a preguntar Tistrya, sin apartar la vista de los ataúdes.

El monje les invita a añadirse a las plegarias, pero, ante la perplejidad del muchacho, les acompaña a un pequeño refectorio donde ya entra la luz del sol y la temperatura es agradable. Parsimoniosamente, les ofrece agua, fruta y un pedazo de pan. Tistrya da un trago, pide a los soldados que les dejen solos y suplica al hombre que tiene delante.

—¿Son monjes de vuestra comunidad los que han muerto?

—Uno de ellos era el hermano Urthul. Era tan joven como vos. Ha sido una pérdida que nos ha conmocionado a todos. Hacía tan solo...

Pero Tistrya le interrumpe con brusquedad.

—¡El otro! ¿Quién era el otro? —pregunta con los ojos muy abiertos, las manos apoyadas en la mesa y el cuerpo abalanzándose hacia su interlocutor.

—El otro era un pobre hombre de edad avanzada. Le llamábamos Zeraf. Nadie sabía su verdadero nombre, quizá ni él mismo. Hacía muchos años que mendigaba por Zerafshan y así lo conocían en la ciudad. Un día llegó hasta el monasterio y se quedó con nosotros; nos era de mucha ayuda; fue un accidente. Arreglaban el techo y se les cayó encima. ¡Dios los tenga en su gloria!

—Pero ¿no sabíais nada más? ¿Hablaba persa? ¿Podría tratarse de un mercader? Tratad de recordar si alguna vez os habló de un hijo, de una mujer que...

Las palabras de Tistrya se diluyen lentamente al tiempo que los ojos se le llenan de lágrimas. El viejo monje entiende su tormento, le pone las manos sobre la espalda y le pide que se siente, mientras él también lo hace.

—El pobre Zeraf no es quien vos buscáis; podéis estar tranquilo, hermano. Si no me equivoco sois discípulo de nuestro querido Rashnaw. ¿Verdad?

—¿Conocéis a mi maestro? —pregunta el joven monje, levantando las cejas y cada vez más asombrado.

—Realmente, esperábamos vuestra llegada. Hace tiempo que un hermano venido de la Academia de Gundishapur nos la anunció. Vos sois...

—Perdonad, ni siquiera me he presentado. Tistrya, me llaman Tistrya.

—Sí, ahora que la luz os ilumina el rostro, diría que, en cierto modo, alguna de vuestras facciones recuerdan las de vuestro padre. O mejor dicho, las recordaban.

—Por favor, no me tengáis sobre ascuas. ¿A qué os referís al decir que las recordaban? ¿Es que también ha muerto?

—No, querido Tistrya. Vuestro padre está vivo, podéis encontrarle a menos de una hora de camino; si vais a caballo, llegaréis en muy poco tiempo.

—¿Está vivo? ¡Está vivo! —repite el muchacho, levantándose de un salto del banco donde descansaba, y añade—: ¡Decidme dónde está, os lo suplico!

Tistrya es un saco de nervios. El superior de Penjikent intenta tranquilizarle y relata con prudencia una vieja historia. Ante el asombro del forastero, que no quiere perderse ningún detalle, le cuenta que una caravana recogió a su padre en el desierto. Más tarde, le dejó en el monasterio, pero su voluntad siempre fue partir. Esa era su gran obsesión. Endulzando la voz, para causar el menor daño posible, el viejo monje le explica todavía que su padre se pasaba las noches llorando, porque no sabía hacia dónde dirigirse. También cómo, durante los primeros días, se levantaba antes de salir el sol y gritaba algo así como Asthad.

Ante esa expresión, Tistrya no puede reprimir las lágrimas. El monje intenta consolarlo y añade que, como supieron más tarde, en persa dicha palabra significa «justicia».

—¡Asthad! También era el nombre de mi madre —murmura el joven entre sollozos.

Los dos monjes permanecen un tiempo en silencio. El padre prior intenta advertirle de la situación en la que se encuentra.

—Él es feliz a su manera. No hace daño a nadie y nosotros le cuidamos. Al llegar el invierno, regresa al convento y se queda aquí hasta que la nieve desaparece. Es como si fuera su casa, todos le respetamos. Ten paciencia cuando le encuentres, hijo, es muy probable que ni siquiera te reconozca.

Tistrya se despide del viejo monje profundamente trastornado. Nadie podrá detenerle, no dejará a su padre en una cueva como un animal salvaje, irá a buscarle y lo llevará con él. Esa es su misión. Su viaje de ida ya ha finalizado; ahora tendrá que pensar en regresar a casa, allí se recuperará. Debe decidir si va a pie o monta en su querido *Explorador*; le han advertido de las dificultades para acceder a la gruta donde vive.

—No te dejaré, amigo mío, quiero que me acompañes. Quizá puedas ayudarme a traerle de vuelta —dice Tistrya al caballo que durante tanto tiempo ha sido su compañero de confidencias.

Se marcha solo, se niega a que los soldados vayan con él. A lo lejos ve cómo unos hombres siegan los campos; no hay ninguna sombra sobre la tierra y el sol vertical quema con fuerza. Tistrya se cubre la cabeza y musita una oración a medida que se aproxima al lugar indicado.

Cerca de la cueva, ata el caballo bajo un árbol y sigue a pie. Al llegar no llama a su padre por el nombre de pila. Le grita desde su corazón: ¡Padre! Primero lo intenta con una voz templada, luego con un aullido que parece venir de muy lejos. Como si durante mucho tiempo lo tuviera en sus entrañas y ahora lo vomitara, siente cómo la gruta amplifica su grito. Pero nadie se apiada de él. De vez en cuando, un pájaro se mueve entre las ramas o una serpiente cruza la tierra baldía del pedregal, obligando al monje a girarse repentinamente.

—¿Dónde estáis, padre? Soy Tistrya, vuestro hijo, ¿recordáis? He venido a buscaros. No tenéis nada que temer, yo cuidaré de vos. ¿Me oís, padre?

Algo se mueve a su espalda y él lo interpreta como unas pisadas. Tistrya se gira y nota cómo unos ojos se le clavan encima. El hombre lo mira unos segundos y le ofrece la mano con una sonrisa inocente en su rostro. Es una sonrisa sin dientes que casi le intimida.

—¿Padre? Soy Tistrya, vuestro hijo —dice el muchacho, inmóvil en la penumbra—. Es normal que no me reconozcáis, ¡ha pasado tanto tiempo! —Pero el hombre sigue ofreciéndole la mano, con la palma a la vista y la misma expresión en la cara. El muchacho intenta devolverle la sonrisa y añade—: Lo siento, no tengo nada. Quizá me confundís con uno de los monjes que traen la comida. Es natural, ¡llevamos los mismos hábitos! Pero yo... yo vengo a buscaros, padre. Os llevaré a casa. ¿Me entendéis?

El joven monje se esfuerza en hallar algún indicio que confirme la identidad de aquel hombre. Los cabellos le cubren la cara; su barba gris, enredada, le cae sobre el pecho. Como única vestimenta lleva unos calzones atados al vientre; de ellos cuelgan sus piernas delgadas. La piel, quemada, es de un color más oscuro que el barro, la suciedad se le adhiere a ronchas. Desea cogerle la mano, que todavía muestra tendida. Le gustaría acortar la breve distancia que les separa y abrazarle, pero algo se lo impide.

Ninguno de los dos reconoce al otro. El hombre se dispone a enseñarle su morada; lo hace con gesto de niño, tomando de la mano a Tistrya. Un escalofrío recorre el cuerpo del joven monje con el contacto de aquellos dedos huesudos. Mira a su alrededor.

Observa un lecho al fondo y unas márfegas cuidadosamente dobladas. Muy cerca hay una pared baja que alguien ha levantado para proteger la singular habitación. Un par de calderos cuelgan del muro; a ras de suelo todo está preparado para encender el fuego.

El hombre se planta ante el visitante como si esperase recibir algún elogio, poco después corretea por la sala dibujando círculos concéntricos y ríe, ríe a carcajadas.

—Tenéis razón, vuestra casa es increíble, pero ahora me debéis una visita a la mía. ¿Querréis venir conmigo? ¡Os gustará, estoy seguro! —acierta a decir Tistrya.

Como única respuesta, el hombre repite con torpeza algunas de las palabras que pronuncia el joven. Pero parece hacerlo al azar, sin orden, sin otorgarles ningún significado.

El joven monje intenta explicarle de dónde viene. Le habla de las penurias del viaje hasta llegar allí, del caballo que les espera, de la caravana en la que viaja, también de Rashnaw. El hombre atiende con las piernas cruzadas y la cabeza entre las manos, igual que un niño al escuchar un cuento. No formula preguntas, solo parpadea de vez en cuando con la misma sonrisa en los labios. Tistrya coge aire, se acerca y, en voz baja, como si alguien les pudiera oír, le dice:

—Asthad. ¿Recordáis? Asthad era el nombre de mamá.

El viejo mueve los labios. Intenta imitarle, pero su voz es incapaz de emitir ningún sonido. Repite la operación sin conseguir un resultado satisfactorio.

—Asth... Asth... —acierta a murmurar después de ahogar un gemido.

—Asthad, padre, ¡Asthad! —repite Tistrya, masticando cada palabra, como si así pudiera ayudarlo.

El hombre se incorpora y coge al joven de los brazos; parece conectar de pronto con la realidad. Por un instante se encuentran repitiendo aquel nombre al unísono.

Una sola vez, tan solo una. Después el hombre vuelve a acurrucarse y, ausente, muestra de nuevo la sonrisa benévola que acompaña su balanceo.

El joven monje ha decidido pasar allí la noche. Sale de la cueva para dar de comer a *Explorador* y buscarle acomodo. Al cabo de un rato, vuelve a donde se encuentra el hombre y le observa moverse ligero. Es hábil llevando a cabo sus pequeñas rutinas. Muy pronto comparten la cena que él ha preparado con presteza. Antes de irse a dormir le ve arrodillarse y rezar, después abre una pequeña bolsa de cuero y saca alguna cosa de su interior. Le da un beso y la vuelve a guardar, como si de un tesoro se tratara.

Tistrya se asegura de que el viejo duerme y se acerca al lugar donde ha guardado la bolsa. La abre y, con delicadeza, vacía su interior. Ante sus ojos aparece un colgante, pero es imposible reconocer la imagen gastada por el paso del tiempo. Sin embargo, en el reverso hay una inscripción: una fecha de nacimiento que el joven monje reconoce. Con manos temblorosas devuelve el objeto a su sitio. Se aproxima sin hacer ruido y le aparta los cabellos de la cara. Después le besa en la frente mientras le susurra:

—Buenas noches, padre.

10

Samarkanda
Agosto, 551

La derrota moral planea sobre los viajeros que esperan en Samarkanda. La enfermedad de Úrian hace que el destino anhelado, la tierra prometida donde descansar y reponer fuerzas, se haya convertido en una pesadilla. Hospedados en el monasterio, deambulan de un lugar a otro preguntándose si realmente aquello no es el final.

Lysippos trata de tener a sus hombres ocupados. Samarkanda está llena de tentaciones tras el duro camino al que se han enfrentado durante estos meses. Hay comida, bebida, diversiones, una gran mezcla de razas y culturas, mujeres que se insinúan en las esquinas. Es fácil dejarse llevar y él puede entenderlo. Un servidor de Bizancio pasa gran parte de su vida merodeando la muerte y hay que aprovechar los buenos momentos. Pero están lejos de cumplir su misión y se trata de un alto en el camino, únicamente un lugar donde hacer balance y marchar de nuevo hacia el Oriente lejano.

Su deseo es partir a la mayor brevedad posible. Los ocho soldados que quedan a su cargo empiezan a comportarse como simples mercaderes. Parece que al desproveerlos de armas, escudos y vestidos, relajen sus costumbres, desatiendan su preparación. Dado que Úrian todavía no está fuera de peligro, decide retomar el entrenamiento tras cinco días de espera. Sabe de la importancia que tiene para el emperador de Bizancio esta misión, y también que sobre él recae la responsabilidad de su éxito. No puede permitirse una derrota. Debe convertir los obstáculos en un estímulo desde el cual sus hombres puedan coger impulso en la dirección adecuada. Para vencer las dificultades necesitan la tensión propia de una batalla a vida o muerte.

Siempre ha obrado de la misma forma. En estos momentos, cuando las dudas amenazan con hacer tambalear sus objetivos, recuerda a su general, Belisario, el hombre que le ha enseñado todo lo que sabe, que ha sido su padre y maestro. A él le correspondía, por derecho propio, por valentía, por honor, el mando de esta empresa. Pero la política lleva a los hombres a su límite, y Lysippos solo se ha propuesto cumplir las órdenes, volver algún día a Constantinopla con el secreto de la seda en sus manos.

Aprovecha las jornadas de inmovilidad para comprometer a Xenos, sondeando su auténtica disposición. Intenta hacerle partícipe de las decisiones, como la compra de los camellos que les permitirán atravesar las montañas de Pamir sin sobresaltos. También de las dificultades para encontrar un buen guía y suficientes provisiones.

Pero el tejedor es un alma en pena que solamente tiene ojos para su hijo. Entra y sale del aposento donde Úrian se debate entre la vida y la muerte con la mirada perdida, rechaza la comida que podría fortalecerlo para hacer frente al viaje que les espera. Xenos pensaba que, al extirparle el mal que le provocaba la fiebre, el muchacho mejoraría, pero la infección ya se había apoderado de su cuerpo. Ahora, todos luchan para poner remedio y Lysippos no quiere ni siquiera imaginar las consecuencias de un desenlace fatal.

La sangría practicada por los médicos nestorianos, lejos de ayudarle a recuperarse, le ha debilitado y a duras penas se mantiene consciente. Solo los remedios de Najaah aligeran su malestar. Fue ella quien, una vez quemada la herida, pidió hojas de puerro y sal fina con las que mitigar la quemazón y quien consiguió una infusión de mandrágora que le adormeciera durante los primeros momentos.

El soldado se pregunta qué tiene esa mujer para influir de tal manera en las personas. Todo parece girar a su alrededor. Xenos admira sus conocimientos, le agradece la delicadeza que pone en cada gesto, el cuidado con que lleva a cabo cada movimiento. Pero Lysippos piensa que el tejedor se ha convertido en un hombre atenazado por las dudas cuando la responsabilidad de todos es avanzar.

Por otra parte, Fiblas no se separa del enfermo, pasa las noches más pendiente de los movimientos de su amigo que de su propio descanso. Con Najaah ha establecido una comunicación basada en miradas, en sonrisas tenues a través de las cuales se intercambian retazos de esperanza. Juntos preparan extractos de plantas que utilizan para limpiar la llaga, y, cuando el tejedor se queda con su hijo, salen a la montaña a buscar hierbas que más tarde quemarán para purificar el cuarto del enfermo.

Najaah no se atreve a mirar a los ojos del tejedor, no lo hace desde el día en que estuvo a su lado durante la cura de Úrian. Entonces toda ella era fuego. Ahora le observa cuando está ausente, pero sus costumbres no le permiten aquello que su deseo le reclama.

Xenos, al contrario, busca su mirada con insistencia. Hoy se atreverá. Le ha pedido al viejo monje la traducción de una palabra. Espera que Fiblas se vaya a dormir y, antes de que la mujer lo haga, le susurra al oído: *shokran*. Najaah le mira extrañada, como si no pudiera creerlo.

—*Shokran, shokran*, Najaah... —insiste el tejedor con voz más dulce, y la mujer percibe que nadie le había hecho sentir tan especial al darle las gracias.

Mientras tanto, Rashnaw no puede dejar de pensar en Tistrya. Habría querido ahorrarle el disgusto, pero tenía derecho a saberlo. La incertidumbre era mil veces peor, y estaba debilitando su carácter; era un hombre, sí, ya se había convertido en un hombre que necesitaba respuestas. A veces es preciso bajar a los infiernos para poder tomar las riendas de tu propia vida. El viejo monje confía en que lo hará, ruega para que sea capaz de tomar la decisión más sabia, más generosa. Pero también le preocupa que opte por llevarse a su padre con él. ¿Cómo reaccionaría el resto de la expedición si tuviera que soportar a un hombre que ha perdido el juicio?

En la comunidad nestoriana donde se alojan tampoco se prodigan las buenas nuevas. Los monjes informan a Rashnaw de que Justiniano ha roto el acuerdo, no ha respetado el pacto sellado con el papa Vigilio y ha publicado un decreto: *Homologia tes pisteos*. En él se reafirma en la condena de los Tres Capítulos. ¡Malos augurios para los nestorianos! Al fin y al cabo, es una maniobra política que persigue no hacerse enemigos poderosos; beneficia a los monofisitas y, por ello, gana adeptos en Egipto.

El viejo monje se siente traicionado, pero ni por un momento piensa en abandonar. La preocupación del soldado de la cicatriz también es la suya. El momento es crucial, las fuerzas, escasas; la enfermedad de Úrian ha hecho que todos pierdan de vista el camino. Quizá por ello es el primero en dudar de la iniciativa de Lysippos, pero su vida no está exenta de tentaciones, tampoco las de la carne, y entiende que los hombres necesitan algo de diversión, a pesar de que su credo le haga rechazarlo.

Es una noche inclemente, el cielo parece descargar toda su furia y ha sido necesario trasladar a Úrian. Las goteras amenazan con encharcar el aposento donde el muchacho parece recuperarse lentamente. Todos están de acuerdo en que un resfriado empeoraría su frágil situación. Desde la sala donde le acomodan se puede contemplar el espectáculo de rayos y truenos que añade dramatismo a la noche de verano.

Najaah aprieta la piedra que ya forma parte del escenario donde Úrian permanece. Para ella, aquel betilo simboliza el centro, la morada de los dioses. Representa el punto de comunicación entre el cielo, la tierra y el mundo subterráneo. Es un guijarro oscuro, brillante, pulido por el contacto de manos viejas y jóvenes, firmes y abatidas. Las mujeres de su familia la apretaban con fuerza en cada parto. Ella no ha podido tener hijos; un episodio muy doloroso la dejó estéril. Ahora no quiere recordarlo.

Mira al muchacho y, con la ternura de una madre, le seca el sudor. Hoy le tararea una melodía, la que entonaba su abuela en noches de tormenta; para alejar a los malos espíritus, decía. Se abandona a su recuerdo, allá en la lejana Arabia, durante su infancia nómada. Intenta convocar la felicidad genuina de plantar las tiendas formando un círculo. En medio se colocaba la destinada al jefe de la tribu. A aquella disposición la llamaban *tuarg*.

Najaah cierra los ojos y rememora el intenso olor a lluvia, el agua golpeando contra las pieles curtidas bajo las cuales vivían. Observa la mirada tranquila del muchacho; le parece incluso que sonríe ligeramente. Quizá le ha llegado su energía, quizás él también se abandona a un bello sueño.

Instalados en los porches, los hombres no disfrutan del mismo modo de la tormenta. Una pelea sin consecuencias les ha puesto nerviosos. Lysippos propone salir a cenar fuera y dar un paseo por la ciudad. No importa que llueva, el ambiente fresco ayudará a calmar los ánimos.

Caminan por la amplia avenida que conduce hacia el sur y encuentran a ambos lados multitud de tabernas. Se deciden por un local donde tres muchachas, muy maquilladas y con extraños peinados, les invitan a entrar. El soldado de la cicatriz se detiene junto a una de ellas, la más joven, y respira el fuerte olor a jazmín que desprende. Entre sonrisas pícaras, les indican que se descalcen y les conducen a la planta superior.

Es la zona más lujosa, la única dividida en compartimentos. Pisan el suelo cubierto de alfombras rojas y se sientan en los bancos que rodean una mesa lacada. Lysippos observa cómo los hombres olvidan sus diferencias, piden unos fideos picantes y un par de jarras de vino de «pezón de yegua». Los sirvientes portan las viandas en bandejas de plata, pero el vino lo traen en un cántaro de estilo sogdiano, decorado con el dibujo de un camello alado. Los soldados pronto se muestran ebrios. Ahora se sienten capaces de todo y, entre bromas, llaman a las bailarinas, mientras escuchan el repicar de los tambores. El ritmo es excitante.

Se presentan dos muchachas muy jóvenes y empiezan a bailar. La mano izquierda descansa sobre las caderas, inclinan el cuerpo hasta quedar muy cerca de los soldados. Los hombres sudan en abundancia y ellas juegan con su deseo. Llevan blusas de seda con las mangas ceñidas, cubren sus piernas con delicadas faldas de gasa. Adornan su cabeza con un sombrero de punta con pequeñas campanillas doradas que suenan al primer movimiento y sirven de delicioso contrapunto al profundo sonido de los timbales.

Los soldados golpean las mesas y levantan la voz siguiendo el compás. Como los pies de las jóvenes que, calzados con unas chinelas rojas, se mueven cada vez más rápidos. De pronto, los tambores dejan de tocar, las bailarinas se paran ante ellos y dejan caer sus blusas. Los pechos tersos y pequeños quedan ante sus ojos; después, la más joven se sienta sobre las rodillas de Lysippos. Él la acaricia mientras la muchacha le cuchichea que pida más vino. No entiende su idioma, pero sus pieles se comunican sin palabras.

Tres días después de este episodio, Úrian despierta sin fiebre. Fiblas es el primero en dar la noticia al tejedor. Éste aparece de inmediato en la estancia, pero Najaah ha sido la primera en llegar y le recibe con una enorme sonrisa. Xenos no se lo piensa, la abraza con fuerza mientras Úrian, postrado, les observa.

El tejedor no tarda en apartarse de sus brazos, confuso por aquella reacción imprevista que le sorprende. Pero su hijo es lo más importante. Se le acerca feliz, le toca la frente y, tras respirar aliviado, le besa, pero Úrian no le corresponde.

—¡Gracias a Dios! ¿Te encuentras mejor, hijo?

—Me duele la cabeza, pero ya no me mareo y creo que ¡tengo hambre! —responde Úrian, desplazando su mano hacia el estómago y haciendo un guiño cómplice a su padre.

—¡No imaginas lo feliz que me hacen tus palabras! Estábamos muy preocupados. Ahora mismo pediré que te traigan algo de comida. Debes recuperarte, el viaje de regreso es muy largo, ya lo sabes...

—¿El viaje de regreso, padre? ¿Acaso regresamos...? —pregunta Úrian, pensando que se trata de una confusión, que en su debilidad puede haber malinterpretado las palabras de Xenos.

—Sí, hijo, regresamos a casa. He estado a punto de perderte y sé que no lo podría soportar. Eres lo más importante de mi vida, Úrian. No quiero continuar este viaje, es demasiado peligroso. Nunca tendría que haberte arrastrado a esta aventura.

—Pero, padre, ¡le disteis vuestra palabra a Justiniano! Siempre me habéis dicho que el honor tiene que ver con el respeto hacia uno mismo, pero también con el que te profesan los otros...

—He dicho muchas cosas, Úrian, pero nunca había sentido tanto miedo. No quiero volver a pasar por una experiencia como esta. ¡No insistas! —añade el tejedor con voz firme, como si sus palabras fueran el fruto de una decisión ya tomada.

—Pero ¿y si se recuperara totalmente? Si el dolor de cabeza desapareciera, quizás... —interviene Fiblas, sin saber muy bien qué pensar, ni por quién de los dos tomar partido.

—No hay nada más que decir. Ahora debes tranquilizarte, come y haz todo aquello que los médicos te ordenen. ¡Es un milagro que sigas entre nosotros!

Xenos sale del aposento. Va en busca de los doctores. Quiere que examinen a su hijo y aprovechará para pedir algo de comida. Pero al llegar a los porches se detiene. Apoyado en una de las pilastras, estalla a llorar. Hace demasiados días que no se lo permite, el pánico de perder a su hijo le engarrotaba el cuerpo y el espíritu. Ahora deja fluir toda la tensión acumulada, mientras da gracias a Dios por haber escuchado sus plegarias.

Algo más tranquilo, respira hondo e intenta controlar su confusión. Tenía la seguridad de que Úrian se alegraría de regresar a casa y por el contrario se lo ha tomado muy mal. ¿Cómo podría explicárselo? ¿De qué manera conseguirá protegerlo sin que esto le cueste su desprecio?

11

Alrededores de Penjikent
Septiembre, 551

No sé, Fiblas. Sé que en algún momento llegaste a pensar que no regresaríamos al camino —dice Úrian, esforzándose para no perder el paso de su amigo.

—Lamento haber dudado de tu recuperación. ¡Me asusté tanto, Úrian!

—¿De verdad creíste que te dejaría solo? —pregunta al tiempo que le cubre los ojos a su amigo con su propio turbante y se divierte viendo cómo Fiblas se lo aparta graciosamente—. ¡No te resultará tan sencillo deshacerte de mí!

Los dos muchachos de Corinto reproducen un gesto mil veces repetido durante su niñez. Un juego de manos que se acaba con un fuerte abrazo. Pero los dos toman conciencia de que esta vez la intensidad del gesto es mayor.

—Úrian, ¿hay alguna forma de hacerte cambiar de

idea? Puede que tu enfermedad haya sido un aviso y tu padre se preocupe con motivo...

—No vas desencaminado, Fiblas. Sí que ha sido un aviso; yo diría que mucho más que eso. Puede que sea una señal, pero no para dar marcha atrás. Eso ya no es posible. No sabría explicártelo, aún no tengo respuestas. ¿Sabes? Durante estos días he tomado conciencia de que la vida no se puede dilapidar; si no te detienes a escucharla, se te escapa entre los dedos.

—¡Pero ahora ya estás fuera de peligro, Úrian!

—No me refiero a eso, se trata de una sensación nueva. Tiene que ver con gobernar tu propia existencia, con no dejarse llevar sin más. Debes disponer de tu propio destino. De pronto te das cuenta de que no has hecho más que vegetar, que han pasado los días y has crecido como lo haría una planta o un árbol. Cuando sientes que tu tiempo se agota, cuando ves la posibilidad de estar al final del trayecto, inevitablemente reflexionas sobre todo aquello que habrías querido hacer.

—¡Pues volvamos a casa y hagamos lo que tú quieras!

—No es eso lo que me dicta el corazón, Fiblas. ¿Dónde está nuestra casa, amigo mío?

—¿Dónde quieres que esté? ¡En Corinto!

—Nuestra casa, tal y como ahora lo siento, es el lugar donde nos encontremos a gusto, donde podamos ser nosotros mismos. No aquel delimitado por unas paredes o un territorio.

—No sé si acabo de entenderte, Úrian. Te escucho y es como si tuviera delante una persona diferente.

—¡Soy diferente! Y tengo un secreto.

—¿Un secreto, dices? —pregunta Fiblas, sin estar seguro de querer oír la respuesta de un Úrian a quien no acaba de reconocer.

—¿No quieres que te lo explique?

—¡Claro que sí! ¿De qué se trata?

Los dos muchachos andan lentamente, enlazados, creando un espacio propio donde depositar la confidencia. Xenos los mira a cierta distancia y sonríe complacido.

—Ni una palabra a nadie, ¿eh? —continúa Úrian.

—Soy una tumba, ya lo sabes.

—Más de una noche, cuando la fiebre me hacía delirar, he visto una figura.

—¿Una figura? ¿Un ángel, quizás?

—Es posible que fuera un ángel, ahora que lo dices, pero sin el espacio suficiente para poder volar.

—¿Seguro que te encuentras bien, Úrian?

—¡Sí, hombre, sí! No te asustes. Era solamente una imagen. ¿Recuerdas la historia que explicaba el mercader? Aquella de una muchacha tan bonita que su padre la tenía prisionera en un pequeño palacio.

—¿Allá en la lejana Serinda?

—No sé dónde se encuentra con exactitud, pero me ha acompañado en momentos de una oscuridad casi total. Como si de un faro se tratase. Sentía que me esperaba, y no podía bordearlo ni abandonarme a él sin más, porque tenía una misión que cumplir.

—A veces ocurre. Cuando estás en peligro, puedes llegar a ver luces. Se lo he escuchado decir a mi padre.

—Sí, Fiblas, pero la claridad no venía de arriba, no me atraía hacia ella. ¡Me arraigaba al mundo!

—Sea como sea, ¡bienvenido el faro y bienvenida la historia si ayudan a que te quedes con nosotros!

Úrian no continúa buscando palabras para explicar sus sensaciones. Sabe que resultan torpes, que son incapaces de reflejar su momento. El hijo del herrero, después de unos minutos de silencio, reinicia la conversación.

—Najaah sí que fue tu ángel de la guarda. Nunca se apartó de tu lado, si no era para preparar alguna infusión que te aliviara, o para ir a buscar hierbas...

—No quiero hablar de esa mujer, Fiblas.

—¡Pero si te cuidó como si fuera tu madre!

Al escuchar estas palabras, Úrian retira con brusquedad el brazo de la espalda de su amigo, se detiene ante él y, con los ojos encendidos por una rabia profunda, le impide continuar.

—Nunca más, Fiblas. ¡Nunca más compares a esa mujer con mi madre! Ni lo es ni podrá ocupar nunca su lugar. ¿Te ha quedado claro?

Sin esperar respuesta, y dejando a su amigo con la boca abierta, se le adelanta a paso ligero, dándole la espalda.

Los viajeros siguen el mismo camino que días antes recorrió Tistrya con los dos soldados. Esta vez no marchan solos. Otra caravana, que se dirige hacia Oriente tras haber dejado sus mercancías en Samarkanda, les acompaña. Se limitan a seguir sus pasos después de haber cruzado unas palabras en sogdiano. Es un trato que ningún viajero rechaza; los grupos numerosos tienen más posibilidades contra los bandidos, contra las inclemencias del tiempo, contra los fantasmas de la ruta.

Además, les han advertido de los peligros de la cordillera del Pamir. Poco antes del otoño los días se hacen más cortos y aparecen las primeras lluvias. Los pasos de montaña se vuelven resbaladizos e inseguros; cuentan que hay desprendimientos frecuentes, capaces de arrastrar vertiente abajo hombres, monturas y mercancías.

Después de alcanzar una pequeña cumbre, aparece ante ellos la ciudad de Penjikent y el río Zerafshan. Rashnaw registra las riberas en busca de alguna señal de su discípulo. Pero no obtiene ningún resultado. Uno de los soldados que le acompañan ha regresado anunciando que les esperaría, pero ni el joven monje ni el otro hombre se dejan ver. Tistrya no ha salido al encuentro de los viajeros. Solo se escucha el rumor del agua que baja desatada desde la cordillera. Un grupo de chinos de la primera caravana contempla el curso del río con preocupación, espolean a los animales, protegen las provisiones.

—Parece que nuestros compañeros de viaje se preparan para unas jornadas difíciles. ¿No era aquí donde estaba previsto encontrarnos con Tistrya? —pregunta Lysippos al viejo monje.

—Su misión no era fácil, tal vez precisará más tiempo —responde Rashnaw, como si la situación no le sorprendiera lo más mínimo.

—Pero ¿de cuánto tiempo estamos hablando? No nos podemos permitir perder de vista la caravana que nos acompaña; adentrarnos solos en las tierras del Pamir sería altamente peligroso. Es imposible esperar. La enfermedad de Úrian ya nos ha retrasado mucho. No estaba prevista una estancia tan prolongada en Samarkanda. Lo siento, pero debemos seguir sin él.

—¿Sucede algo? —interroga el tejedor al ver la preocupación reflejada en el rostro del soldado y percibir la crispación de sus palabras.

Úrian camina al lado de Xenos; intenta evitar a su amigo. En realidad, no han vuelto a cruzar ni una sola palabra, no está dispuesto a ofrecerle más explicaciones. Por otra parte, de manera más o menos consciente, cree que aproximándose a su padre mantiene a raya a Najaah. A veces, cuando el tejedor se acerca a la mujer, el muchacho la mira de arriba abajo hasta conseguir que ella incline la cabeza. Se mueve como un perro, marca el territorio que considera suyo. Él también escucha la pregunta que hace su padre y le cuesta dar crédito a la historia que Rashnaw va relatando. ¿Cómo es posible que Tistrya no les contara nada durante el viaje? Ahora se arrepiente de aquella discusión en Hagia Sofía, de los comentarios burlones con Fiblas, de las veces que, a pesar de verle triste y alejado de ellos, no ha dado un paso para acercársele. No se imagina en su situación, no quiere hacerlo.

—No le podemos dejar solo, padre. ¡Vayamos a buscarlo! Debe de ser muy duro, después de tantos años, su reencuentro...

—Tranquilízate, ya verás cómo hallamos una solución —dice Xenos, intentando que el muchacho razone y entienda que desviarse del camino puede ponerles en peligro a todos.

—¿Y si no regresan? ¿Y si, como nos ha dicho el soldado, acaba loco igual que su padre? ¡A lo mejor nos necesita!

Estas palabras de Úrian inquietan al tejedor; por unos instantes ha pensado que Tistrya podía ser su hijo, siente que el grupo forma una familia que, más allá de su misión, ha firmado un pacto no escrito: volver sanos y salvos a Constantinopla. Pero, antes de encontrar una respuesta, interviene Rashnaw.

—Seguid vosotros. Lysippos y tu padre tienen razón, Úrian, no es prudente esperar. Yo mismo iré hasta el monasterio y hablaré con él. Conozco bien a Tistrya. Debes confiar en mí, encontraré la manera de ayudarle. —El viejo monje se aleja unos pasos del grupo y se lleva con él al muchacho. Con aire reservado, bajo la mirada atenta y no del todo confiada de su padre, añade en voz baja—: Mientras tanto te dejo mi bolsa, he preparado una pluma para ti. Escribe, Úrian. Escribe todo aquello que se te pase por la cabeza, no has de avergonzarte por nada de lo que sientas, ni tampoco debes temer escucharte. Ya lo verás, poco a poco se irá deshaciendo la madeja en la que ahora te sientes atrapado, irás encontrando respuestas y la rabia se diluirá como la piedra de tinta cuando entra en contacto con el agua.

El muchacho de Corinto mira a los ojos del viejo monje, preguntándose si realmente es capaz de leerle el pensamiento. Rashnaw le aguanta la mirada, pero lo hace con una dulzura que Úrian nunca ha conocido antes.

—Quiero acompañaros. ¡Dejadme ir con vos!

—De ninguna forma, Úrian, eso no es posible. Aquí estás seguro, has luchado mucho por seguir avanzando; por otra parte, tu padre nunca lo permitirá y, créeme, él hace lo mejor para ti, sabe lo que necesitas.

—¡Lo que es mejor para mí! ¡Pero si cree que todavía soy un niño! Ni siquiera me pregunta lo que yo pienso. Además, cada día me necesita menos.

El joven tejedor mira en dirección a Najaah, y lo hace con desprecio, apretando con fuerza las mandíbulas, un acto despectivo que no se esfuerza en disimular.

—Es una buena mujer. Amar no nos puede hacer ningún mal, más bien al contrario. Tarde o temprano, también a ti te llegará el amor...

—No quiero hablar de eso —le interrumpe con brusquedad Úrian—. Ahora es preciso que convenza a mi padre de la importancia que tiene para mí ver a Tistrya. ¡Necesito pedirle disculpas, y únicamente vos podéis ayudarme!

Nadie es capaz de hacer reflexionar al muchacho, que mantiene su decisión en contra de todos. Finalmente, la caravana continúa su camino hacia la cordillera. Han resuelto que no pasarán la noche en Penjikent. La prudencia aconseja avanzar mientras la luz lo permita. Xenos y Lysippos ven alejarse juntos a los dos jinetes, hasta que el polvo del camino borra sus figuras. Fiblas se queda pensativo, siente cómo de alguna forma y sin saber por qué se ha invertido el orden. Su amigo parece mayor que hace un rato y el monje se muestra rejuvenecido. Cuando el hijo del herrero se pone de nuevo en marcha, ve a Najaah sobre una roca, inmóvil, y piensa que quizás Úrian tiene razón al asegurar que los pensamientos de esa mujer son un enigma.

La distancia a recorrer es apenas de un par de horas a caballo. Mientras la caravana avanza con lentitud, Rashnaw y Úrian proyectan una sombra alargada a su derecha que les sigue de cerca.

El viejo monje ha prometido hacerles llegar noticias antes de caer la noche, pero duda si el soldado que todavía acompaña a Tistrya no habrá decidido abandonar esta dura empresa. Han de darse prisa. Durante el trayecto, cabalgan sin mediar palabra, una nueva sensación de complicidad les acompaña.

Al llegar, encuentran el monasterio sumido en la tristeza. Lloran la pérdida reciente de los dos hombres que días atrás recibieron sepultura; se quedan el tiempo justo para escuchar las indicaciones que les permitirán acceder a la cueva. Rashnaw no se presta a más conversaciones, aunque le gustaría cambiar impresiones con el superior de Penjikent, saber más sobre la presencia de los nestorianos en la Sogdiana, entender la locura de su viejo amigo. Pero algo en el fondo de su corazón le dice que solo le interesa recuperar a Tistrya, y así se lo hace saber. Los monjes se hacen cargo de la situación, y enseguida una mano les señala las montañas.

Los dos jinetes emprenden el camino indicado. Conduce a los refugios que usan los habitantes del monasterio cuando este se convierte en un lugar peligroso. Al cabo de un rato, ven llegar al soldado que custodiaba a Tistrya mientras su compañero hacía de mensajero. Su expresión es de desconcierto. Le preguntan dónde se encuentra el joven monje, pero él, por toda respuesta, les pide que le acompañen hasta la cueva.

No tardan demasiado en encontrarla, destaca de entre las numerosas cavidades, que, por la parte sur de la montaña, confluyen en el valle de Zerafshan. Tistrya les recibe, pero por su aspecto bien podría tratarse de un salvaje o de un eremita, alguien que se hubiera desvinculado del mundo hace mucho tiempo.

—¿Quienes sois? ¿Qué queréis? —pregunta el joven monje, dando un paso atrás, antes de que sus ojos, acostumbrados a la oscuridad del refugio, se acomoden a la luz.

—¡Tistrya! —exclama Úrian con una gran sonrisa y con los brazos abiertos buscando el abrazo.

Pero el joven monje no reacciona, no hay en su rostro ninguna señal de empatía, más bien todo lo contrario. Su respuesta es fría y mesurada.

—Ya veo que estás muy recuperado, Úrian. Me alegro.

Inmediatamente después clava sus ojos en Rashnaw y un silencio tenso se instala en el lugar. El maestro acorta distancias, pero Tistrya levanta la mano, haciendo una señal inconfundible para impedirle el paso.

—Y vos, ¿a quién buscáis? —le pregunta, ante la expectación de un Úrian que no entiende nada.

No hay respuesta. Tistrya se mantiene firme en la entrada de la cueva, con un palo en las manos y mirada desafiante.

—No os reconozco —dice el joven monje, cogiendo por sorpresa a los recién llegados—. Hace días dejé, allá en Samarkanda, a alguien a quien creía mi maestro. Le tenía una fe ciega, le veneraba, le habría confiado mi vida sin dudarlo un solo instante. Pero ha resultado ser un traidor. ¿Cómo si no puede explicarse que enviara a mi padre al infierno y luego le abandonara a su suerte?

Úrian observa a Rashnaw, espera una explicación de sus labios, algún argumento que le justifique, pero el viejo monje sigue en silencio. Sabe que Tistrya debe desprenderse de todo el veneno que le enferma. Y lo hace primero de manera arisca, la cabeza altiva, la voz grave... Poco a poco, pierde seguridad y se desencaja. Se agarra a un saliente de la roca y, acurrucado, grita hasta sollozar.

Solo entonces permite la proximidad del viejo monje. Lucha durante unos segundos, pero finalmente el contacto se hace estrecho. Rashnaw le explica cómo ha intentado localizar a su padre durante años, cómo ha ido siguiendo diferentes pistas, siempre en contacto con nestorianos y mercaderes. Le explica que una caravana lo encontró en el desierto y lo llevó con ellos, salvándole la vida, pero no la cordura. Él no sabía quién era e hizo falta mucho tiempo para que se recuperara de las graves quemaduras sufridas, de la deshidratación que solo le permitió conservar la piel y los huesos...

—Tres o cuatro años atrás, hombres de Penjikent le acogieron. Un mercader que había pasado por Gundishapur le reconoció y le trajo hasta aquí. Yo no he tenido noticias hasta hace muy poco, pero sabía que estaba bien cuidado, que parecía feliz, pese a que la locura había ido avanzando en su interior. Todas las ocasiones en que intentamos aproximarlo a casa, aprovechando el viaje de una u otra caravana, huyó.

Mientras Rashnaw intenta responder a las preguntas del joven monje, bajo la mirada atenta de Úrian, el padre de Tistrya aparece de entre las rocas. Su hijo le sale al paso, secándose las lágrimas, intentando dar una apariencia de normalidad.

—Padre, tenemos visita, pero no os agobiéis, ya se marchan...

El viejo les mira con indiferencia y sigue andando hacia el exterior.

—Esperad, padre. Todavía es muy pronto para dar nuestro paseo.

Pero el viejo no espera, unos pasos más allá camina en círculos concéntricos y murmura algo incomprensible.

—Aquí finaliza mi viaje —pronostica el joven monje, dirigiéndose a Rashnaw.

—¿Tu viaje, Tistrya? ¿De verdad te has detenido a pensar en el verdadero significado de esa palabra? —pregunta Rashnaw con voz pausada—. El viaje no es el camino que hacen tus pies, sino el conocimiento que adquieres del mundo y de ti mismo. Tu viaje apenas ha empezado, piénsalo.

Se toman tiempo. El soldado marcha con la finalidad de proveer de noticias a la caravana. Necesitan un día más, después les alcanzarán. Pasan la noche en la cueva y, poco a poco, la monodia del lugar les ayuda a relajar los ánimos. Úrian, tras guardar silencio ante las escasas pertenencias que necesita el padre de Tistrya para sobrevivir, siente que tiene la oportunidad de compartir con el joven monje sus inquietudes. Él también es un recién llegado al mundo. Lo hace sin grandes palabras, sin explicaciones superfluas, pero dejando claro que lamenta su altivez en aquel primer encuentro en Hagia Sofía. Le habla de la muchacha de sus sueños, de lo mucho que le gustaría compartir con él el camino que les aguarda...

—Podrías acompañarnos y después regresamos juntos a buscar a tu padre, ¿qué te parece? —dice, mirando a Rashnaw, pero este no responde, como si pensara que todavía no ha llegado su momento.

—¿Le has visto, Úrian? Ahora no puedo abandonarle.

—Lo entiendo, pero él escogió su propio camino, Tistrya. Quizá mis palabras las dicte el egoísmo, pero nosotros también te necesitamos. Cada uno de los que salimos de Constantinopla tiene su papel en esta misión.

—Los monjes de Penjikent me han prometido que cuidarán de él, Tistrya —dice repentinamente Rashnaw—. Pero, a pesar de que podría obligarte porque estás bajo mi responsabilidad, la decisión es tuya.

Después de esas palabras, sale de la cueva y se pierde en la oscuridad que se apodera del exterior. Úrian no sabe qué más puede añadir para convencerle; se pregunta qué haría él en su lugar. Teme que Tistrya cambie su futuro por esta cueva estrecha y húmeda mientras le invade una tristeza que solo había sentido hace muchos años, una tristeza dolorosa, capaz de vencer sus últimas fuerzas. Muy pronto, se queda dormido.

12

Montañas del Pamir
Septiembre, 551

El primer sol de la mañana penetra en la cueva hasta el lugar donde Úrian todavía duerme. Acurrucado en la márfega, se desentumece con movimientos lentos y, antes de abrir los ojos, aspira el olor del campo que el rocío ha hecho más intenso. De pronto siente como si hubiera amanecido y él no pudiese quedar al margen dentro de aquel útero incompleto que lo rodea, pero celebra el nacimiento del nuevo día. Desde que enfermó, disfruta de la vida con una intensidad que nunca había experimentado antes.

Alguien se mueve a su alrededor y Úrian le observa perezoso; sabe que, en cuanto se levante, todo se precipitará. No tiene elección, Rashnaw prepara los caballos para volver al camino y le empuja a seguirlo.

El joven de Corinto busca a Tistrya y a su padre. No tarda en ver cómo se dibujan a contraluz las dos siluetas. Agachadas, encienden un pequeño fuego con ramas que tienen reservadas en terreno seco. A ellos no parece importarles las prisas del viejo monje, siguen con la rutina que les ocupa un día tras otro.

Úrian observa las evoluciones de sus amigos, tan próximos y tan lejanos a un tiempo. Por mucho que se esfuerza, no encuentra la manera de reunir dos realidades tan dispares. Se siente dividido, sin poder hacer nada para detener la determinación con la que el monje dispone la partida; tampoco sabe cómo hacer entrar en razón a Tistrya, o lo que queda de él, cómo conseguir que reaccione.

—¿Estás preparado, Úrian? —pregunta Rashnaw sin mirarlo.

No hay tregua posible. El monje ha tomado una decisión y no se volverá atrás. Úrian se gira hacia los dos hombres situados en torno al fuego y entiende que Tistrya se ha convertido en una sombra enfermiza de su padre. El viejo actúa como si estuviera solo; raramente responde, a menudo se ríe sin motivo aparente, se mueve con la lentitud de quien ya no espera nada.

En el exterior, Rashnaw parece haber ultimado los preparativos. No ha intentado aproximarse a su discípulo ni, en apariencia, le interesa lo que sucede en el interior de la cueva. Úrian observa cómo el joven monje también le mira, quién sabe si por última vez.

—Buena suerte, Tistrya, pensaré en ti —dice al pasar por su lado, camino de la salida—. Cuídate mucho.

Los dos jinetes marchan uno detrás del otro, Rashnaw abre paso con diligencia. El hijo del tejedor se siente impotente; no ha sido capaz de transmitir a Tistrya todo aquello que le preocupa, pero tampoco entiende cómo Rashnaw no se ha impuesto, por qué...

—*¡Explorador!* —grita Úrian al escuchar un relincho muy cercano.

Se gira y espera unos segundos hasta que Tistrya se pone a su altura. Quiere ver en sus ojos una señal que acompañe su decisión, pero el joven monje mantiene la mirada impenetrable. Cuando consigue hablarle, solo le salen unas palabras vacías...

—¡Has venido, al fin!

—No tengo por qué darte explicaciones sobre si vengo o si decido no hacerlo —responde Tistrya, todavía influido por la oscuridad de la cueva.

—Pero ¿ya no temes dejar solo a tu padre?

—Ha sobrevivido todos estos años, podrá esperar a mi retorno.

—¿Entonces? Disculpa, Tistrya, pero me gustaría entenderte.

—No es tan difícil...

Explorador, al percibir que el muchacho se gira, queda frente al caballo de Úrian, un animal turcomano, elegante y enérgico, al que llaman *ajal-teke* y que puede llegar a soportar centenares de millas de marcha sin beber ni una gota de agua. El joven monje lo mira de reojo, después levanta la barbilla en dirección a Rashnaw.

—Le odio, pero también le quiero —continúa Tistrya—. Durante mucho tiempo, ha sido como un padre para mí y él es quien corre mayor peligro ahora mismo.

—¿Él?

—Él y todos nosotros, Úrian. No seas ingenuo. Muchos hacen este viaje, pero la mayoría no regresa nunca. Ya he sufrido grandes pérdidas; si le sucediera algo a Rashnaw y yo no estuviera a su lado, no me lo podría perdonar. No quiero volver a llorar la pérdida de un padre...

Tistrya espolea el caballo y sigue la estela de su maestro. El hijo del tejedor se queda atrás, pensando en sus últimas palabras. Todos corren peligro, pero ¿acaso el peligro no está siempre presente? ¿No lo corrió su familia en la plácida Corinto, cuando él todavía era un niño? El peligro nos acompaña en nuestro viaje personal, como la muerte forma parte de la vida. Poco importa que vayamos de un lugar a otro o que echemos raíces en la tierra que nos ha visto nacer.

Encontrar la caravana no resulta tan sencillo como pensaban. En más de una ocasión les ha parecido verla a lo lejos, pero al acercarse han comprobado que eran otros viajeros los que iniciaban el recorrido por «el camino de las cumbres», tal y como algunos denominan las tierras del Pamir.

Los tres viajeros siguen la misma ruta, van a buen paso y conservan el ánimo. Pero se detienen para comprar provisiones en un pueblo que parece descolgado en el tiempo. Úrian indica al joven monje la conveniencia de cambiar el caballo; para atravesar esas tierras hacen falta animales acostumbrados a un terreno agreste y, en las cotas más altas, helado. Los otros componentes de la expedición ya lo hicieron en Samarkanda; solo él sigue con el mismo animal, *Explorador*.

—No pienso hacerlo, es mucho más que un caballo, es mi compañero. Seguiremos juntos hasta el final —dice Tistrya a la defensiva.

Úrian le mira y acto seguido busca ayuda en Rashnaw, quien con un gesto sutil le pide que abandone su propósito. Unos minutos más tarde, es él quien se acerca a su discípulo.

—Piénsalo bien, nos hacen falta estos caballos mucho más robustos, se aclimatan mejor a las temperaturas extremas y a los caminos angostos. Nos facilitarán la travesía...

—¿Me estáis pidiendo que me deshaga de él? ¿De veras creéis que podéis convencerme? ¿También a él debo abandonarle? —Habla con los ojos cegados por una impotencia que le enfervoriza, con la cara alta y la expresión arrogante.

Rashnaw sabe que no solo se refiere al animal, pero se niega a entrar en su juego. Espera unos minutos y, aprovechando la proximidad de Úrian, dice, como si se dirigiera al joven tejedor o como si hiciera una reflexión en voz alta:

—Amar significa dejar marchar, pensar en el otro y no intentar retenerlo. Si lo hacemos, le negamos la posibilidad de volar. Debemos ser generosos con los afectos y —Rashnaw hace una breve pausa antes de continuar— viajar ligeros con la convicción de que nada nos pertenece.

Pero Tistrya ya no puede renunciar a nada más. Adquiere el compromiso de cuidar el nuevo animal que se le ofrece; con él transportará la carga de pieles, las calabazas para el agua, la comida seca y salada. *Explorador* camina a su lado, como un viejo amigo. El joven monje le cuida, le ofrece el forraje que los otros encuentran por sí mismos. Poco a poco, también él parece acostumbrarse a comer el arbusto, de color carbón y olor penetrante, denominado *bursta*. Es el mismo que usan para encender fuego; arde rápidamente y Rashnaw les explica que ello es debido a la cantidad de aceite que contiene.

Úrian se queda observando una caravana pequeña que sobrepasan a paso ligero. Va encabezada por unos animales enormes y extraños cargados hasta arriba. Son peludos y al muchacho le resultan desagradables, posiblemente por la contundencia con la que se abren camino sin contemplaciones, o por su color impreciso. Los observa mientras avanzan parsimoniosamente y con la cabeza baja.

—Ya veo que los yaks no te convencen, ¿eh? —dice Rashnaw, atento a la mueca que hace Úrian al sentirlos cerca.

El muchacho niega con la cabeza, con la misma expresión en el rostro.

—No te engañes —añade el maestro—, pese a su aspecto, son una buena compañía para esta gente, les facilitan mucho el trabajo en el campo ¡y dan una leche buenísima!

—¿Con este pelaje tan lanudo y largo? Creo que me daría asco bebérmela.

—Si tenemos suerte, quizá tengas ocasión, Úrian. Ya hablaremos de nuevo sobre el tema cuando la pruebes. Y ese pelo tan lanoso al que te refieres, también les resulta muy útil.

—¿No dormirán encima, verdad? —pregunta Úrian, sin saber qué pensar.

—Lo utilizan para algo todavía mejor: lo tejen y construyen tiendas preparadas para aguantar fuertes tormentas. ¡Imagina si es resistente!

Úrian, pese a todas las explicaciones, sigue pensando que aquellas bestias no le hacen ninguna gracia.

En la cara meridional de las montañas el paisaje se va volviendo cada vez más árido; solo en su vertiente norte crece la vegetación y menudean los árboles. De esta forma se orientan en un espacio desprovisto de pueblos y caravasares. Todo se repite cíclicamente: rocas y piedras que hace falta superar con destreza en los pasos más angostos, subidas interminables para poder llegar a cotas que se empequeñecen al ser conquistadas.

Es el ciclo del día el que cambia el escenario, proveyéndolo de matices, bañándolo de colores. El cálido anaranjado de la salida del sol recuerda a Úrian la Capadocia y, sin poderlo evitar, siente nostalgia de su amigo Fiblas. Quizá se mostró excesivamente duro, y ahora se arrepiente. Al anochecer, el violeta que cubre el horizonte le abraza con una melancolía dulce. Es entonces cuando busca, bajo la capa de piel que lo preserva del frío, la cinta de su madre.

Cuando ya llevan dos días de camino, empiezan a intranquilizarse. Rashnaw se siente responsable de los dos muchachos, intenta dar una apariencia de normalidad, pero sus silencios evidencian preocupación. Pese a que la hospitalidad de los kirguises nómadas es grande y han tenido la suerte de poder pasar la noche dentro de sus tiendas, la puesta de sol siempre provoca desazón en los viajeros. No acaban de acostumbrarse a ver sus yurtas como setas gigantescas moviéndose de un lugar a otro.

La tercera noche los acoge una familia numerosa. Transportan una tienda más pequeña de color gris y parecen muy pobres, pero sus cuatro niños van de acá para allá, felices. El más pequeño no levanta un palmo del suelo, pero ya ayuda a su madre a preparar la cena. Lucen una sonrisa limpia que les hace guiñar los ojos hasta casi desaparecer.

Les muestran unas bolas oscuras con las que juegan y, durante un rato, Tistrya y Úrian regresan a la niñez. Rashnaw les mira, siente la tentación de decirles que las bolas son de pelo de yak y barro, pero decide no hacerlo, no quiere estropear su momento.

En el interior de la tienda todo está muy organizado. En el centro está la cocina, y cerca de la puerta, algunos enseres. La parte superior de la yurta es la reservada al cabeza de familia y los huéspedes; los tres viajeros se instalan mientras esperan la cena. La mujer reparte un tipo de torta extraña y una mantequilla líquida de color rosa. Úrian mira a Rashnaw antes de probarla, pero no obtiene ninguna respuesta; si es de yak, es mejor no saberlo, piensa al tiempo que descubre el nuevo sabor. Los niños beben una leche fermentada de yegua, que al más pequeño le resbala por las comisuras de los labios, contemplando a los recién llegados con curiosidad.

Tras la comida avivan las llamas con las que han cocinado y, mientras disponen el aposento donde dormir, Rashnaw les explica que los kirguises tienen creencias chamánicas.

—¿Chamánicas? ¿Qué significa exactamente? —pregunta Úrian.

—¿A qué Dios adoran? —se interesa Tistrya.

—Sus creencias están fundamentadas en la existencia de espíritus que vagan por todas partes —responde Rashnaw.

—¿Y estos espíritus qué hacen? —pregunta el joven tejedor, que no acaba de tenerlo claro.

—No es sencillo, Úrian. Ellos hablan de tres mundos, o cuatro, no lo sé con exactitud, algo así como diferentes planos superpuestos; el espíritu del chamán puede penetrar el mundo sobrenatural para encontrar respuestas. Según dicen, el mundo en el que vivimos está dominado por fuerzas o espíritus invisibles que afectan a nuestras vidas.

—Pero ¿para ayudarnos o para hacernos daño? —pregunta Úrian con cara de preocupación.

—Pues hay algunos buenos y otros malos, es el chamán quien hace de intermediario —intenta explicar Rashnaw.

—¿Algo así como ejercer de religioso? —dice Tistrya, buscando en su interior un paralelismo que le ayude a comprender.

—No exactamente. Los chamanes no son predicadores, actúan fuera de la religión, casi siempre solos.

—¿Y quiénes los escogen? —insiste Tistrya.

—Son personas que tienen capacidades especiales, tratan enfermedades que creen causadas por espíritus malignos, tienen presagios y actúan como portadores de mensajes del más allá.

—¿Y pueden hacerlo de verdad?

—Así lo aseguran, Úrian. Utilizan técnicas para incitar a un éxtasis visionario.

—¡No lo entiendo! —exclama el joven tejedor.

—No hace falta que lo entendamos todo, Úrian. Solo tener una actitud abierta y de respeto. Por hoy ya ha habido suficiente. Es tarde y mañana nos espera un día muy duro; ya empieza a ser hora de dormir.

Los muchachos no replican. Ciertamente tienen más que suficiente para darle vueltas un buen rato. Siguen las instrucciones del cabeza de familia y se disponen en forma de estrella con los pies dirigidos hacia la hoguera, situada en el centro. El viento choca contra las paredes de la yurta creando extrañas melodías.

Si miras atrás, el camino se esconde entre los recodos para volver a aparecer más pequeño, más lejano, pero siempre vacío. Es la impresión de los enviados de Justiniano, que ahora atraviesan un paso de montaña al norte del Pamir, en los montes Altai. Han visto con preocupación cómo la caravana de los chinos decidía continuar en solitario; no podían retardar más el paso ni entendían que a los bizantinos les importara tanto recuperar a tres hombres de los que no se tenía noticia.

—Es un mundo de sobrevivientes. El mismo trayecto provoca que solamente los más preparados lleguen a su destino —les había dicho uno de los chinos antes de continuar camino hacia Kashgar.

Todavía sorprendido por estas palabras, Lysippos, con su caballo muy cerca del precipicio, contempla la lejanía. Adopta la misma posición de búsqueda cada mañana desde hace tres días, mientras el sol indaga alguna rendija entre montañas que le permita entrar en los valles más profundos.

La ausencia del monje y de los dos muchachos tiene al grupo inquieto desde el primer momento. Xenos y Fiblas presionan cada vez más para que la caravana se detenga. El soldado no les pierde de vista, le preocupa que sean capaces de hacer algo irremediable con tal de permanecer a la espera. Ha dado orden a sus hombres de que vigilen muy bien el agua y los víveres, que no aparten la mirada de los bultos llenos de objetos preciosos. El emperador no escatimó la calidad del oro y las joyas que les deben ayudar a conseguir sus objetivos.

Lysippos no aparta los ojos del valle, sin girarse en ningún momento. Sabe que el tejedor se encuentra unos pasos más arriba, pero también que no puede contar con su ayuda. El avance no es posible sin acuerdo, y las posiciones dentro del grupo son claramente contrarias. Najaah, Xenos y el hijo del herrero se han constituido en una familia; la proximidad les ayuda a paliar la pérdida de aquellos que han sido sus referentes. Ahora la mujer se esfuerza en aprender griego, una lengua que le es ajena, para acercarse al tejedor. Siente por él una fascinación directa, intensa, casi incomprensible. Fiblas vaga preguntándose dónde está el amigo a quien ha venido a acompañar, mientras Xenos no se perdona su debilidad. Ha permitido a su hijo una aventura incierta, en un territorio donde el reencuentro siempre es inseguro.

Es el tejedor quien descubre la primera señal, en la vertiente que van dejando atrás. Llama a Lysippos para mostrarle el rastro de polvo que se aprecia en la atmósfera todavía neblinosa de la mañana. No hay duda de que alguien va tras los pasos de la caravana, pero la distancia hace imposible predecir si se trata de sus compañeros de viaje. También el soldado la ha podido percibir, pero se mantiene escéptico, especialmente cuando la visión desaparece engullida por uno de los recodos del camino.

El tejedor ha bajado hasta la posición que ocupa Lysippos y esperan juntos una nueva señal. Cuando creen que ya no llegará, el rastro de polvo vuelve a manifestarse y, si se esfuerzan, incluso pueden distinguir tres siluetas oscuras que suben por la montaña.

Mientras discuten si se detienen a esperarlos, sienten el galope de un caballo que emprende como una centella el camino de bajada. No necesitan girarse para saber que Fiblas ha dado rienda suelta a su juventud y no se detendrá hasta llegar a su posición.

Lysippos da orden de continuar hasta el siguiente paso. El resto del día, los dos grupos ensayan la persecución por aquel camino que les lleva a un destino lejano y todavía utópico.

13

Kashgar
Octubre, 551

Cuando se ven juntos de nuevo, los componentes de la caravana se fortalecen. Han necesitado toda su energía para superar la última y más dura etapa del Pamir. Las nieves, que en la distancia parecían una frazada esponjosa, un manto protector de las montañas, aquellas flechas verticales dirigidas hacia el cielo, se convirtieron en el cuchillo que infligía la herida. El andar se hizo más lento, el frío entumeció las piernas y, en ocasiones, los ánimos de los viajeros. Pero se afirmaron en su propósito, madurando su ambición secreta y compartiendo solo las que pueden confesarse en voz alta.

El otoño avanza y el temible desierto del Taklamakán les espera. Antes hacen una breve estada en Kashgar; deben prepararse física y psicológicamente antes de recorrer aquel paraje inmenso, uniforme, como un bravo océano de arena que ruge desde su silencio perturbador.

La ciudad de Kashgar es, a la vez, la puerta de entrada y salida de este infierno. Los que esperan el momento de cruzar el desierto escuchan las vicisitudes de los viajeros que regresan. Se acercan con devoción, atienden sus consejos, preguntan sin pausa. A los que emprenderán la Ruta de Oriente se les puede identificar entre los grupos por la extrema atención que prestan a cualquier suceso. Se muestran atemorizados, nerviosos, sus ojos reflejan el brillo que provoca un gran reto.

La ciudad es un escenario que gravita alrededor de la travesía Oriente-Occidente y a la inversa. Su situación estratégica también la convierte en un cruce obligado de pasajes entre la Sogdiana y la misteriosa e impenetrable China. Se compra y se vende, se intercambian productos, ideas, intrigas y noticias a un ritmo vertiginoso.

La urgencia es el factor más destacado de esta urbe. Constantinopla también es un hervidero de transacciones, un calidoscopio de culturas, pero el latido que le infunde la vida no palpita con la aceleración que imprime la fugacidad.

Kashgar tiene el ambiente de un gran puerto desde donde te despides de aquello conocido para iniciar la aventura, en busca de un sueño. No hay muelles donde atracar, pero la sensación de partida se mantiene viva sobre el polvo de sus calles. El viajero respira hondo, intenta no mirar atrás; los límites son invisibles, pero quienes los traspasan saben que hay un antes y ponen toda su fe en conquistar el después.

La caravana procedente de Bizancio es una más entre un enjambre. La enfermedad de Úrian le impidió vivir la diversidad y los colores del mercado de

Samarkanda. Para él, pues, contemplar los tenderetes de tejidos de seda china que se ven por todas partes es como una fiesta de los sentidos que le lleva a la euforia. Su padre le promete que, una vez cumplida su misión, no solo comerciarán con la seda, también serán los mayores productores del Mediterráneo.

—Mírala, hijo, admírala sin prisa. Es para conquistar esta delicia que dejamos Corinto, pero volveremos con el secreto que los chinos guardan con tanta cautela. Es nuestra oportunidad, somos los escogidos. Nunca más volveremos a mendigar a los persas y Justiniano será generoso con nosotros. Vivir en la corte imperial, ¿te lo imaginas?

Xenos no espera respuesta; deja volar su imaginación y, reteniendo el aire en su pecho, adopta un porte orgulloso. El muchacho le mira con actitud prudente, no se atreve a decir nada, y continúa escuchando al mercader.

—¡A vuestro alcance tenéis el objeto de tantos y tantos anhelos! La mejor seda del mundo, el artículo más sublime, un auténtico lujo. ¿Habéis visto nunca un tejido igual? Es brillante, casi transparente y, de manera incomprensible, más fuerte que la lana. También es ligero y a la vez cálido, como no encontraréis ningún otro; tan brillante como el metal pulido, de una suavidad extrema al tacto y, si prestáis atención, podréis, incluso, sentir el murmullo de su gemido al agitarse.

Najaah no llega a entender todas y cada una de estas palabras, pero por la actitud del tejedor y de su hijo interpreta que la seda es para ellos un tesoro. Entiende que es eso lo que han venido a buscar los bizantinos. ¿Pero qué quiere ella? ¿Es, quizás, el fin de su viaje? Este pensamiento la inquieta profundamente. Debe hablar con el monje. Hoy, ahora si es posible. Huir del alcance de sus perseguidores era su objetivo, escapar de aquel grupo de árabes del sur que intentaban darle caza en la ciudad de Numidllkat. Kashgar es un lugar peligroso y el corazón se le acelera en cada esquina al descubrir que alguien la mira, que tal vez pueda reconocerla.

Al final de la calle, sobre una tarima de madera, se negocia el precio de las esclavas. Son muchachas jóvenes como ella. No se atreve a mirarlas; conoce bien la sensación de asco, de vergüenza, de humillación. Un escalofrío le recorre el cuerpo de arriba abajo cuando piensa en ello. Puede sentir las manos sobre las nalgas valorando su firmeza o estrujando sus pechos, la risa dantesca y la mofa compartida con los otros compradores. Recuerda cómo le abrían la boca para examinar su dentadura, introduciendo los dedos, groseramente, mientras con señas se le indicaba que los chupara reproduciendo una felación. Las arcadas contenidas, la rabia ahogada o la muerte. Y luego el regateo, embruteciéndolos más, si ello es posible, y el aliento putrefacto que les recuerda la nueva marca de su amo.

Este también fue su periplo, parte de su historia; ahora la abofetea de lleno. Durante los días que ha pasado con los bizantinos, Najaah ha tenido la sensación de recuperar la dignidad perdida. Recuerda los hechos, aquella tribu enfrentada que exigió venganza para reparar la muerte de uno de los hombres de su clan. Tras proclamar que su hermano era un asesino, regidos por la ley del Talión, negociaron el «precio de sangre» por un presente, y ella fue la ofrenda. Nunca sabrá si se trataba de una calumnia. ¡Hacía tantos días que no pensaba en ello!

Instintivamente busca cobijo al lado de Xenos, se le acerca como un gato buscando una caricia. El tejedor la mira y, sin tener conciencia del alcance de su temor, la coge por la cintura mientras siguen andando entre barbas bíblicas, pastores kirguises con sombreros blancos llegados de los valles nevados de Tien Shan, uzbecos de bonete dorado y bigotes espectaculares, mendigos o predicadores.

Lysippos pide al tejedor que le acompañe; hay que negociar el precio de los camellos. Los muchachos de Corinto también quieren presenciarlo, por nada del mundo se lo perderían; Tistrya los sigue sin entusiasmo. En el mercado de animales Úrian ve de nuevo yaks, pero ya no le asombra su presencia. Observa las vacas, cabras, burros, camellos o gallinas que se suceden con quejidos distintos y olores mezclados.

Cuando se forma un nutrido grupo de hombres alrededor, los mercaderes dejan probar los caballos a los posibles compradores o exhiben galopadas imposibles y los obligan a detenerse de golpe para impresionar a los curiosos y elevar la cotización de la mercancía. Tistrya mira los animales con la certeza de que *Explorador* les gana en casta y valentía.

El sonido de las campanas colgadas del cuello llama la atención sobre la inmensa parada de camellos. Los viajeros de Bizancio ya han visto diferentes ejemplares a lo largo del camino, pero nunca se habrían imaginado nada igual, ni siquiera en Samarkanda contemplaron un espectáculo como el que tienen ante ellos.

—Úrian, ¡mira qué hace este muchacho! —exclama Fiblas con los ojos abiertos como platos.

—¿Cómo es capaz de dar una voltereta encima de la joroba del camello?

El soldado de la cicatriz se ríe y les explica la historia que tanto ha repetido a lo largo de sus viajes. Hace muchos años le hablaron de un general chino que llevaba a la batalla un camello cargado con un gran depósito de agua lleno de peces para alimentar a sus hombres. La idea era mantenerlos vivos durante toda la campaña, y solo esta clase de animales tenían la fuerza y la estabilidad suficiente para el éxito de una empresa de esta índole.

—Yo he oído a los viejos comerciantes de Corinto explicar que, en tiempos de guerra, los ejércitos los utilizaban para instalar sus armas giratorias. A veces se podían contar más de doscientos camellos —comenta Xenos.

—¡Es cierto! Las armas giraban montadas sobre un marco de madera y podían disparar en todas direcciones con una rapidez impresionante —completa eufórico Lysippos, como si ya se viera inmerso en la contienda.

—Pues a mí, en Gundishapur, me explicó un viajero que había visto a un príncipe viajando en camello. En él iban sentados sobre una enorme silla de madera un conjunto de ocho músicos —dice Tistrya, mientras los muchachos contrastan las historias con la realidad que les rodea.

El soldado, aprovechando la perplejidad de Fiblas y Úrian, todavía añade un último comentario con la intención de echar más leña al fuego:

—¿Sabéis que también se los comen y que la joroba se considera la parte más exquisita?

—¡Qué asco! Tendría que tener mucha hambre para... —Fiblas no acaba la frase, frunce el ceño y estira la comisura de los labios haciendo una mueca que divierte a los presentes.

Durante mucho tiempo escuchan con atención las explicaciones de los vendedores, todos aseguran que sus ejemplares son los más preparados para cruzar el desierto.

—Son los que necesitáis, creedme —insiste el comerciante—. Ya he visto que preguntabais en otras paradas, pero si son animales de una sola joroba, dromedarios como los que vende aquel árabe, no os los aconsejo. Mirad, aunque también tengan doble párpado y la capacidad de cerrar los orificios nasales para protegerse de la arena del desierto, los camellos bactrianos que os muestro son más pequeños, más robustos, y ahora, a las puertas del invierno, les crece un pelo más largo y grueso que les permite aclimatarse al frío.

Finalmente se deciden por los bactrianos de dos jorobas. Saben que son de andares lentos, solo cuatro millas romanas a la hora, pero son los mejores para rastrear el terreno, buscar agua y detectar tormentas, una virtud que les puede llegar a salvar la vida.

—Podéis iros tranquilos, habéis hecho una buena compra.

Así los despide el mercader uigur, contando las monedas de oro y sonriendo satisfecho. Le gusta hacer tratos con los occidentales; los chinos suelen pagarle con piezas de seda, mucho más apreciadas que la moneda con la que negocian, que no es de oro sino de cobre. Mientras tanto, un comerciante ha seguido la compra con interés y observa la disparidad del grupo. Pero es una mujer de apariencia árabe la que despierta su atención.

Se sube en unas cajas para comprobar que está con ellos y recuerda a los hombres que el día anterior iban por todas las paradas haciendo preguntas. No ha olvidado la recompensa que ofrecían, mucho más generosa que si hubiera cerrado la venta de los camellos. Sin pensárselo dos veces, el comerciante avanza hacia Najaah con la intención de cerrarle el paso. Lysippos, muy cerca de la mujer, se da cuenta del movimiento del hombre y se interpone en su trayectoria.

—¿Ves esta daga? —le indica el soldado, levantándose la capa—. He dado muerte a demasiados cerdos como tú y no me sería difícil repetirlo. Más vale que no vuelva a ver tu rostro asqueroso, porque mi cicatriz será solo una muestra de las que tendrás tú de por vida.

Lysippos coge a Najaah y marchan al encuentro de los demás. Xenos y los muchachos vuelven con los camellos nuevos al caravasar. Han dejado a Rashnaw hablando con monjes budistas, una religión que, según les han contado, parece instalarse con fuerza más allá de la India.

De camino, Úrian quiere detenerse al lado de un grupo de hombres que alborotan. Su altura le permite ver cómo todos llevan en sus bolsas, o en fardos, piedras de tamaños diferentes y esperan cobrar el precio de su mercancía. Alguien en el centro del corro las examina, las pesa en unas balanzas y las cambia por unas monedas.

Se trata de jade, los chinos dicen que trae suerte, y es muy preciado por ser un mineral duro y bello, perfecto para cortar joyas y ornamentos de toda clase. Al joven tejedor le gustaría pararse, preguntar, tener entre las manos una de las piezas, los matices del verde le han fascinado, pero no es posible. Camina con sus compañeros de viaje, las riendas de los camellos en la mano, girándose con frecuencia como si un magnetismo especial le atrajera hacia el lugar. Fiblas le llama y acelera el paso, pero tiene el presentimiento, casi la certeza, de que, de alguna forma, volverá a entrar en contacto con aquel material misterioso.

14

Caravasar de Kashgar
Octubre, 551

Cuando se aproxima el atardecer, el caravasar hierve de gente. Van de acá para allá con los productos adquiridos en el mercado. Los viajeros que deben partir al día siguiente disponen las cargas, preparan los animales y buscan aliados para el camino. El otoño parece que será más riguroso que en años anteriores y buena parte de los hombres reflejan en sus miradas la preocupación que vienen arrastrando.

La comida y la bebida propician que tras la cena se caldee el ambiente con historias diversas; todas ellas giran alrededor de la etapa más temida. Los viajeros de Bizancio se reparten entre los grupos, se contagian de sus obsesiones al mismo tiempo que explican las propias. Cuando agotan el tema del temible desierto, comentan el precio a pagar por tal o cual artículo o su reacción ante alimentos desconocidos.

Desde los establos, un repique metálico acompaña el canto de un viejo laúd que anima la tarde. Los cuellos de los camellos parecen seguir el ritmo mientras las pequeñas campanas suenan alegres. Se diría que intuyen su partida inmediata. Tal vez han inventado un lenguaje propio, un código secreto más allá de los gruñidos habituales, graves y lastimeros.

Antes de acostarse, los componentes de la caravana van a ver a los animales. Úrian se fija en un mercader que acomoda la carga de lana. Por sus rasgos sospecha que es un compatriota, y no se equivoca.

—Es una lana increíble, ¿la habéis comprado en Kashgar? —pregunta Úrian, comprobando que realmente es resistente y de buena calidad.

—Tienes razón, muchacho, es de la mejor. Pero yo solo vengo a venderla. La he trasquilado de mis propias ovejas y, créeme, las he escogido una por una —responde el mercader, como si se dirigiera a un posible comprador.

El muchacho todavía se queda un rato observando los movimientos del hombre.

—¿Queréis que os ayude? Estoy acostumbrado a tratar la lana, mi padre es tejedor, el más famoso de Corinto, y yo trabajo con él, conozco muy bien el oficio —dice Úrian con orgullo.

—¡Así que eres tejedor! Entonces me siento doblemente halagado.

—Pero ¿desde dónde la traéis? —pregunta el muchacho, lleno de curiosidad.

—Desde muy lejos, de las montañas Kumlum.

—Pero, entonces... ¡habéis venido a través del desierto del Taklamakán! —exclama Úrian.

—Sí, no hay otra forma. Pero no es la primera vez que me enfrento a sus peligros.

Úrian tiene muchas ganas de saber más cosas del viaje, mil preguntas que hacerle, pero el hombre parece tener prisa en finalizar su trabajo. El muchacho observa unos agujeros en las balas de lana que el mercader intenta disimular. Al cabo de un rato, ante la insistencia de Úrian, el mercader le confiesa, pidiéndole antes mucha discreción, su procedimiento. Entre aquellas aperturas se filtra la arena del desierto y, de esta forma, aumenta de peso la mercancía.

—Pero eso es muy peligroso... ¿y si lo descubren? —pregunta el joven tejedor, mirando a diestro y siniestro para asegurarse de que nadie sea testigo de aquello que acaba de escuchar.

—Tienes razón, un comprador experto se daría cuenta enseguida, exigiría ver él mismo la lana, olerla e incluso amasar un puñado. Si realmente sabe lo que se trae entre manos, sería capaz de reconocer a qué tipo de ovejas pertenece, si han apacentado en los valles, en las montañas o en las estepas, y, siendo muy riguroso, si los pastos estaban orientados al norte o al sur. Ciertamente, hace falta ser muy cauto y saber con quién negocias.

—Entonces...

—El éxito radica en ofrecer una bala cerrada, sin agujeros, para que la examinen. Todo tiene sus riesgos, muchacho. La vida es difícil, ya te irás dando cuenta.

Mientras Úrian se aleja del tramposo mercader, con el afán de explicárselo todo a su amigo Fiblas, los otros viajeros también se retiran a descansar. Lysippos hace todo lo posible para quedar rezagado y, cuando se encuentra solo, llama a Najaah que apenas acaba de salir. Después la mira de arriba abajo.

—Tú y yo tenemos una conversación pendiente. Sabes a qué me refiero, ¿verdad que sí? —dice, adoptando un tono de voz que pone a Najaah a la defensiva.

La mujer intuye que algo no marcha bien. No ha entendido todas las palabras del soldado, pero adivina sus intenciones. Da dos pasos hacia atrás y niega con la cabeza en actitud de súplica.

—Tranquila, Najaah. No debes tener miedo de nada, estás conmigo y no quiero hacerte ningún mal. Relájate, ya verás cómo también a ti te gustará —murmura Lysippos, invitándola a aproximarse con un gesto.

Pero la mujer permanece inmóvil, su cuerpo se tensa, el pulso se le acelera. Le cuesta creer lo que está sucediendo. La pesadilla se repite de nuevo. El soldado se aproxima, le mira los pechos, se humedece los labios. Ella le observa jadear y, cuando la distancia se hace más corta, le escupe en la cara y pronuncia una palabra gutural que Lysippos no conoce.

Najaah intenta correr hacia la puerta, pero el soldado le da caza antes de que consiga dar un solo paso. Entonces la sujeta del cabello y ella siente en la mejilla un contacto áspero. Es una barba sin rasurar que le irrita la piel. Mientras, al oído, como si disfrutara de su presa, Lysippos murmura:

—¡Quieta, fiera! Si tienes ganas de jugar, jugaremos. He domado potros más bravos que tú. Si quisiera una fulana, iría al burdel, pero no me satisfacen, tú eres una pura raza y estoy caliente —dice, sujetándola con fuerza por las nalgas y restregándole su miembro, erecto bajo la capa—. ¿Notas cómo crece? Es todo para ti.

Najaah se subleva, intenta gritar, pero Lysippos le tapa la boca.

—Te hablaré despacio para que me entiendas. ¡No me muerdas, estúpida! Te saltarían los dientes antes de que yo notara el dolor. Los dos sabemos que te han reconocido. Me sería muy fácil entregarte a los árabes que te buscan e incluso repartirme con ellos la recompensa. Pero a mí el oro no me interesa, tendré suficiente cuando finalice esta misión. Ahora, tú eres mi trofeo.

Mientras le confiesa su propósito, la mujer suda por el esfuerzo realizado, por la impotencia y la rabia de sentirse sometida. El soldado la mira complacido y, después de tenerla tendida en el suelo, la aprisiona con la parte interior de sus muslos. Con la mano que le queda libre, le aparta la ondulada y negra cabellera del rostro mientras remarca su perfil con el índice.

—Pareces una pantera, ¡no sabes cuánto me gustas!

Los gritos ahogados de la mujer se desperdigan por los establos. Se amortecen entre el forraje de los animales, se suman al tintineo de las campanas que bailan suspendidas en los cuellos de los camellos. Es una sinfonía macabra de instintos superpuestos, notas desafinadas engullidas en la concavidad de la noche.

Pero se puede escuchar otro murmullo en torno a la puerta. Úrian viene acompañado de su amigo para curiosear en las trampas del mercader, le ha contado sobre los agujeros en las balas de paja, la travesía por el desierto del insólito personaje. Los muchachos se adentran en los establos. Rápidamente son alertados por los gemidos de la mujer y el ajetreo de la lucha que tiene lugar en el mismo escenario. Al acercarse, Lysippos les manda salir, alegando que el asunto no es de su incumbencia, pero Najaah profiere un grito ensordecedor al que no pueden permanecer indiferentes. Mientras Úrian, movido por su instinto, se acerca atónito a socorrerla, Fiblas grita el nombre del tejedor por todo el caravasar.

Xenos, alertado por los hechos, emprende una carrera frenética hasta los establos. No hay ningún enfrentamiento entre él y el soldado. De un empujón, y sin previo aviso, le deja fuera de combate sobre los haces de leña. Nunca hasta entonces Úrian había visto desplegar tanto coraje a su padre.

Najaah tiembla en los brazos del tejedor y siente su fortaleza. Todavía mira con desconfianza hacia Lysippos, que sigue conmocionado. Xenos, con los ojos cerrados, la aprieta contra su pecho. Mientras, va repitiendo su nombre una y otra vez, con una dulzura acabada de estrenar, como una canción, como una promesa.

La figura de Najaah reencarna todas las mujeres que él ha amado.

15

Kashgar
Octubre, 551

Cogidos por la cintura, Najaah y Xenos avanzan como si se hubieran fundido en un solo cuerpo. Mirándoles, nadie diría que caminan sin destino; tal vez lo construyen a cada paso que dan. La noche, sin luna, exhibe una claridad tenue.

Muy cerca, los muchachos de Corinto no pronuncian una sola palabra. Miran a los dos adultos como si de repente no los conocieran, sorprendidos por los indicios de una situación inesperada. Al unísono, las llamas de las antorchas bailan en las paredes de los corredores, abriendo un abanico de caminos posibles. Úrian y Fiblas los ven alejarse, pero poco después la pareja ya ha desaparecido del caravasar. Les han bastado unos pasos para dejar atrás el mundo que les es propio, los compañeros de viaje, los recuerdos que les ahogan, y adentrarse en un paisaje que, a pesar de la proximidad del desierto, los acoge con la calidez que por instantes otorga la soledad.

Todo está por hacer, todo por decir y, sin embargo, continúan caminando en silencio. Quizá las palabras no les son favorables y, si lo fueran, tampoco podrían abarcar la intensidad que les abruma. Najaah y Xenos callan para que pueda hablar el corazón, y así, desconcertados, vagan entre las claridades de las arenas próximas. En su deambular bordean volúmenes a los que no dan nombre, se pierden en las intermitencias de las finas nubes que desgarran el cielo, mientras intentan protegerse de la arena que transporta el viento de octubre.

La mujer llora de nuevo, y a cada sacudida él la abraza con más fuerza, amorosamente, velando así por su libertad. Ya no es dolor o rabia lo que derraman sus ojos, es un torrente que fluye sin miedo tras un largo cautiverio. Igual que las aguas de un río atrapadas por los troncos que durante mucho tiempo les han impedido el paso, o como el temblor de una parturienta tras el nacimiento de su hijo.

Se detienen, todavía abrazados, en un tiempo ajeno al que marca las horas. Xenos le aparta los cabellos húmedos de la mejilla y le besa los párpados.

—Te quiero —dice con una ternura que ni él mismo espera.

Ella advierte la melodía, el envoltorio con que le regala estas palabras que solo pueden ser especiales. Temblando, prueba sus labios en busca de un poco de calor. Lo hace del mismo modo que los viejos persiguen un rincón al sol que les desentumezca los huesos al acercarse la primavera, o como un recién nacido busca el pecho de su madre, con más intuición que destreza.

Xenos se entrega al deseo que crece entre los dos, y se mezclan los fluidos. Son como un elixir que les cura de la soledad más atávica. Se respiran y poco a poco va creciendo en su interior un mismo ritmo.

Buscan una madriguera donde desplegar caricias, pero no es sencillo escabullirse del mundo cuando te persigue. Las primeras casas de Kashgar se imponen en todo momento, les recuerdan que son forasteros, mientras una lluvia fina les cae encima. Xenos coge la mano de la mujer y mira más allá del camino, pero este se va alejando de la ciudad y parece no ir a ninguna parte.

A poca distancia distinguen las paredes de lo que tiempo atrás fue un almacén. Se cobijan en su interior. La ropa mojada acentúa la sensación de frío y el tejedor frota con energía el cuerpo de Najaah. Con su aliento le calienta las manos, después le indica que conseguirá unas ramas para encender fuego.

—No te muevas, Najaah. Regreso enseguida —dice, apresurándose en recoger cualquier cosa que se pueda quemar.

La mujer se acurruca contra los muros de arcilla, eleva la mirada hacia el agujero que una vez fue techo; allí el viento juega a deshacer las nubes. Escucha su murmullo filtrándose entre las piedras, golpeando las ramas, barriendo las hojas. En brazos de aquella melodía van y vienen sus recuerdos, toman cuerpo palabras antiguas. Necesita creer que todo lo que está viviendo no es un sueño y se huele las manos buscando el rastro del hombre. Con una inspiración lenta rescata aquel olor que la conforta y consigue que recorra su interior.

Cuando Xenos regresa la encuentra dormida. Enciende un fuego y se tumba a su lado. Se muere de ganas de despertarla, pero también de no hacerlo. No sabe cuánto tiempo transcurre hasta que el deseo de tocarla se hace insoportable. Entonces se humedece la punta de los dedos y le perfila los labios, el pulso le tiembla como mucho tiempo atrás, cuando era un adolescente, la respiración se agita y una punzada de placer le recorre el cuerpo.

Najaah siente el cosquilleo y se pasa la lengua, se muerde los labios, murmura su nombre, le busca, sin atreverse todavía a despertar.

Él la va desvistiendo despacio, sin dejar de mirar aquellos ojos más negros que la noche, mientras esta se funde a su alrededor. El pequeño fuego ha ido cobrando vida, pero ya no precisan su calor. Ella dibuja los lóbulos de sus orejas con su boca y le autoriza a continuar, le ruega que lo haga. Nunca se ha sentido tan bonita y a la vez tan insegura.

Muchos hombres la han poseído, ha olvidado caras y nombres, pero en ningún momento se ha sentido tan especial, tan delicada. Najaah sabe cómo tratar a aquellos que buscan un placer rápido o un sexo sin alma. Pero se siente indefensa cuando Xenos le acaricia la piel con la misma exquisitez que pasaría sus dedos por el ala de una mariposa. Najaah se sobrecoge, cierra los ojos y entreabre la boca.

Xenos la desnuda y la observa; piensa que es lo más bello que ha visto en su vida.

Se inclina sobre ella y la cubre de besos suaves. Sus labios descienden por el cuello entregado de la mujer mientras saborea la sedosidad de sus cabellos negros. Su lengua se detiene en los pechos redondos y firmes, los recorre con pequeños movimientos circulares, los pezones reaccionan y la aureola se oscurece al tacto. La lenta y húmeda caricia se desplaza hacia el vientre y el tejedor sabe que su pubis le espera, lo sabe a pesar de estar cubierto por un vello oscuro que él, muy pronto, desenredará para encontrarla.

Najaah flexiona sus rodillas y se agarra con fuerza a las ropas que le sirven de almohada. Las contracciones detienen su respiración por unos instantes. Después, con un gemido intenso, traspasa los límites del placer. Xenos la mira una vez más. Observa cómo el sudor resbala por su cuello deslizándose hasta los valles más profundos de sus clavículas, tal como el rocío se precipita en el cáliz de una flor, marcando el centro.

La mujer parece ausente, pero nunca se ha sentido tan cerca de otro ser humano, tan acompañada. Su rostro se relaja, sus brazos se extienden en dirección al hombre y al inquieto latido de un cuerpo que se entrega a la vida.

Se abrazan, ahora desesperadamente, como si fuera posible vencer al tiempo y ganar la inmortalidad, aunque sea por unos instantes. Ella se coloca sobre Xenos, sus cabellos frotan los muslos abiertos del hombre; él suspira, jadea, se agita al sentir su contacto mientras Najaah continúa ascendiendo. Le besa en los labios y deja que su miembro la penetre.

Se entregan al mismo compás enfebrecido, se precipitan en el interior del otro. Suspiros y espasmos conducen a las puertas de un gemido que suena a llanto. Poco después, con el cuerpo abandonado, disperso, se encuentran en la no distancia, se miran y, tácitamente, suplican que su amor llegue para quedarse.

16

*Desierto del Taklamakán
Noviembre, 551*

No es fácil abandonar la ciudad. Mientras permaneces en ella piensas que todo es posible. Tal vez tenga que ver con que se encuentra rodeada de paisajes muy diversos. Al norte, como telón de fondo, se despliegan las nieves perpetuas de las montañas Tien Shan, pero no son menos majestuosas las de la cordillera de Kunlun, al sur. Los viajeros tienen la sensación de transitar por un valle inmenso que nace en los altiplanos del Pamir y avanza, inexorable, hacia el temible desierto del Taklamakán.

La estancia en Kashgar ha sido una prueba de fuego para la cohesión del grupo que partió de Bizancio. En pocos días el desierto será una realidad, pero todo el mundo sabe que Xenos y Lysippos, cabezas visibles de la expedición, siguen enfrentados. Lo comentan en pequeños corros y a nadie le parece la mejor manera de continuar el viaje.

El soldado de la cicatriz no olvida el episodio en los establos, el descrédito y la humillación a que fue sometido ante los muchachos y la mujer. Pero el tejedor tampoco le perdona que confundiera a Najaah con una furcia cualquiera.

Ese es el motivo que les lleva a repartirse la carga de agua antes de iniciar la travesía. Cada comandante toma la responsabilidad de su abastecimiento y distribución. Pero las alianzas no están claras. Lysippos gobierna el destino de los ocho soldados que le quedan y de uno de los guías uigures; entretanto, Xenos intenta hacerse respetar por los cinco viajeros restantes y el otro guía. Sabe que cada uno de ellos es un territorio inexpugnable, que andan juntos y, pese a mirar en la misma dirección, los horizontes son distintos. Todo gira en torno a sus sueños, que, en algunos casos, ya no guardan parecido con aquellos que les acompañaban al iniciar el viaje y se modifican según las trayectorias vitales de cada uno.

Al fin y al cabo, los pasados cambiantes son los que dependen del itinerario cumplido. Corinto ya no es el pasado de Úrian, lo es su enfermedad, el miedo a la muerte, la posibilidad de renacer. Para Tistrya y Rashnaw tampoco lo es Gundishapur, la Academia, las noches de estudio y palabras, sino, respectivamente, la cueva donde el padre del joven monje desvaría y la promesa de Justiniano de favorecer la causa nestoriana. Najaah ya no piensa en su pasado en el seno de una tribu, sino en el infierno que le supuso su cautiverio. ¿Y el de Fiblas? Quizá no ha seguido las mismas pisadas, porque todavía se mueve entre episodios que bordean realidades ajenas.

En compañía de sus fantasmas y ambiciones, se cobijan en una caravana más numerosa. Observan y aprenden a moverse en un medio que desconocen. Para aquellos que han escogido desplazarse en camello no resulta tan sencillo como parece. No hay estribos donde descansar los pies y compensar el peso no es nada fácil. Los movimientos de ida y vuelta y el repicar de las campanas les sumen en un devenir intemporal, como el mar de arena que no alcanza la mirada. Las dunas se proyectan hacia el infinito.

De vez en cuando, el viento levanta remolinos de arena que surcan el aire mientras la luz reverbera y se forman reflejos brillantes sobre el horizonte.

—Este lugar tiene algo mágico —dice Úrian, sin dirigirse a nadie en particular.

—¿Mágico, dices? ¡A mí me parece la guarida del mismo demonio! —responde Tistrya, pensando en cómo el espacio que recorren es responsable de la locura de su padre.

El joven monje avanza con el corazón endurecido. No puede batirse con la naturaleza, y sin rival no hay posibilidad de venganza. A cada paso surge con más fuerza la idea de vencer el desafío; tal vez como un homenaje necesario. Rashnaw sabe que al muchacho le acompaña un dolor que no es suyo, pero se limita a observarle de cerca, sin intervenir en su particular expiación.

A veces, el viejo monje toma distancia del grupo y se coloca en una meseta para poder observar mejor la estampa de su peregrinar.

Contempla la caravana como una planta trepadora que serpentea con lentitud en el paisaje cambiante, según el ángulo de sol que lo alumbre o con qué intensidad lo peine la fuerza del viento.

Pero la idea le resulta ambigua. ¡Cuántas interpretaciones de una misma realidad! De pronto se siente muy pequeño, como si él y sus amigos fueran un grano de arena más en la sinrazón del desierto.

El frío es despiadadamente intenso por las noches. Cuando el sol se pone, el grupo se repliega sobre sí mismo y el calor de los cuerpos en contacto lo hace más soportable. Durante el día las temperaturas suben un poco y se agradece la tibieza del sol, pero nadie olvida que el invierno se acerca, que lo peor todavía está por llegar.

El destino más esperado es la ciudad de Khotan; los viajeros se han acostumbrado a los objetivos a corto plazo, de otra forma el peso de la distancia resultaría insoportable. Tras tantos días de arena y frío, todos los componentes de la caravana se plantean de nuevo la idoneidad de una empresa tan arriesgada. Saben que, a pesar de haber traspasado con éxito la frontera entre ambos mundos, todavía les espera un largo recorrido para poder ver cumplida la misión que les empuja.

Pero hace dos días que el paisaje ha empezado a cambiar. Las montañas del sur parecen más próximas. La vegetación y el reino animal se manifiestan en unas briznas de hierba que los camellos aprovechan, pequeños zarzales que sobreviven entre las rocas, el piar lejano de algún pájaro que les hace mirar en todas direcciones intentando adivinar su procedencia. Úrian recibe esperanzado estos primeros indicios. Las largas noches al resguardo de la arena y el viento han originado nuevas historias. Algunos de los viajeros de la otra caravana comentan la riqueza de Khotan, su jade, abundante en las riberas del gran río que atraviesa las tierras del sur del Taklamakán.

Úrian se hace más popular a medida que los componentes de las respectivas caravanas se van conociendo mejor. También él camina ahora al frente de la expedición, junto a los principales responsables. Su padre le mira. Observa su desparpajo, el rostro más curtido, la voz menos aguda, y piensa que ha dejado de ser un niño. Ya no hay posibilidad de volver atrás; se siente orgulloso y al mismo tiempo una buena dosis de añoranza le hace tragar saliva. Fiblas, siempre fiel e inasequible al desaliento, acompaña a su amigo.

Ocurre al final de un largo camino que bordea altísimas montañas. Alguien de entre los soldados ha dado la voz de alerta gracias a su olfato finísimo. Es el guía uigur. Asegura que siente un inconfundible olor a agua, a la humedad que desprende el preciado líquido corriendo por las rocas, salpicando las plantas y el paisaje. Al principio nadie le cree; piensan que es otra mala jugada del desierto, que es imposible oler nada con la arena crepitando de continuo en la nariz.

Pero el guía no se equivoca. Enseguida empiezan a ver los primeros árboles, la huella de un curso de agua que resucita en medio de esas tierras áridas y enigmáticas. Rashnaw se limita a mirar al frente, sin mostrar ningún interés o alegría, pero el resto del grupo se abraza al contemplar aquella manifestación de vida.

—¿Ves la gente que hay a orillas del río, Fiblas? —pregunta Úrian, intentando convencer con la mirada a su amigo para que le acompañe.

—¡Eres un gran optimista, amigo mío! ¿Y si fuera un espejismo? —responde el hijo del herrero, que apenas distingue unas pequeñas sombras que se mueven a lo lejos.

—¡Los espejismos no transmiten los aromas que yo estoy sintiendo! ¿Vienes conmigo o esperas al resto de la caravana?

Fiblas sabe que no puede negarse a acompañarlo y apuran el ritmo, seguidos muy de cerca por el joven monje y su querido *Explorador*, que soporta sin debilidad aparente los rigores del desierto. Los tres emprenden un galope suave que pronto les lleva a las riberas del río del Jade Blanco. Comprueban que las figuras intuidas son reales, que decenas de personas remueven las piedras del fondo construyendo un mosaico extraño. Tistrya piensa que es como si hubieran depositado los restos de la cantera de una gran ciudad, pero las piedras son más bien pequeñas y se extienden por todas partes, bloqueando el paso del agua en muchos puntos y formando pequeños charcos que muy probablemente mañana cambiarán de lugar por la acción de los buscadores.

—¿Qué vida, no? —exclama Tistrya—. ¡Cambiar de lugar mañana las piedras que hoy has removido!

—Es posible —le responde Úrian—, pero si realmente vas en busca de algo debes estar dispuesto a aceptar los cambios, arriesgarte a perder los paisajes que habías hecho tuyos. ¿No lo hizo así Jesús de Nazaret?

Tistrya no ha querido responder a lo que considera una provocación. Se aleja de los muchachos de Corinto y piensa que Rashnaw no debería perder tanto tiempo instruyendo a vanidosos como Úrian. No acaba de sentirse cómodo en ninguna parte, descubre que es imposible moverse por el río sin que los buscadores le miren como si fuera un intruso, como si quisiera inmiscuirse en su quehacer. Vuelve con sus compañeros, mientras Úrian y Fiblas juegan a remojarse, chapotean y se ríen pese al frío; mirándolos se diría que celebran la vida.

También los muchachos observan con curiosidad a los personajes que transitan ese río. No les resultan ajenos sus rasgos pequeños, los ojos rasgados, el andar extremadamente movedizo, pero verles juntos, inclinados sobre el agua, es un espectáculo sorprendente.

No tardan demasiado en adivinar que los hombres van en busca de unas piedras que consideran muy especiales. Pero ¿cómo distinguirlas? Un muchachito de once o doce años ayuda, disciplinado. Las examina con atención. Después espera a que su padre certifique si se trata de un buen hallazgo. Dependiendo de su veredicto, la guarda en el fardo que carga a sus espaldas o la devuelve al agua.

—¿Serán buscadores de jade, Úrian? —pregunta Fiblas.

—Eso mismo estaba pensando yo, pero ¿no eran verdes las piedras que vimos en Kashgar?

—Eso me dijiste, pero yo no acerté a ver ninguna.

Los dos muchachos imitan la acción de los buscadores. Remueven dentro y fuera del agua esforzándose en encontrar alguna piedra diferente a las demás.

—Mira, Fiblas, esta es más brillante que las otras. ¿Te parece que puede ser...?

El joven tejedor no acaba la frase, una risa a sus espaldas le hace girarse. Es un muchacho de su edad que se tapa la boca con las manos mientras mira la piedra sin valor. Úrian la tira de nuevo al río y siguen por la orilla a buen ritmo.

—¡Caramba, qué fría está el agua! ¡No entiendo cómo no acaban con las manos congeladas! —exclama el joven tejedor, frotando las suyas vigorosamente.

Más adelante se cruzan con un hombre muy viejo que avanza con la ayuda de un bastón. Es difícil adivinar su rostro porque camina encorvado, pero, cuando lo tienen enfrente, es él quien se detiene y, con gran sorpresa, escuchan que se dirige a ellos en griego.

—¿También buscáis jade, vosotros? —dice con voz pausada.

—¿Nosotros? No, venimos de paso, pero nos gustaría. ¿Vos no sois de aquí?

—Sí, por supuesto, y desde hace muchos años —responde el anciano—. Supongo que lo decís porque hablo vuestra lengua. Ciertamente la conozco, he viajado mucho y he conocido hombres procedentes de lugares lejanos, pero estoy seguro de que no es mi vida la que os tiene intrigados. ¿En qué os puedo ayudar?

—Nos preguntábamos cómo se las arreglan para saber qué es jade y qué no —contesta Úrian, aprovechando su ofrecimiento.

—Tienes que haber sido educado en la contemplación de la belleza para diferenciar el jade de una simple piedra de río. Os podría decir que infunde vigor, elegancia, pureza. Pero no es suficiente mirarla con los ojos, hace falta entretenerse para descubrir su aspecto misterioso.

—En Kashgar, unos hombres lo vendían en el mercado, pero era verde —dice Úrian, con la esperanza de una explicación más sencilla.

—Eres joven y como tal impaciente. El jade no tiene un color.

—Pero... —insiste el joven tejedor.

—Pero todo tiene un color, ¿verdad? Pues podría ser el representado por un color confuso e indescriptible. Puede tomar la apariencia roja de la sangre o el negro de la noche. Puede ser azul como el cielo o verde como el musgo, marrón como la tierra o amarillo como la arena del desierto.

—¡Ahora sí que no lo entiendo! ¿De qué depende que sea de un color o de otro? —insiste Fiblas, desconcertado.

—Que coja una u otra tonalidad... Dicen que depende de las filtraciones, de los minerales con los que está en contacto. De su alma...

Los dos muchachos de Corinto piensan que es una batalla perdida. Definitivamente, no están preparados para buscar jade. Se quedan en silencio, algo decepcionados.

—Siento no haberos servido de gran ayuda —añade el anciano, reemprendiendo la marcha río abajo.

—¡Esperad, buen hombre! Dejadnos hacer una última pregunta. ¿Sabéis dónde podría encontrar un jade con aquella tonalidad verde que pude ver en el mercado de Kashgar?

El hombre levanta la cabeza y mira a Úrian a los ojos. El muchacho sigue a la espera, preguntándose cómo un rostro puede estar surcado por tantos y tantos pliegues y, a pesar de todo, parecer bello. Por unos instantes su súplica queda en el aire. Después, el anciano introduce la mano en una pequeña bolsa de tela y extrae una piedra pequeña.

—¿Es esto lo que buscas? —le pregunta, aun sabiendo la respuesta.

Úrian contempla la mano tendida del hombre sin poder apartar la vista de la maravilla que les muestra.

—Creo que sí —dice, con un murmullo imperceptible, el joven tejedor.

—Tómala. Quizás ha sido ella quien te ha encontrado. Siempre es así, joven. Es probable que ahora no comprendas el sentido de mis palabras; pero lo tienen, estoy convencido. Se dice que el jade ayuda a equilibrar las energías, es algo así como un cristal para el espíritu. Pero estoy seguro de que un día sabrás el significado que reserva para ti. Has de saber esperar y estar atento.

Tras depositar la piedra en manos de Úrian, el anciano sigue su camino. El joven tejedor aprieta con fuerza el pequeño tesoro mientras algo en su interior le hace pensar que es una señal de aquello que desconoce, todavía.

17

Desierto del Taklamakán
Noviembre, 551

Úrian se detiene en un recodo de la ruta. Lleva la piedra de jade que le regaló el viejo del río. Piensa que desde entonces han sido escasos los momentos en que no la ha tenido entre sus manos o en el interior de sus ropas, junto al betilo de Najaah. El sonido de las dos piedras en contacto sobre el pliegue de la túnica se convierte en un pasatiempo. No se queda en la orilla del camino para ver pasar la caravana, solo quiere admirar la silueta caprichosa de una ciudad que le ha robado el corazón.

Khotan no es muy diferente a las otras urbes que han ido dejando atrás. El joven de Corinto cree que su belleza tiene que ver con una situación de privilegio para los viajeros. No goza de la majestuosidad de Samarkanda, ni el gran mercado supone una sorpresa, como lo fue el de Kashgar; en realidad, las imágenes se superponen formando un conglomerado casi onírico.

Aquel lugar, que se dibuja a su alcance, posee el encanto de un paraíso deseado. Al pensar en las penurias pasadas antes de aquella aparición se le hiela la sangre.

Apenas hace una semana que la ciudad se presentó ante los ojos de todos, los rastros de vegetación, las granjas perdidas, la serpiente de agua y piedras donde conocieron a los buscadores de jade.

Se quedaría años, en Khotan. Quizá fuera feliz recorriendo los márgenes del río, hallando cada cierto tiempo alguna de aquellas piedras fabulosas. Pero llegó el momento de partir, de ponerse de nuevo en camino.

Se complace en el recuerdo de aquel instante, evoca la sensación de pasear por sus calles llenas de vida, tras días y días inmerso en la monotonía dorada y sin fin del desierto. Quiere conservar el momento en que empalideció ante la belleza de los ramos que algunos mercaderes provenientes de Oriente carreteaban con sumo esmero para vender en no se sabe qué lugar. Nunca había visto nada parecido a aquellas flores que llamaban rosas. Rashnaw decía que, según la mitología griega, era una flor de los dioses, nacida de una gota de sangre de Venus. Los vendedores predicaban muchas de sus virtudes: de ella extraían aceite para los masajes y también se hacían infusiones. Se aseguraba que al olerlas se infundía paz al espíritu.

No pasa mucho tiempo hasta que Úrian y sus compañeros consideran la ciudad del jade como un espejismo, un antojo del desierto, que, incluso para su imaginación, ha quedado atrás. La arena que empiezan a pisar no es de la misma materia finísima que les ahogaba antes de Khotan, ni las dunas se asemejan a aquellas que cambiaban cada día; pero siguen a la espera.

Lentamente se van evaporando los olores de jengibre, pimienta y almizcle que durante los últimos días han cautivado sus sentidos. A pesar de todo, los viajeros avanzan felices, convencidos de que su objetivo está más cerca, decididos a seguir a un buen ritmo, relajados después de haber sido acogidos en una realidad amable que les ha hecho pensar de nuevo en su condición humana. Xenos y Najaah se abrazan al atardecer mientras el sol se pone. El aire canta una melodía dulce meciendo partículas de arena dorada, como un tul de seda o el feliz velo de una novia.

Nada será como ellos esperan. Pero el grupo conquista las primeras arenas confiado en la benevolencia que debe guiar sus pasos.

La primera noche transcurre bajo la protección de unos árboles que son como una aparición en medio del paisaje desolado. Alguien dice que pueden ser los últimos y comenta todavía las maravillas que han podido admirar en las calles de Khotan. Las sedas que Xenos señalaba sorprendido a cada paso, casi conmovido por su belleza. Las piezas de jade esculpidas, de una delicadeza extraordinaria. Rashnaw no les escucha. Lleva al tejedor y al soldado de la cicatriz fuera del campamento, como si necesitara compartir algún secreto.

—¿Cuál es el problema? ¿Hay algo que no sea de vuestro agrado? —le pregunta Xenos, que durante los últimos días parece haber rejuvenecido.

—Es posible que el monje haya pensado en abandonarnos —se inmiscuye Lysippos—. Está muy claro el interés que ha suscitado en él la religiosidad de los monjes budistas de Khotan, quizá la fe en su Dios pasa por un momento delicado.

—Ninguno de los dos acierta con la naturaleza de la preocupación que me impulsa a hablaros —responde Rashnaw, sin atender las palabras provocadoras del soldado—. Sí, hay una cosa que me preocupa. Nos hemos relajado todos en exceso. Parece como si no estuviéramos en una tierra extraña, como si a partir de ahora el camino fuera un paseo, un trámite despreciable.

—Bien, sabemos que no es así —dice Xenos, dudoso—, pero los hombres sufrieron mucho en el desierto. Es lógico que hayan respirado en Khotan.

—Mis soldados están preparados para afrontar lo que sea necesario —se apresura a responder Lysippos.

—¡No, no lo están! Habéis visto que ni siquiera han cubierto de manera adecuada las mercancías, que muchos de ellos han abandonado piezas de abrigo en la ciudad con la excusa de que son demasiado voluminosas. Vamos de nuevo directos al Taklamakán y, según me dijeron los monjes que ha mencionado Lysippos, el camino que seguimos es de los más terribles que se pueden encontrar sobre la tierra.

Una semana después de tener lugar esa conversación, comprueban en carne propia que las palabras de Rashnaw solo hacían justicia a la realidad con que se topan. Los viajeros caminan maquinalmente e incluso *Explorador* ha perdido buena parte de su bravura. Tistrya le mira y piensa que no podrá perdonarse nunca si algo le sucediera; debería haber sido más generoso y no haberle sometido a ese calvario.

Las alfombras de lana, piel de camello y seda habían sido un descubrimiento exquisito en el mercado de Khotan. Durante días las han transportado con mimo y orgullo, pero ahora no son más que meros toldos donde se refugian del viento que sopla con violencia entre las dunas. Tampoco los atardeceres púrpuras, que en otros momentos les habían maravillado, son capaces de cautivarlos con su belleza. El sol se esconde ante su indiferencia, incendiando el horizonte.

El grupo se ha convertido en una bandada y el instinto que les exige sobrevivir se muestra primario en sus manifestaciones. A menudo se espían para comprobar que la ración de agua o el alimento que consumen es el que corresponde a cada cual, o se miran con recelo ante cualquier adversidad.

Algunos de los viajeros observan cómo sus zapatos empiezan a malograrse con el paso de las semanas. No todos compraron en Khotan aquellos que los camelleros aconsejaban, de lana gruesa y refuerzos de piel en la zona de los dedos y el talón, anudados en el tobillo para evitar que entre la arena. Ahora se arrepienten. Rashnaw no se equivocaba en sus apreciaciones sobre la dureza de ese tramo del viaje.

—Padre, hace días que no vemos a nadie, que no nos cruzamos con ninguna caravana. He visto un animal muerto que se pudría medio enterrado en la arena —dice Úrian en voz baja, como si no quisiera contagiar el miedo a su amigo que anda muy cerca de él.

—Es cierto, hijo, pero debes tener fe. Los guías están acostumbrados a hacer este trayecto. Es normal que se mueran animales durante una travesía tan larga.

—He escuchado decir a los hombres de la otra caravana que algunos de los huesos que vamos encontrando de vez en cuando, desgastados y emblanquecidos por el sol, son de personas... —insiste el muchacho, con un hilo de voz.

—Ya sabes que hay muchas leyendas, todo el mundo mete baza —responde el tejedor, intentando no darle importancia.

—Pero podrían serlo, ¿no es cierto? —insiste Úrian, mirándole a los ojos.

El tejedor recuerda las palabras que un viejo pronunció antes de iniciar la travesía: «Aunque mires intensamente por todas partes buscando una senda, no podrás tomar una decisión. Solo los esqueletos humanos sirven de guía en el camino.» Pero no compartirá nada de todo esto con Úrian. Sin poder negarse a la evidencia, le responde brevemente:

—Sí, hijo, podrían serlo, pero no pienses en ello. Es importante mantener la confianza. ¿Me entiendes?

El joven tejedor calla. No se atreve a decirle que también a él aquellos hombres le han hecho saber cuál es el significado de Taklamakán: si entras, no saldrás. Dirige una última mirada a su padre y continúa andando con la cabeza baja.

Los camellos marchan uno detrás del otro formando largas hileras, cada una de ellas integrada por cinco animales atados con una cuerda que se engancha en el hocico mediante una anilla de madera. De pronto algo rompe el orden establecido. En la cola de la caravana los camellos se dispersan; alguien ha roto las sogas. Sin saber todavía de qué se trata, Lysippos y sus hombres se dirigen hacia allí alertados por los gritos de los viajeros; Tistrya también lo hace montado sobre su caballo. Es el primero en llegar, el primero que cae al suelo tras recibir un golpe seco en la espalda.

Unos bandoleros provenientes de tierra adentro han irrumpido en el corazón de la caravana y han sembrado el caos. Son una docena de hombres que se mueven como felinos. No llevan armas, solo unos palos que manejan con gran agilidad y eficacia. Más que atacar, operan a la defensiva. Resulta muy difícil reducirlos porque sus movimientos son demasiado rápidos; los hombres de Lysippos apenas son capaces de seguir sus evoluciones. Fiblas contempla la lucha de lejos y le parece asistir a una de las peculiares danzas nativas que tanto maravillan a Rashnaw. Lo cierto es que, antes de que se den cuenta, se han llevado un cargamento de víveres y una parte del agua ha quedado vertida sobre la arena.

Ante la alarma de los viajeros, el desierto engulle el líquido del mismo modo que lo haría el fuego en una ofrenda a los dioses. Lysippos regresa furioso de la que ha sido una persecución vana; el caballo de Tistrya cojea y el joven monje se arrodilla y clama al cielo. Todos le observan, incapaces de reaccionar.

—¿Qué clase de Dios misericordioso eres tú? ¿Por qué nos has permitido llegar hasta aquí, si ahora nos abandonas a nuestra suerte? ¿Acaso hemos de enloquecer como mi padre para que te apiades de nosotros? ¿Es eso lo que nos espera? —grita Tistrya, con voz rota y ojos encendidos por la rabia.

Úrian busca en Rashnaw un gesto o una palabra que amortigüe la desesperación de su compañero, pero no encuentra ninguna. El maestro no se mueve del lugar, no hace ningún gesto ni abre la boca. En realidad, el silencio es agobiante, nadie se atreve a levantar la mirada; el miedo a una respuesta divina los paraliza. Algunos hombres se persignan, como si de esa forma pudieran contrarrestar la afrenta que el joven monje ha infligido al Altísimo.

—Que Dios lo perdone, no sabe lo que dice —reza alguien, con el mismo tono de quien, muriendo en la cruz, perdonaba a sus verdugos.

Solo Úrian se acerca a Tistrya; abatido por los acontecimientos, le abraza susurrándole alguna palabra inaudible.

La situación no es tan trágica, pero ha sido el detonante que precisaba para estallar. El joven monje tarda un buen rato en calmarse, ¡tiene tantas cosas por las que llorar, tantos rincones oscuros que ha ido apartando de sí!

Antes de iniciar de nuevo la marcha, Fiblas intenta herrar a *Explorador*. Ha perdido la herradura durante la carrera y la pezuña del animal está desprotegida. El muchacho se concentra en recordar el oficio con el que creció. Las herramientas con las que trabaja son diferentes; no conoce las herraduras onduladas, pero es una cuestión de amor propio y se siente satisfecho de su trabajo. Mientras piensa que su padre también lo estaría, nota un nudo en la boca del estómago.

Se hace necesaria una nueva redistribución del agua, y ello significa que la ración diaria por cabeza mengua todavía algo más. Paulatinamente lo hacen asimismo los ánimos de los viajeros. Los pañuelos con que se cubren del frío, el viento y la arena tratan de tapar también sus reticencias, sus particulares tragedias.

Hace jornadas que el tiempo se muestra especialmente severo y orientarse resulta difícil. No siempre la lectura de los signos resulta concluyente, pero se esfuerzan en su adivinación.

Las mejores fuentes para interpretar los símbolos escritos en el cielo o en la tierra son la sabiduría de Rashnaw, la experiencia de los guías uigures y el comportamiento de los animales. Ahora, hace tiempo que ninguna noticia buena les asalta. Los viajeros miran las patas de los camellos bactrianos, las almohadillas entre sus dedos que les preservan de hundirse en la arena, las largas cejas que les protegen los ojos. Esperan en vano que se detengan y pisoteen el suelo, husmeando el agua, como lo hicieron al acercarse a Khotan. Esta herencia de sus parientes en estado salvaje, que todavía vagan por el desierto en grandes manadas, les puede salvar la vida, pero ahora algunos de ellos parecen haberse vuelto locos. Cuando los desatan para descansar, se reúnen y aúllan como lobos. Luego entierran sus hocicos en la arena y, de nuevo, empieza el vocerío.

—¿Qué les sucede? ¿Estarán enfermos? —pregunta el hijo del herrero a Rashnaw, con cierta preocupación.

—No es eso, Fiblas. Solo hay uno que está enfermo, el sexto de la segunda hilera.

—¿Cómo lo sabéis? ¿Tiene algo que ver con que tenga una de sus jorobas inclinada?

—¡Acertaste! La segunda de las jorobas de estos camellos indica su estado de salud. Cuando están muy cansados o enfermos se inclina y se atrofia hasta desaparecer.

—¡Pero si son enormes! —exclama el muchacho, visiblemente extrañado.

—Son sus reservas de grasa, y cada una de ellas puede pesar... ¡casi tanto como tú! —responde el monje, tratando de buscar un ejemplo que ayude al muchacho a hacerse una idea.

—Y los otros, ¿por qué gritan de esa forma?

—Son los más viejos de la manada, Fiblas. Yo diría que están nerviosos.

—¿Nerviosos? —pregunta el muchacho con cierta impaciencia.

—Aseguran que es su manera de anunciar vientos fuertes y repentinos.

El hijo del herrero no se lo cuenta a nadie, no quiere preocuparles más de lo que ya están. Al atardecer, a cobijo de unos muros, viejos vestigios de un pueblo prácticamente sepultado por la arena, escucha una conversación entre el tejedor y Lysippos.

—Todavía no lo he comunicado a los hombres, pero un mercader venido del otro lado del desierto afirma que el pozo al que nos dirigimos está seco —dice el soldado—. Me preocupa el estado de algunos de los viajeros y la reacción que puedan tener al saberlo. En la otra caravana, un comerciante ya presenta signos importantes de deshidratación... ¡Y el próximo pozo está a seis jornadas de viaje!

—Tendrán que mantenerse serenos y fuertes. ¿Podemos hacer algo más? —pregunta Xenos, arqueando sus cejas, intentando encontrar alguna salida a la situación.

—Supongo que no. El individuo que me ha informado hablaba de la posibilidad de encontrar un lago que aparece y desaparece como por arte de magia. Lo llaman el lago errante.

—¿Es eso cierto o forma parte de alguna de las leyendas del desierto? —le interroga Xenos, escéptico pero sin cerrar ninguna puerta, aunque la mera idea le parezca estrambótica.

—No te puedes fiar de esa gente. Pero esto no es todo, los guías uigures dicen que debemos prepararnos para una tormenta de arena.

—¿Una tormenta de arena? Pero ¿no era en el verano cuando...?

—La naturaleza tiene sus propias reglas, pero también se encarga de romperlas sin dar ninguna explicación.

Durante la cena, el joven herrero pide a Rashnaw que le hable sobre la veracidad de la leyenda del lago errante. El viejo monje le explica que todavía se encuentran lejos de los parajes donde tiene lugar ese hecho.

—Pero si tal y como dicen es errante, ¿cómo saber dónde aparecerá? —pregunta Fiblas.

La lógica del muchacho hace sonreír al monje, pero pronto da por finalizada la conversación; los soldados le reclaman para fortalecer los parapetos. Una vez preparadas las lonas y montadas las tiendas a cobijo de los muros, los viajeros se disponen a dormir, confían en que el día se levante más sereno.

Fiblas se mantiene despierto. Inquieto por la conversación que ha escuchado, intenta encontrar un refugio en su memoria que le preserve del miedo. Cada vez que escucha un aullido de los camellos se acurruca sobre sí mismo y se tapa los oídos. De pronto le parece oír un nuevo murmullo. Se incorpora y despierta a Úrian. Su amigo asegura no escuchar nada extraño y sigue durmiendo. Él también intenta conciliar el sueño, pero aquel fragor le mantiene inquieto.

—¿Y si fuera el lago errante? —se dice en voz baja.

Una vez formulada, la idea se convierte en obsesión. Cuanto más piensa, más le parece escuchar el rumor del agua, incluso juraría que en el exterior los camellos pisotean la arena con sus patas, anunciándola.

Justo antes del amanecer, inquieto, no puede hacer otra cosa que salir a explorar. Quién sabe si la leyenda es cierta, si la solución está a su alcance. Lo hace a tientas, sin hacer ruido, aprovechando que el vigilante asegura en la arena las alfombras que el viento ha desatado.

Bien cubierto con la manta, con el turbante violeta tapándole casi todo el rostro y los zapatos anudados a los tobillos, se abre paso en medio de la nada.

Poco más tarde, masas de aire de color naranja se acercan a velocidad de vértigo al campamento. Son gigantescas. En cuestión de minutos se vela el cielo, todo el espacio se convierte en una pesadilla de arena y sus partículas se clavan como agujas. Alguien dijo que el desierto expulsa a los viajeros cuando se ha cansado de ellos. Su única arma es la tormenta de arena.

Los guardias dan la voz de alerta y, bajo sus órdenes, los viajeros se preparan para resistir. Najaah intuye el alcance de la tragedia; ella ha vivido en terrenos desérticos y conoce la fuerza de los espíritus malignos; todos los que se encuentran en su camino mueren, nadie está a salvo. Sabe que la lucha será encarnizada, cierra los ojos e intenta controlar la respiración, pero escucha un grito que trastorna sus pensamientos.

—¿Dónde está Fiblas? ¿Alguien le ha visto? ¡Fiblas! ¡Fiblas! —Es la voz desesperada de Úrian que clama con todas sus fuerzas, empujando a unos y a otros en su búsqueda.

—¡Tranquilízate, Úrian! No puede haber ido demasiado lejos, quizás... —dice Xenos, sin que el muchacho le haga el más mínimo caso.

—No está en ningún sitio, padre. ¡Estoy seguro! Le he buscado por todas partes; tampoco su manta sigue en el lugar donde él dormía. ¡Debo salir a buscarlo!

El tejedor intenta detener a su hijo, que se abre paso en medio del caos.

—¡No, Úrian! ¡Tenemos órdenes de quedarnos aquí, debemos ser fuertes, solo así tendremos la posibilidad de salvarnos! —dice el tejedor, agarrando con fuerza el brazo de su hijo.

—Padre, ¡es mi amigo! Me salvó la vida en Constantinopla, ¡tenemos que ayudarlo! ¿No lo entendéis?

—No permitiré que salgas, nos pondrías en peligro a todos. ¡Es una locura!

Xenos, nervioso, se esfuerza en explicar a su hijo que nada puede hacerse. Pero debe reducirle por la fuerza; el muchacho está demasiado exaltado y no atiende a razones.

—Ya verás cómo no le ha pasado nada malo; cuando acabe la tormenta le encontraremos a cobijo de algún muro o refugiado con los viajeros de la otra caravana.

Pero el temporal se intensifica con el paso de los minutos, las tiendas reciben embestidas violentas que las hacen tambalear, el aire gime como un animal herido de muerte y los camellos aúllan en su cautiverio.

Finalmente arranca el techo que les cubre y el pánico les petrifica. Se les ha ordenado atarse en grupos contra los muros que les protegen y cubrirse el rostro, tratando de respirar nada más que lo necesario. De manera inexplicable, el infierno dura poco, aunque les parece una eternidad.

Cuando se apaga la violencia del vendaval, el desierto ya no es el mismo. Una calma extraña inunda el paisaje desolado. Las dunas han cambiado su situación; cualquier piedra o rama seca puede servir de brote para que la arena se arremoline a su alrededor y cree nuevos volúmenes. Nada permanece donde estaba antes de la tormenta y encuentran las mercancías diseminadas a distancias inverosímiles.

Los hombres tosen y escupen la arena que los ahoga, algunos quedan ciegos por unos instantes y se frotan los ojos mientras blasfeman en varias lenguas. Se buscan a voces los unos a los otros y se abrazan al encontrarse, como náufragos que divisan la costa. Mientras tanto, Úrian solo tiene una obsesión: su amigo. Observa de reojo cómo su padre abraza a Najaah, cómo Tistrya mima al caballo que tanto quiere y que ahora yace en la arena, escucha cómo a su alrededor Lysippos intenta poner orden y alguien pide agua con un hilo de voz. Pero nada detiene su carrera frenética. Tropieza con bultos que emergen del vientre del desierto, como si este los hubiera vomitado después de una fuerte convulsión. Anda con dificultad, sus pies se hunden y él tiene prisa. Grita cada vez con más amargura. No, no hay ningún sendero que recorrer, ningún signo con el cual orientarse. Hace y deshace sus pasos. Adelanta, pero recula minutos más tarde y vocifera el nombre de su amigo, con voz angustiada.

Su padre le sigue de cerca, Najaah llora con gemidos ahogados y se sujeta la cabeza con las manos. De pronto, Úrian se detiene, clava sus ojos en la arena y, con el rostro contraído, lanza un grito que le atraviesa de arriba abajo.

Serpenteando entre la arena, una franja violeta rompe la uniformidad del amarillo maldito. El único que sigue andando es Xenos, le adelanta y se arrodilla con la intención de desenterrar lo que, sin duda alguna, es el turbante de Fiblas. La ropa ofrece resistencia más allá del trozo que emerge al exterior, por acción del esfuerzo la arena cede y deja una mano al descubierto.

—¡Dios mío! —exclama el tejedor, echándose hacia atrás.

—¡No le toquéis! ¿Me oís? ¡Alejaos de él, vos sois el único culpable de su muerte! ¡Fuera de aquí! ¡Largaos! —grita enloquecido Úrian, quien, arrastrándose, ha recorrido la escasa distancia que le separaba del cuerpo de su amigo.

El tejedor se aparta y un dolor lacerante le obliga a doblar su cuerpo. Pero su hijo todavía añade unas palabras que no olvidará jamás, por muchos años que viva.

—¿Qué hacéis aquí? ¿No me habéis entendido? ¡He dicho que os vayáis! Huid, igual que hicisteis cuando mi madre os necesitaba. ¡Cobarde! ¡Asesino! Vos los habéis matado, habéis dado muerte a las dos personas que más he amado en este mundo.

Xenos no da crédito a aquellas palabras, llenas de odio y de dolor. Su hijo nunca le había hablado de aquel modo. No entiende a qué responde ese reproche que le mantiene petrificado. Najaah se apresura a consolarlo, pero él no puede oírla. Tampoco ha estado atento al instante en que llegan al lugar Rashnaw y Tistrya; tras ser rechazados por Úrian, le acompañan en silencio.

El muchacho de Corinto desentierra el cuerpo sin vida de su amigo. Quita la arena de su rostro con la misma delicadeza con que limpiaría la piel de un recién nacido. Con un llanto dulce, lo abraza y lo mece mientras le riza los cabellos como cuando eran pequeños.

El tejedor se retira, ayudado por sus amigos. De vez en cuando se vuelve para observar a los dos jóvenes abrazados recortándose en un cielo cobrizo. Después llora desconsoladamente. Lo hace por las duras palabras que ha escuchado de su hijo, por Fiblas y por el dolor que no podrá ahorrarle a sus padres. Llora por Iris. ¡Hacía tanto que no la lloraba! De nuevo la imagen de su mujer le destroza. El mal negro profanando una piel más suave que la seda. Cierra los ojos y recuerda sus últimas palabras...

—¡Sálvate, Xenos! Debes vivir. Hazlo por nuestro hijo. Vete tan lejos como puedas de este horror.

Sálvale también a él, y háblale de mí. Te lo ruego en aras del amor que nos tenemos.

Así lo hizo, sin permitir al niño un último abrazo, una despedida. «Tu madre ha muerto», le dijo cuando ya estaban sanos y salvos en las montañas. Nunca jamás volvieron a hablar de ello.

TERCERA PARTE

«Este mundo es transitorio, es como una estrella que cae, o Venus eclipsada por el alba, una burbuja en la corriente de un río, un relámpago en una nube de verano, la llama de una vela que parpadea, un espíritu y un sueño... y se va.»

WONG JEI

De pronto, cuando el viaje se convierte para algunos en una tumba, al mismo tiempo que la ineludible necesidad de avanzar, les asalta la imagen de la muerte. Es una mezcla apasionada de memorias y gana el espacio que se abre a lo lejos, donde quizás habite ahora el amigo desaparecido.

La muerte de Fiblas aviva el interés de los viajeros por las realidades que encuentran a lo largo del camino. La pequeña torre de una iglesia de adobe es como un espejo de los templos que en algún momento les han ofrecido su majestuosidad, las ropas raídas de un monje budista albergan el sentido colectivo de una creencia que solo cambia ante el rostro de sus dioses. La esencia de una idea, observan perdidos bajo un manto de estrellas, permanece inalterable.

Viajar es descubrir a cada paso la verdad sobre todo lo que han dejado atrás. Los viajeros se pueden reflejar en los ríos caudalosos sin asustarse por la extensión del tiempo que circula sobre el agua, pueden visitar las cuevas de antiguos cultos secretos o divisar a lo lejos la dimensión casi celestial de una muralla que se dilata sobre las arenas, como si la locura fuera una frontera. En todas partes encuentran los retratos de pensamientos capaces de resistir la erosión del viento, el latido lejano de otros mundos. La vida, alguna vez, expresó allí trayectos que ahora dibujan el mapa de los pasos perdidos.

El tamaño de un territorio también marca la validez de una idea. Se va construyendo con la intuición que demuestra la playa abierta a las mareas, un reflujo de sensaciones que conforman la arquitectura de la vida.

La China a la que llegan los viajeros, la Serinda de Plinio, es tan inmensa como la ruta que han dejado atrás. Tanto es así que, inmersos en su periplo, siempre amenazados por la escasez de los referentes conocidos, atesoran recuerdos que más tarde ilustrarán conversaciones sobre el infinito. Los márgenes inalcanzables de un río, perdidos en un horizonte imaginado; campos de arroz que rematan cerros donde se podrían precipitar los límites terrestres; caminos a los que ni siquiera la muerte periódica del sol les otorga el placebo de un posible final.

La infinitud se convierte en un aliado de la desmemoria. Solo cuando se cobijan en el silencio de la noche silban los recuerdos, acompasados por la baja intensidad de las tormentas lejanas. A medida que los viajeros se enfrentan a los nuevos fantasmas, los viejos van quedando atrás, llenan sus alforjas con los enigmas que la ruta presenta. Alguien opina que se asemeja a la desesperación de un hombre que, a pesar de haber sido investido monarca de un reino imaginario, viaja du-

rante toda su vida para encontrar a sus súbditos. Pero solo en las postrimerías descubre que su reino no es de este mundo.

¿Hay un destino o solo se puede hablar de la intuición de un destino? ¿Nos acompañan los muertos o su vaguedad se desvanece ante la incertidumbre de los horizontes? ¿Cómo puede la memoria traernos imágenes de una realidad que el tiempo y los caminos han vuelto invisible?

1

Wuhan
Marzo, 552

Se levanta. Más que andar, se desliza sobre el suelo. Se arrodilla y se lava la cara en un recipiente de cobre. Después se arregla los cabellos ante un espejo deformado por el mercurio y se pone una capa verde con piedras incrustadas que le llega hasta los pies. La figura se mueve con la elegancia del junco que se mece sobre las aguas de un riachuelo, respira con la ligereza de una libélula. Al finalizar, se acerca con pasos cortos a la ventana y, como cada día desde hace muchos años, se queda allí durante largo rato.

En el aposento que la acoge hay una cama de madera, una mesa, una sola silla, múltiples armarios y estantes con objetos que solo se pueden reconocer tras una observación atenta. Inmóvil, con la mirada fija, se diría que espera el paso de las carretas, los proveedores de fruta que llegan del campo y trasladan sus fardos hasta el mercado. Pero es una conjetura imposible.

A veces abre bien los ojos, intenta penetrar con más fuerza en la escena exterior, con las agujas de jade blanco que dan forma a sus cabellos roza la luz que atraviesa la celosía.

La muchacha es muy joven y se esfuerza para ver más allá de las flores que habitan el espacio central de la casa. Es un patio rectangular, común a las cuatro pequeñas edificaciones que lo rodean. En este espacio hay un estanque donde nadan nenúfares y peces de colores; también hay un cerezo que empieza tímidamente a brotar. Todos ellos, con la ayuda de insectos y cucos, le van marcando las estaciones. A veces, entre tallos y capullos, entre piedras que forman arquitecturas imaginarias, saca la cabeza su tortuga, muda confidente de noches en vela. Este lugar, abierto al cielo del día y de la noche, es su único contacto con el mundo exterior.

Yù mira con frecuencia a través de la celosía de madera, un complejo laberinto que recorta su escenario. Desde su observatorio, escucha las voces de los criados del palacio que rodean la casa camino del almacén. Hace siete años que su padre la aisló en estos aposentos y ha desarrollado un sexto sentido que le ayuda a saber la procedencia de los ruidos, de las voces, de los olores, siempre bajo la referencia antigua de sus ojos de niña. Le parece que únicamente en otra vida le fue dada la libertad de ir y venir.

Otros ojos también observan el jardín desde el aposento contiguo, pero están pendientes nada más que de la sombra que delata la presencia de la muchacha. Esos ojos se esconden detrás de una ventana desnuda. Es Zhao Shigei, su dama de compañía, quien retuerce un pañuelo y deposita en el gesto parte de la rabia que soporta. No es vieja, pero su postura hace que lo parezca. Lleva los cabellos recogidos en la nuca y tiene la boca huérfana de lengua. Una amputación salvaje que mantiene su pecado en silencio.

Yù quiere elevarse más allá de las paredes que la enjaulan, formar parte de la realidad que recrea cuando cierra los ojos. Entonces libera recuerdos pasados que mezcla con sueños. Se concentra en dibujar rostros a las voces del otro lado de los muros, a construir situaciones que expliquen las escenas imaginadas. Su único contacto con el mundo son una dama de compañía y un preceptor; ellos cuidan de la muchacha prisionera.

A veces se pasa horas mirando a través de los listones de la ventana, sus formas se emborronan y esconden las posibles salidas de luz. Ha aprendido a considerar esta sensación como el símbolo de su cautiverio.

La magnificencia del recinto que alberga el palacio del emperador sorprende a los viajeros. Desde su entrada a la China marchan por caminos secundarios, atravesando aldeas y lugares marcados por la pobreza extrema de sus habitantes. Adentrarse en el palacio imperial es hacerlo en lugar sagrado, y ellos lo saben muy bien. El emperador es quien representa la divinidad en la tierra. Tistrya recuerda aquello que Confucio dijo de los emperadores: «El soberano que gobierna guiado por la virtud es como la estrella polar. Permanece inmóvil en su puesto, mientras todo gira a su alrededor.» A él le corresponde mantener las buenas relaciones entre las fuerzas del cielo y los seres humanos de la tierra.

«¿Será este un buen emperador?», se pregunta el joven monje.

Mientras tanto, Úrian sigue de cerca las huellas de Xenos y Rashnaw; los tres han sido elegidos a dedo por el emisario imperial para asistir a la recepción. Lysippos espera noticias en compañía de sus hombres, molesto por el desprecio que supone su exclusión. Lamenta no tener la oportunidad de defender el lugar que le corresponde, pero solo triunfarán si toman todas las precauciones posibles.

También Tistrya, cada vez más nervioso por la duración del viaje, pasea su impaciencia por la sala donde les han recluido. Rashnaw le ha explicado los motivos para bajar tan al sur de la China. Han pasado meses evitando las rutas principales, luchando contra las dificultades del camino. Pero la comunidad nestoriana de Wuhan lo recomendó así y confían en que el emperador sea receptivo a sus demandas. No obstante, intuye que la misión solo podrá llevarse a cabo con engaños, y eso le intranquiliza.

El grupo, flanqueado en todo momento por los hombres del príncipe de Yuzhang, es conducido sin contemplaciones al interior del edificio más alto del recinto. Los guardianes les amenazan sin palabras. No parece que la visita de los extranjeros les entusiasme, más bien al contrario.

—¿Serán ciertas las noticias sobre la inestabilidad política que hemos oído durante el viaje? —pregunta Xenos, quien procura no apartarse demasiado del estrecho pasillo que dejan los soldados.

—Sin duda —responde Rashnaw—. El emisario del emperador no parece complacido con nuestra presencia, pero tampoco debe de ser muy habitual que los mercaderes lleguen tan al sur.

—¿Y si nuestra propuesta no les interesa? ¿Cómo podremos convencerles de que lo único que queremos es comerciar?

—Es muy probable que se trate de una empresa difícil, tejedor, pero confiemos en que nos escuchen. Por supuesto, hay que contemplar la posibilidad del fracaso.

—¡De ninguna forma! Nunca aceptaré volver a Constantinopla sin el secreto de la seda. Justiniano no nos lo perdonaría —dice Xenos, mirándole a los ojos. Después, con voz más apagada y abandonando su altivez, añade—: Además, ya hemos pagado un precio muy alto para echarnos atrás ahora.

—Pues agudizad el ingenio, amigo mío. El emperador nos espera.

Úrian se mantiene al margen de la conversación entre el monje y su padre. Es cierto que han oído todo tipo de historias sobre la ambición desmesurada de la familia imperial. Se comenta que, desde la muerte del antiguo emperador Wu de Liang, las luchas entre sus hijos para hacerse con el poder han sido ensañadas. Finalmente, el trono ha recaído en el príncipe de Yuzhang, pero su hermano Yuan-di no parece estar muy de acuerdo con esta decisión.

Los soldados cada vez se acercan más a los forasteros. Son hombres de aspecto poco amistoso. De cabello negro, rizado y recogido con un casquete oscuro, la barba y los bigotes completan un rostro de apariencia feroz. Llevan un hacha con mango de madera, tan alta como ellos. La hoja brilla sobre las cabezas de los recién llegados como una llamada a la obediencia. Bajo el sayo rojo, anudado a la cintura, lucen una coraza claveteada de materiales brillantes. En los pies, unas botas también rojas ribetean los límites de la gran alfombra que conduce al trono.

Los viajeros levantan prudentemente la mirada hacia el recinto que les rodea. Se preguntan si son de oro las olas, flores y guerreros representados; si son piedras de jade las que centellean en los ojos de las quimeras, colocadas estratégicamente para deslumbrar a los visitantes. El rojo de los cortinajes y estandartes, repartidos por doquier, tapiza las paredes con su refulgencia incendiaria.

Los mismos materiales adornan las ropas del príncipe de Yuzhang y su trono imperial orientado hacia el sur. Es el lugar del cual proviene el calor, el fuego; la dirección del sol, de la luz y del verano. Este hecho contribuye a su resplandor. Les espera sentado de manera displicente, como si la presencia de los extranjeros fuera un mal reparable. Rashnaw avanza unos pasos, se inclina hasta tocar el suelo con la frente y ensaya el discurso que tantas veces ha pensado durante el viaje. Le han advertido que no puede dirigirse al emperador; ese es un raro privilegio. Un emisario hará de traductor y portavoz.

—Os deseamos salud y una larga vida, señor de Wuhan y de todos los territorios que abarca el Imperio del Sur —dice el monje, pese a la risa contenida en el rostro del príncipe—. Soy Rashnaw, superior del convento nestoriano de Gundishapur; me acompaña

Xenos, el tejedor más famoso de Bizancio, y su hijo Úrian. Hemos venido junto a otros mercaderes que aspiran a hacer negocios con el noble pueblo que regís y solicitan vuestra bendición. Es el mismo Justiniano, emperador de Bizancio, quien nos envía y os ofrece su amistad y respeto...

—Si queréis que transmita vuestras palabras al príncipe de Yuzhang, tendréis que ir más despacio —interrumpe el emisario—. De todas formas, no creo que le guste escuchar que venís de parte de un emperador. Él es el único que merece ese título.

—Si es así —le concede Rashnaw—, podéis decir que venimos en nombre de Justiniano, señor de Bizancio.

El emisario no atiende al viejo monje. Empieza una conversación con el emperador que a todos los recién llegados les parece intraducible, pero la actitud que mantiene el orgulloso soberano transmite indiferencia. De pronto, algo le hace sonreír con malicia. Solo Rashnaw ha sido capaz de reconocer la palabra «nestorianos» en aquel discurso ajeno, la ha oído a lo largo del viaje y ha aprendido su significado. El monje se pone en alerta; no sabe qué pensar.

—El príncipe de Yuzhang os da la bienvenida, noble monje. Sois bienvenido gracias a vuestra condición religiosa y todos los que os acompañan tendrán sus raciones de comida, además de una cama donde descansar de tan largo trayecto, pero si queréis comerciar, se tendrá que pedir opinión al Consejo de Sabios.

—Mis compañeros y yo estamos muy agradecidos al emperador. ¿Será el Consejo, pues, quien nos ayudará?

—Sí —responde el emisario, que parece divertido—, pero habréis de ser pacientes. El Consejo está muy ocupado preparando la festividad de las barcas del dragón.

—¿Las barcas del dragón? ¿Y cuándo tiene lugar esa fiesta? —pregunta Úrian, arrepintiéndose enseguida por haber intervenido en la conversación.

—Se celebra de aquí a dos lunas. Es todo un espectáculo al cual estáis invitados —explica sin demasiado entusiasmo el emisario—. Mientras tanto, seréis los huéspedes del emperador.

—¡Pero es mucho tiempo! ¡No hemos venido hasta aquí para asistir a fiestas! —interviene Xenos, dando un paso al frente y ganándose el desagrado del príncipe—. Quizá si el emperador escuchara la propuesta que hemos venido a hacerle...

—El emperador no cambiará de opinión; tiene cosas más importantes que decidir. Yo, de vosotros, no insistiría. Además, no es una buena idea rechazar su invitación, muy probablemente se lo tomaría como una ofensa —asegura el emisario, empujándoles con decisión hacia la salida.

—Pues esperaremos —acierta a decir Rashnaw, obviando la mirada de Xenos—. Podéis decirle a vuestro señor que aceptamos gustosos su ofrecimiento.

Úrian duda de que el emisario escuche al monje. Los soldados han vuelto a acorralarles y son conducidos hacia la salida. Xenos le da la mano y le murmura unas palabras al oído...

—Ven, Úrian. No debemos levantar sospechas.

A pesar de los buenos deseos del príncipe de Yuzhang transmitidos a través de su emisario, los alojamientos que han dispuesto para los bizantinos al extremo norte del recinto imperial quedan muy lejos de sus necesidades más básicas. En los dos aposentos de la casa hay tan solo un montón de paja con el cual improvisar los lechos para la noche. Y el suelo muestra una suciedad propia de las cuadras de animales y el mal olor es insoportable. Los dos pisos superiores están destinados a almacén de herramientas inservibles.

Como tampoco les han ofrecido un lugar para los caballos que adquirieron en Xi'an, deciden colocar las bestias en uno de los aposentos y reservar el otro para improvisar las márfegas. Usan las mantas que les han acompañado durante todo el viaje, pese a que muchas presentan grandes agujeros y están llenas de piojos. Xenos no puede mantener en silencio su indignación.

—¡Ni siquiera nos han ofrecido agua para poder lavarnos! ¡Vaya una idea de hospitalidad la de esos orientales! —grita en medio de la resignación de los otros—. ¡Menos mal que nos han recibido bien!

—Yo no me quejaría de nuestra suerte, tejedor —le responde Rashnaw—. ¡De otra forma, ya no perteneceríamos a este mundo!

—¿No habría sido más fácil acogernos a la hospitalidad de los monjes nestorianos? —recuerda Tistrya, quien no entiende por qué se quedan en el recinto imperial en esas condiciones.

—Tú no has vivido la hostilidad de los soldados —replica Úrian—, ni has sentido la mirada furiosa del emperador. Yo también proclamo que la suerte nos acompaña.

Rashnaw mira a Úrian con agradecimiento mientras reflexiona sobre el gran cambio que ha experimentado. Del muchacho que partió de Constantinopla, lleno de dudas y temores, ha surgido ese otro, fortalecido por los peligros del camino y con una templanza que ni siquiera la muerte de Fiblas ha podido vencer. A pesar de todo, le preocupa. Se le acerca procurando que los demás no se den cuenta y le cita para encontrarse con él más tarde, al salir la luna, cuando todos duerman.

El rostro de Úrian se llena de felicidad. ¿Qué querrá decirle el monje? ¿Quizá compartir alguna confidencia que afecta al grupo? Mucho antes que el astro nocturno dé señales de su luminosidad, abandona su lecho y espera en el exterior. Su presencia alarma a algunos de los guardias imperiales, pero, al ver que se trata del muchacho que fue conducido a presencia del emperador, le dejan que se acerque a los muros que delimitan el recinto. Úrian ni siquiera les ha visto, concentrado como está en sus pensamientos...

«¡Cuánto te extraño, Fiblas! Hago de tripas corazón; es lo que se espera de mí, supongo. Hoy, camino del palacio, he visto a unos niños persiguiéndose por la calle. Tendrían once o doce años. ¡Me he acordado tanto de nuestros juegos entre las barcas del puerto de Corinto! Los he observado largamente, pero ellos ni siquiera se han dado cuenta. He envidiado su alegría, su inocencia. Me pregunto qué queda de aquel chaval que soñaba con ver mundo. ¡Parece que ha pasado toda una vida! Hay ratos en que tengo nostalgia de aquel tiempo donde la rutina de un día me llevaba a otro. Ahora todo es incierto.

»Todavía no puedo sentir tu ausencia como un hecho irreversible, Fiblas. Me duele cada vez que pienso en aquella última noche en el desierto, cuando no fui bastante fuerte como para oponerme a mi padre y salir a buscarte. Por instantes tengo la sensación de que te veré en cualquier esquina, que me mirarás y nos saludaremos como si no hubiera pasado nada...

»A veces tomo conciencia de la forma en que mi padre me observa. Sé que algo le ronda por la cabeza. Quiere hablar conmigo de aquella noche, pero los dos sabemos que la conversación no llevaría a ninguna parte. Mi padre ya no es el mismo, Fiblas. Está tan obsesionado con esta misión que nada parece ser capaz de detenerle. Najaah tampoco consigue iluminarle la mirada como al principio. Desde que llegamos a Wuhan un único pensamiento guía sus pasos: la seda, el secreto de la seda. Ese es su único objetivo y su lucha.

»Hoy mi corazón late a un ritmo desconocido, amigo mío. ¿A quién se lo puedo explicar, sino a ti? Te imagino abriendo los ojos, preparándote para la confidencia. Recuerdo que, al hacerlo, las pestañas se te arqueaban hasta rozar los párpados. Después añadías algún comentario sensato y no te separabas de mí, por muy descabellada que te pareciera mi propuesta. Sé que ahora harías lo mismo, Fiblas.

»Mi sueño tiene que ver con la historia de la muchacha encarcelada. Desde que la escuché, no me ha abandonado en ningún momento. Me sirve como el faro que guía los barcos perdidos en la costa. Es increíblemente real, pese al aire de misterio que la rodea. Durante estos últimos meses ha sido el refugio que ha hecho más soportable tu ausencia. No conozco las razones de su cautiverio y, en realidad, todo el mundo tiene su propia versión. Para algunos es una leyenda, otros aluden a su belleza como si se tratara de un hecho extraordinario, incluso peligroso. Hay quien comenta que posee poderes sobrenaturales, como un ángel o una bruja... A mí me atrae como un imán, y su magnetismo me da a menudo las fuerzas que necesito para enfrentarme al nuevo día.

»Sé que hoy la tengo más cerca que nunca. Es como si la presintiera. Desde la pequeña muralla de este cercado puedo ver las paredes del recinto donde la tienen cautiva. Las voces del camino decían que el lugar era inconfundible, y tenían razón. Las paredes de la casa están pintadas de blanco, el blanco que los chinos relacionan con la muerte.

»Pero yo sé que está viva. Veo a la pareja de soldados que hacen guardia permanente ante una puerta minúscula. La gente, en su trajinar diario, evita pasar demasiado cerca; da la sensación de que la casa alberga algún espíritu maligno, la bordean como si fuera la morada de un fantasma. También hay voces que la consideran una invención y dicen que la tumba encalada está vacía.

»Se equivocan. Tengo la sensación, la certeza, de que su existencia me complementa, que da un nuevo sentido a mi vida.»

Úrian está tan ensimismado en sus pensamientos que no oye los pasos de Rashnaw acercándose. Ni siquiera percibe su presencia hasta que el monje le pone una mano en la espalda, como si fuera un lugar de descanso. Siente el calor de su amistad y no se gira, pero se lo agradece con una sonrisa.

Pasan mucho tiempo juntos, como si las palabras no importaran, hasta que la luna pierde su fuerza detrás de los tejados de Wuhan.

2

Wuhan
Marzo, 552

Al regresar del palacio imperial, los tres viajeros se dan cuenta de que haber prescindido de Lysippos, aunque fuera la voluntad expresa de los chinos, ha creado nerviosismo entre los hombres. Rashnaw intenta explicar los acuerdos y acto seguido se reúne con el soldado de la cicatriz para cambiar impresiones. Este acepta las razones del monje, pero también manifiesta que sus hombres le preocupan.

—No están acostumbrados a la inacción —asegura, observando con un gesto de nerviosismo que es Xenos quien ahora les dirige unas palabras—. Han hecho un largo viaje y no han recibido ninguna recompensa, excepto la noche de recreo en Samarkanda. Yo sé que vos no aprobáis del todo este proceder, pero cuando se entregan a batallas tan duras, siempre necesitan una compensación.

—Está bien, Lysippos, mi religión puede no estar

de acuerdo con los procedimientos, pero entiendo vuestra postura. Ahora se trata de simular que somos comerciantes, que la vida militar nos interesa más bien poco...

—No sé si consigo entenderos, padre...

—Pues es muy sencillo. Por mí podéis llevar a vuestros hombres a donde queráis. ¿Acaso no es lógico que los comerciantes busquen diversiones durante sus viajes?

—¡Pero vos sois un hombre de Dios! —exclama Lysippos, con rostro interrogativo.

—¿Y quién sino Dios sabe de las debilidades humanas?

—Permitidme deciros que os admiro. Cuando empezó esta expedición pensaba que seríais un lastre para conseguir nuestros objetivos, pero he podido comprobar vuestra eficiencia, tanto espiritual como práctica, y ciertamente no me lo esperaba.

—Me honra vuestra opinión, soldado, y os la agradezco, de todas formas no me gustaría que esta conversación fuera mal interpretada. La Iglesia, sencillamente, mirará hacia otro lado.

Antes de que Lysippos pueda responder a las palabras del monje, Tistrya se acerca, con curiosidad. Pregunta si al día siguiente irán a visitar el monasterio nestoriano y recibe una respuesta afirmativa de Rashnaw. Entretanto, Xenos hace planes para entrar en contacto con los tejedores de la ciudad. Está convencido de que podrá tirar del hilo y descubrir algo que le acerque al secreto de la seda. Pero tampoco olvida su oficio y comenta con Úrian las sorprendentes vestimentas que llevaban los mandatarios del emperador.

Los dos van haciendo memoria de los brocados y ornamentos, como si estuvieran en el puerto de Corinto y, sentados en la taberna, vieran pasar a los forasteros.

La noche transcurre entre vigilias y conversaciones. Tistrya ha dormido poco y, nada más oír el canto del primer gallo, se acerca al viejo monje.

—¿Todavía dormís, maestro?

—Pues no, querido Tistrya. Me parece que a todos nos vencerá la incertidumbre durante esta estancia. ¿Y a ti te preocupa alguna cosa?

—Yo no lo llamaría preocupación, pero vos siempre me recordáis que debemos desplegar nuestra curiosidad en todo momento...

—Lo digo, sí —responde Rashnaw, incorporándose—. Está bien, cuéntame. ¿De qué se trata? ¿Qué es lo que te ha llamado la atención?

—Ayer, mientras esperábamos a que nos recibiera el emperador, vi varias puertas y en todas había escrito un signo diferente. No, esperad, dejadme que os explique —se apresura Tistrya antes de que el monje pueda intervenir—. Ya sé que la escritura china está basada en ideas, me lo habéis explicado muchas veces, aunque no sé si consigo entenderlo, pero lo que me sorprendió fue el interior de uno de esos aposentos, uno que pude examinar gracias a que la puerta estaba entreabierta.

—Te escucho, Tistrya —comenta el monje, sorprendido por la capacidad de observación de su discípulo.

—Lo que vi era un techo jalonado de estrellas, como si mirara el cielo, como si la pintura, dijéramos, quisiera representar una constelación.

—Has tenido suerte, amigo mío. No creo que nadie de nosotros llegue a contemplar dichos aposentos. Pero a lo mejor puedo satisfacer tu curiosidad.

—¿Sabéis el significado de los signos inscritos en las puertas?

—La verdad es que estaba demasiado nervioso intentando no cometer ningún error y no me fijé demasiado, pero, por mis estudios, imagino que era una de las habitaciones imperiales. Piensa que en la cultura china nada se deja al azar. Les complace que las cosas de este mundo guarden una perfecta simetría con el firmamento, que estén en consonancia con su representación celestial. De este modo, el emperador, según la época del año y desde pequeño, va cambiando de aposento. Cuando hay un alineamiento de constelaciones, también él en la tierra representa ese orden. El hijo del cielo ha de estar siempre bajo el manto protector de su padre.

—¡Pero todo eso no parece demasiado lejano de nuestra idea de Dios!

—¿No has imaginado nunca, Tistrya, un único Dios, pero pensado desde diferentes culturas? Quizá nos ayudaría a convivir sin guerras ni conflictos...

El joven monje siente que la sabiduría de Rashnaw va más allá de su percepción de las cosas. Intenta considerar esta última idea, pero le parece demasiado compleja, y con la mirada pide a su maestro un tiempo de reflexión, tal y como le enseñó a hacer muchos años atrás, cuando no era más que un jovencito que acababa de llegar a Gundishapur.

El canto de los grillos distrae a Yù de sus reflexiones. Sabe que anuncian el buen tiempo y son un augurio de buena suerte; pero esta vez no sonríe. Le resulta difícil entender cómo la costumbre de enjaularlos pueda satisfacer a nadie, aunque sea para deleitarse con su salmodia. Fu Ming-Li, su preceptor, le ha explicado que tanto en palacio como en las casas los encarcelan en jaulas o en pequeñas calabazas.

Siempre que hablan de los grillos Yù se imagina su cautiverio y se estremece. Pero hoy es demasiado tarde para esos pensamientos. Se calza sus zapatillas de seda con filigranas doradas y sale al exterior. Mira hacia arriba. El firmamento es el único espacio cambiante en su lugar fuera del tiempo, el resto está sometido a una severa lentitud. A Yù le gusta descubrir en él un cometa fugaz; puede pasarse horas esperando con el fin de dibujar su trazo tumbada sobre el estor de bambú. El mismo desde donde, durante el día, contempla el ritmo de las nubes y juega a adivinar sus formas.

Un hilo de luz blanca, como la figura de un arco que unas manos invisibles tensan en la oscuridad del cielo, anuncia la luna creciente. Yù estira el brazo y lo repasa con la punta de los dedos. Observa la gran constelación del dragón azul y recuerda los días en que ha estado esperando ese acontecimiento.

Su dama de compañía lleva un buen rato durmiendo en el aposento del otro lado del jardín. Lo sabe porque todo permanece a oscuras y en el silencio puede escuchar su ruidosa respiración.

Esa noche se siente intranquila. No puede dejar de pensar en su futuro, en la incertidumbre de la libertad. Durante seis años, día tras día, ha vivido alimentando el sueño del fin de su cautiverio, se ha aferrado a la única esperanza posible: la promesa hecha por su abuelo.

—Cuando cumplas quince años, podrás salir, pequeña Yù. Sé paciente y crece en sabiduría. Alimenta cuerpo y mente para estar preparada cuando llegue tu hora.

Hace más de un año que ha dejado de contar los días. El decimoquinto aniversario de Yù tuvo lugar dos lunas después de la muerte de su amado abuelo. Pero su tío, el actual mandatario, no parece querer escuchar los ruegos que el preceptor de la muchacha le ha hecho llegar en numerosas ocasiones. El país está tan revuelto como sus ánimos.

Una lágrima se desliza por el óvalo de su cara dejando un rastro húmedo que no se entretiene en borrar.

«¿Cuáles son mis pecados?», se pregunta de nuevo. Por más vueltas que le da, es incapaz de encontrar una respuesta que explique su encierro.

El abuelo de Yù, primer emperador de la dinastía Liang, era un hombre sencillo, austero y justo, gran amante de las letras. Adoraba a su nieta, pero fue incapaz de convencer a su propio hijo del abuso que suponía la decisión de encarcelarla en la casa de paredes blancas. Al saberlo, ordenó a uno de los hombres más sabios del imperio que todos los días fuera a instruirla. Lo haría hasta la fecha pactada, después sería ofrecida en matrimonio a algún príncipe de tierras lejanas.

La muchacha no llegó a saber que el viejo emperador sufría tanto como ella con aquel castigo inmerecido. Nunca imaginó que había mandado construir un mirador secreto, ni tampoco que cada día la contemplaba con pesadumbre. Solo su preceptor conocía la existencia de aquel pasillo conectado a un aposento próximo.

Tistrya se aleja del lugar donde han pasado la noche. Observa la magnificencia del palacio imperial del que han sido expulsados, como si tuvieran el mal negro. Eso sí, sin dejar constancia. Se siente incómodo cerca de esos gobernantes que imponen el orden atribuyendo a cada persona su lugar en la sociedad. Para ello los uniforman según su origen, los signos externos son los que otorgan prestigio.

«¡Cuánta hipocresía!», piensa con semblante contraído, cruzando al otro lado del recinto.

Después se sacude el hábito, en un gesto simbólico de dejar atrás todo aquello que no le complace. Camina en dirección al centro de la ciudad y, al llegar, se zambulle en ella.

Observa su báculo. Por unos momentos siente la tentación de dejarlo reposar sobre sus hombros, imitando a los personajes que cruzan a pie de un lado a otro. Le parece muy extraño que puedan transportar, con tanta ligereza, unas mercancías tan pesadas.

«¿Cómo pueden mantener con tanta facilidad el equilibrio de los fardos colgados de los extremos de esos bastones?», se pregunta, enarcando las cejas, sorprendido.

El joven monje se mezcla entre la gente que se desplaza dando pequeños saltos, tal como caminan los gorriones. Tiene la sensación de que todos se parecen muchísimo bajo los sombreros cónicos de bambú.

El sol empieza a calentar y él no se siente tan solo, quizá porque ese sentimiento es menos doloroso entre extraños que rodeado de los tuyos. Se deja llevar, decidido a tomar el pulso al nuevo lugar donde les ha conducido el camino. Deambula por las calles sin esperar ni buscar nada especial. Conecta con aquella idea taoísta de volver a la acción espontánea, natural como la del viento que mueve las hojas o el riachuelo que corre. Tistrya se abandona entre esta topografía urbana para sentir su vivir cotidiano. Piensa en su padre. Se esfuerza en descubrir la auténtica alma del pueblo que le acoge a partir de los pequeños gestos y detalles.

Observa a hombres, mujeres y criaturas sentados en los asientos de los diferentes puestos que bordean la calle. Muchos de ellos pellizcan con palillos el contenido humeante de unos cuencos de madera. Un niño le mira y sonríe mientras chupa un fideo que le cuelga entre los labios. El joven monje ensaya un gesto de complicidad, entre divertido y enigmático. ¡Hacía tanto tiempo que no abandonaba un rictus amargo!

Sigue calle abajo, atraído por el río de vida que circula por ella. Un aroma a flores consigue que dirija la atención hacia la joven que las vende a ras del suelo. Ella no levanta la cabeza. Dos trenzas le caen por el torso y unas manos delicadas disponen las rosas en la sombra; algún capullo se ha abierto y Tistrya respira complacido.

Al llegar a la vía principal se le ensancha el corazón. Un río inmenso, inalcanzable como el mar, se le ofrece ante la vista. A su alrededor se suceden construcciones de pequeñas casas superpuestas de dos o tres pisos. La imagen de tejados, ventanas y galerías tiembla desdibujándose sobre las aguas. Tistrya se acerca a los muros que protegen los edificios y observa en el interior las columnas de capiteles coronados con un sombrero de tejas, semejante al que llevan sus habitantes. Todo tiembla sobre el río.

Bajo los porches, a cobijo del sol, las mujeres tejen con gran habilidad y dedicación. Es la primera vez que ve un telar de pedales. Los pequeños pies femeninos parecen columpiarse en su vaivén. Tistrya se queda un buen rato hipnotizado por su movimiento. Contempla el deslizar del hilo por la madera, cómo se transforma en un tejido delicado.

Ninguna de las embarcaciones que surcan el río le resulta conocida. De lejos, imagina que se trata de mariposas blancas con las alas plegadas. Se deslizan ceremoniosamente sobre el agua. Son botes de proas planas con velas construidas a base de estores de bambú. Los listones que las unen son las arterias de su nervadura y el joven monje dibuja los alados insectos en su imaginación.

Un edificio destaca entre los demás. Está construido en madera y tiene cinco plantas. Unos soldados imperiales vigilan la lejanía. Más tarde sabrá que lo denominan de la Grulla Amarilla y que a su alrededor alguien construyó una bella leyenda. Tistrya levanta los ojos y lo ve recortado sobre un cielo azul. Después avanza en silencio, con la vista puesta en las sombras de los árboles proyectándose sobre el camino.

Mientras los botes continúan trazando líneas de sirga sobre el río, el joven monje permanece perdido por las calles de Wuhan.

3

Wuhan
Abril, 552

Necesitamos saber dónde se encuentran los bosques de la seda, padre prior. Es una misión de la máxima importancia para todos nosotros —pide Xenos, con actitud reverente pero decidida.

—Os referís a las plantaciones de moreras, imagino —responde el superior del monasterio nestoriano de Wuhan.

El tejedor no sabe qué responder, mira a Rashnaw y, de nuevo, se dirige al único hombre que puede darles la información que precisan.

—Padre Serhàfi, a estas alturas, tenemos la certeza de no perseguir un sueño. Si llevamos el secreto de la seda a Bizancio, el emperador ha prometido reconsiderar la posición de los nestorianos dentro de la Iglesia católica, a mi hijo y a un servidor nos espera un lugar de privilegio en la corte. Hemos luchado mucho para llegar hasta aquí, ahora necesitamos información.

Rashnaw, su joven discípulo y el tejedor se sientan juntos en la celda del padre Serhàfi. Es el hombre más viejo de la comunidad, que cuenta con veintisiete monjes de diferentes procedencias. Piensa que un asunto como el que se traen entre manos debe tratarse con la mayor cautela.

Una mezcla de estilos arquitectónicos entran en comunión ante la atenta mirada de los visitantes. Los nestorianos han cultivado en China la habilidad de poder trabajar y vivir juntos, conservando vivo el intercambio cultural. La madera y la piedra conviven en armonía. Hay una estrecha relación entre arquitectura y paisaje en la cultura china y los monjes también han querido beber de esa filosofía.

Por otra parte, su reconocimiento es un hecho innegable. A menudo viene dado por las reliquias que transportan, su admirada competencia médica y el conocimiento de las tareas administrativas. Tal como los viajeros han podido comprobar durante todo el recorrido, los nestorianos proporcionan gente culta, consejeros sabios y médicos sin fidelidades restrictivas. Capaces como los chamanes de curar al mismo tiempo cuerpos y almas, aportan a cambio una visión más universal de la vida.

Tistrya piensa que todavía le queda mucho que aprender y, absorto por aquel mestizaje, se queda un poco al margen del motivo de la reunión.

—Desde que hemos entrado en China —insiste Xenos—, todas las personas a las que hemos preguntado por la seda han salido corriendo, como si estuvieran poseídos por un espíritu maligno —comenta el tejedor.

—Amigo mío, la procedencia de la seda es el secreto mejor guardado de este imperio. Estoy seguro de que ninguna de las personas con las que os habéis cruzado tiene, ni mucho menos, la respuesta adecuada. Aun así, el hecho de desvelarlo se paga con la muerte. A su alrededor se cuentan leyendas fantásticas... —intenta explicar el prior.

—¿Quizá las informaciones de Plinio el Viejo en su *Historia natural*? ¿Vos conocéis a ese pueblo de «seres» que extraen la pelusa blanca de algunos árboles? ¿Los habéis visto alguna vez? —pregunta el tejedor, cada vez más excitado.

Rashnaw le deja hacer, sabe que ha esperado mucho tiempo ese momento. Observa una sonrisa en el rostro de Serhàfi y espera.

El anciano se acerca a los visitantes y, tras comprobar que nadie ronda por los alrededores, expone en voz baja:

—He reflexionado mucho antes de hablar con vosotros sobre el tema que os ha traído a estas tierras lejanas. He rogado a Dios para que ilumine mi entendimiento y mis palabras respondan a su santa voluntad. Sé lo suficiente sobre las injusticias que comete el pueblo persa, sobre la pesada carga que supone para los bizantinos estar subordinados a sus caprichos en temas comerciales. Aun así, el último concilio no ha favorecido a los nestorianos, todo lo contrario. Muchos hermanos han sido perseguidos, e incluso después de llamarles herejes, han sido castigados con la muerte. Confío, y que Él me perdone si me equivoco, en que todo será para más honor y gloria de Nuestro Señor.

Tras pronunciar estas palabras y trazar sobre su rostro la señal de la cruz, el padre Serhàfi les explica todo lo que sabe sobre el secreto de la seda. Les habla de cómo unos gusanos tejen el capullo que, tras un proceso simple pero delicado, se deshilacha hasta conseguir el preciado hilo. De la dificultad añadida que supone su alimento y el recelo de los chinos por mantener la producción dentro de los recintos de los nobles.

Los viajeros le escuchan con los ojos muy abiertos. Todavía hacen muchas preguntas sobre la vida de los insectos, la manera de encontrarlos, la protección de los minúsculos huevos... Finalmente entienden que, a pesar de conocer todos los detalles, la empresa es muy arriesgada.

—En Wuhan solo se lleva a cabo este milagro en el recinto imperial. Pero en otras ciudades todavía puede ser más difícil, dado que los nobles se comportan como auténticos dictadores, violentos y primitivos. Por regla general, las personas que trabajan allí son tan fieles a su emperador o a su señor que darían la vida antes de...

—¡Pero tiene que haber alguna forma! —exclama el tejedor.

—Me parece que eso ya no está en mis manos. Pero puedo deciros que los gusanos se alimentan únicamente de moreras y estas se encuentran en los jardines interiores del palacio. Acceder es muy peligroso, dicen que las custodia un animal feroz, con poderes sobrenaturales.

—¿Y vos os lo creéis, padre Serhàfi? —pregunta Rashnaw, perplejo.

—Ni creo ni dejo de creer, pero, tras vivir unos años entre ellos, pienso que los chinos son capaces de ser refinados y exquisitos del mismo modo que pueden convertirse en unos auténticos monstruos.

—Más o menos como todos nosotros —interviene Tistrya, quien se gana una fulminante mirada del tejedor.

Pero el monje de Wuhan se muestra inquieto por toda la información que ya les ha proporcionado y no quiere seguir hablando. Se escabulle sin más en dirección a la pequeña capilla. Los viajeros disponen de nuevos datos para reflexionar, pero, sobre todo, entienden que la gran empresa que les ha llevado hasta China toma un rumbo muy complejo. Rashnaw apunta que le cuesta creer en una historia tan fantástica, que se les debe de escapar alguna cosa. Su tarea es averiguarlo, pero no sabe por dónde empezar. El tejedor se despide con un gesto vago. Se pregunta si Lysippos tiene razón y viajar en compañía de nestorianos es lo más adecuado para triunfar en una empresa como la que tienen entre manos.

Mientras sus compañeros visitan el monasterio nestoriano, Úrian permanece en el interior del recinto. Tiene otras prioridades. Sale para despedirlos, pero apenas dedica unos segundos a mirar cómo se alejan. Acto seguido, sube los peldaños de dos en dos hasta llegar a la terraza. Se queda mirando en dirección a la casa donde, con toda seguridad, vive la muchacha prisionera. No puede dejar pasar la oportunidad de aproximarse a ella.

Desanda el camino con prisa, solo se entretiene para coger una de esas frutas desconocidas en su tierra, melocotón le han dicho que se llama. Un golpe en la puerta y una voz aguda le detiene.

—¡Úrian!

El muchacho se gira y ve a Najaah con la mano tendida en señal de ofrecimiento. Se queda clavado y la mira como un niño sorprendido en una diablura. Unos instantes más tarde, sacude la cabeza con desconcierto por tener una reacción tan fuera de lugar. Ni siquiera había pensado en la presencia de esa mujer que le provoca emociones ambivalentes.

Najaah, con actitud relajada, da un par de pasos en dirección al joven tejedor. Camina con precaución, como si no le quisiera asustar.

—Es tu piedra —señala la mujer con una dicción bastante clara.

Úrian mira el jade que guarda desde Khotan y se pregunta cómo ha ido a parar a manos de la mujer; después la contempla, extrañado por la franqueza con que se dirige a él.

—Gracias, Najaah —acierta a decir, cogiendo la piedra de su mano.

—La he encontrado entre la paja. Creí que te gustaría recuperarla —explica ella, buscando las palabras adecuadas.

—¡Por supuesto! Ni siquiera había advertido su pérdida, y le tengo mucho cariño. —Guarda unos instantes de silencio antes de decir—: La guardo junto a la que tú me diste. ¿Recuerdas? En las puertas de Samarkanda, cuando estaba enfermo.

Úrian busca en su capa el betilo. Después aprieta las dos con fuerza y sonríe. La mujer también lo hace. Ambos tienen la sensación de que, pese a haber compartido muchos meses de viaje y experiencias, este es el momento de más proximidad.

El silencio que se instala entre ellos no parece molestar a Najaah. Sin embargo, a Úrian le incomoda.

—No sabía que hubieras progresado tanto en nuestro idioma —comenta el muchacho para romper el hielo.

—Me esfuerzo todo lo que puedo.

—De veras, me ha sorprendido mucho, Najaah.

Ahora, ante la mirada atenta de la mujer, es Úrian quien hace una pausa, quien busca las palabras...

—Va siendo hora de que te agradezca todo lo que has hecho por mí. Sé que no me dejaste solo en ningún momento, que me cuidaste noche y día. —Coge aire y prosigue, pero su voz se queda en un susurro—: Fiblas me lo contó.

Najaah sonríe con timidez y baja los ojos. El hijo del tejedor, al cabo de unos instantes, retoma la conversación.

—No he sido justo contigo...

—Creo que te entiendo —dice ella, como si quisiera ahorrarle una explicación incómoda, y añade—: A mí me habría pasado lo mismo, si hubiera visto a mi padre con otra mujer.

Las palabras de Najaah cada vez desconciertan más al muchacho. Quizás el hecho de sentirse sola, aislada del grupo, sin entender aquello que escuchaba, ni poder opinar al respecto, le ha obligado a estar más pendiente de su entorno. Ahora se percata de que, muy probablemente, la ha juzgado con excesiva ligereza.

De pronto, Úrian abandona la urgencia que le hacía correr en dirección a la casa de las paredes blancas. Se apoya sobre un banco y baja la guardia, despacio.

—¿Te gustaría hablarme de tu madre? —dice con voz dulce Najaah.

El muchacho busca en el interior de la capa, allí donde ha guardado las piedras. Saca la cinta turquesa y se la muestra, con la misma ternura y delicadeza con que manipularía un objeto de extrema fragilidad.

—Es todo lo que me queda de ella —murmura.

—Te queda su recuerdo. ¿Se dice así? —pregunta, insegura, Najaah.

—Sí, es así como se dice... Pero cuando ella murió era muy pequeño. A veces me cuesta incluso recordar su mirada; tengo que cerrar los ojos y mantenerme en silencio durante mucho rato...

Úrian traga saliva, nota que se le enturbia la vista y no quiere abandonarse a esa sensación de tristeza. Najaah simplemente le acompaña.

—La dejó, estaba enferma y se fue —añade poco después—. ¡Murió sola! Lo supe años más tarde, un hombre del pueblo me lo dijo.

—A veces, las cosas no son como creemos. ¿Por qué no hablas con tu padre? Quizás...

—¡Ahora lo entiendo! Es él quien te ha pedido que me dijeras eso, ¿no es cierto? —interrumpe con brusquedad el joven tejedor, levantándose de un salto.

—¡No, Úrian! ¡Espera! Hace mucho tiempo que no hablamos, demasiado... —Najaah, con una entonación más triste, añade un par de frases en su idioma.

—No te entiendo, Najaah. ¡No sé qué dices!

—Perdona, el pensamiento es más veloz que mis palabras. Decía que... hablamos poco. Ya sabes, está muy ocupado con sus obligaciones.

—Sí, Najaah. Ya lo sé.

—Pero tras la muerte de tu amigo, de...

—De Fiblas —se apresura a decir Úrian.

—Sí. Tras su muerte, Xenos me explicó la última voluntad de tu madre.

Úrian se deja caer en el banco, se acomodan uno frente al otro. Se rodea los hombros con los brazos, como formando una barrera que fuera capaz de protegerle del dolor. Pero se dispone a escuchar, igual que haría un niño ante su cuento preferido.

—A lo mejor pensaba que nada podía salvarla de la muerte, Úrian. Supongo que necesitaba tener la certeza de que tú no corrías peligro. Fue ella quien le hizo prometer que os alejaríais de aquel infierno que, de manera indiscriminada, se llevaba a viejos y a niños... ¿No lo entiendes? Lo hizo por amor. Por amor a ti... y también a tu padre.

Úrian tiembla entre sollozos. Najaah se le acerca tímidamente. De buen grado le abrazaría, pero no se atreve. Se limita a pasarle la mano por los cabellos. Durante un rato, el muchacho se acomoda al ritmo lento de las caricias de la mujer, y en él se avivan y mueren sus ganas de llorar.

Zhao Shigei arregla los rosales del patio con presteza. Sabe que Yù duerme y es su oportunidad. A la prisionera le gusta hacerlo ella misma y pone en ello todo su esfuerzo. Conoce sus rosales y les habla a menudo; disfruta podando las ramas secas y abonando las plantas ahora que el buen tiempo está cercano.

Los resultados serán descorazonadores para Yù, quien al despertarse se encontrará el desastre. Pero Zhao lo hace a menudo; las dos mujeres parecen entregadas a una contienda invisible, como si fuera su única manera de comunicarse, la confirmación de que permanecen unidas en su desgracia, aunque se ignoren.

La mujer trabaja a buen ritmo, algo atemorizada por si Yù despierta antes de lo previsto. En otras ocasiones ya han discutido por el mismo motivo o por otros; incluso ha tenido que intervenir el preceptor para calmar los ánimos. Últimamente duda de si sus destinos importan a alguien. Ese pensamiento la lleva a trenzar historias oscuras, casi macabras.

Zhao Shigei fue durante muchos años la criada favorita de la madre de Yù. En realidad, vio nacer a la niña, aunque nunca la cuidó personalmente; ese menester estaba destinado a una nodriza. A Zhao no le gustan los niños, más bien le molesta el alboroto de sus juegos y las preguntas constantes que lanzan a diestro y siniestro. Ella estaba a cargo del servicio personal de aquella mujer que unos adoraban y otros envidiaban profundamente. En aquel tiempo, disfrutaba de su confianza, más que ninguna otra persona en la corte.

Yù nunca ha conseguido entender las causas que llevaron a que la mutilaran tan salvajemente y la encerraran con ella, condenándolas a un mismo destino. En muchas ocasiones no puede impedir darle vueltas a la idea de culpabilizarla, aunque ya ha perdido la costumbre de hacérselo saber. Forzosamente tiene que estar implicada, pensaba Yù cuando era más pequeña. Pero es posible que también tenga algunas de las respuestas que la muchacha no puede ni siquiera imaginar.

Al principio, la niña intentaba acercársele, pero la frialdad en el trato, el despecho y a veces la crueldad han sido una constante día tras día.

A Yù le ha resultado difícil no dejarse llevar por estas manifestaciones y volverse tan mezquina como Zhao. La presencia del preceptor ha sido imprescindible para canalizar los sentimientos más oscuros de la muchacha.

Zhao Shigei se retira para lavar la ropa. Lo hace a regañadientes, como de costumbre, y no es la primera vez que estropea una de las piezas de Yù, pero hoy ni siquiera se toma la molestia de aparentar que ha sido un accidente desafortunado. Coge su velo favorito y, con un movimiento controlado, lo rasga de arriba abajo, mientras disfruta del ruido que hace al desgarrarse.

—¡Ojalá lo oyera! —articula ininteligiblemente la mujer.

Después, con uno de los trozos de tela, se venda la herida que le han causado las espinas del rosal. Más tarde pone la mano vendada ante sus ojos. Yù la ignora, igual que ha hecho al ver el destrozo del jardín. La sensación de indiferencia embravece todavía más a Zhao Shigei.

4

Wuhan
Abril, 552

Ya hace varios días que el preceptor de Yù se encuentra intranquilo. Su alumna no muestra la curiosidad que la caracteriza y parece más reservada que de costumbre. Por ese motivo Fu Ming-Li le prometió una sorpresa. Mucho antes de la hora habitual, la joven ya le espera con una enorme expectación. Pero Zhao, intrigada por su actitud, no la pierde de vista ni un momento.

Unas voces que provienen del exterior llaman la atención de Yù y se acerca a la puerta por la que entra todos los días su única visita. Los guardias examinan algo que el preceptor lleva en las manos y discuten si le permiten o no el paso. Pero es incapaz de entender las explicaciones que les ofrece. Fu Ming-Li ha previsto que estaría a la escucha, que no podría vencer la tentación de averiguar en qué consiste su propuesta.

Finalmente entra con unos largueros de madera y unos fardos.

—¿Qué es esto? —le pregunta la muchacha impaciente, mirando los materiales que ahora reposan sobre el suelo.

—Todo a su tiempo, Yù. ¿Pensáis seguir preguntando o le pedís a Zhao que nos ayude a llevarlo hasta el interior? —dice el hombre, que muestra un aire divertido no demasiado habitual en él.

—Dejémosla tranquila, está descansando. Lo haremos vos y yo —responde decidida la muchacha.

—Pero...

—No tenemos ninguna prisa. Por favor, no quiero que nos estropee el juego —le interrumpe Yù.

Fu Ming-Li no insiste. Contradecirla solo estropearía el momento. El hombre distribuye los bultos y los largueros en dos grupos. Deja uno de ellos a un lado y descubre el enigmático contenido del otro.

—Maestro, pero si son piezas de bronce. ¡Hay muchas! ¿Para qué sirven?

Yù sigue haciendo más y más preguntas, pero obtiene una sola respuesta de su preceptor.

—Un amigo persa me hizo partícipe del proverbio que compartiré con vos y que siempre tengo presente. Escuchadlo con atención, pequeña Yù: «La paciencia es un árbol de raíces amargas, pero de frutos muy dulces.»

La joven está acostumbrada a ese tipo de reflexiones por parte de Fu Ming-Li. Sabe que no le sacará ni una sola palabra más. Respira profundamente antes de obedecer sus indicaciones. Poco a poco, todas las piezas quedan depositadas sobre el suelo. Después unen los tres largueros, como si se tratara de una puerta. Pasan unas cintas de bambú por el agujero de todas y cada una de las piezas y las cuelgan una junto a otra en el larguero más corto. Yù contempla la hilera ordenada y se encoge de hombros.

—¿Cuál es el próximo paso, maestro?

Fu Ming-Li le ofrece un palo metálico y luego le indica cómo usarlo.

—Golpeadlas con suavidad, Yù. Se llama *tung-ching* y es un instrumento muy antiguo. Se utilizaba durante las ceremonias en los templos. Pero hace miles de años las piezas eran de piedra.

Yù se acerca con respeto y lleva a cabo lo que le ha pedido Fu Ming-Li. La música brota y ocupa los espacios más próximos, sube por las paredes hasta regresar con más profundidad, si eso es posible. La joven cierra los ojos, intenta guardar en su interior esa sensación que la libera.

Luego abren las otras cajas y extraen una colección de dieciséis campanas de diferentes tamaños. La operación es parecida: las disponen en dos hileras y, de cada hilera, cuelgan ocho campanas.

—A este instrumento lo llaman *pien-chung*. Escuchadlas con atención; cada campana reproduce un sonido diferente y están ordenadas de forma que la más pequeña de todas contiene la tonalidad más aguda.

La muchacha repite el gesto sobre las campanas y percibe un sonido seco y claro. Tal vez el más fino que ha sentido nunca. Después se quedan unos minutos en silencio y sintonizan con la última nota emitida: un llanto extenso y penetrante que pone voz a todos los lamentos que callan.

La mañana siguiente a la reunión con el padre Serhàfi, Xenos se levanta muy temprano, come un poco de pan con mantequilla después de mojarlo en la leche que los hombres del emperador han dejado frente a la puerta, mientras contempla el cielo sin nubes. Está convencido de que la jornada será espléndida, a pesar de las preocupaciones que han dificultado su sueño. Durante la noche, recordaba las palabras del superior nestoriano, dando vueltas y más vueltas a la espera de que el alba interrumpiera su vigilia.

Todos duermen en el interior del aposento. Eso es lo que cree el tejedor hasta que, dirigiéndose a la salida, alguien le agarra del tobillo para retenerle. Se muestra contrariado al notar el tacto de Najaah sobre su piel.

—¿Qué querrá ahora? —murmura en voz baja.

Ella no le pide nada, pero resulta fácil adivinar que le gustaría acompañarle. Xenos duda. Tenía decidido ir solo en busca de información; piensa que la mujer será un estorbo. Puede deshacerse de la presa sin dar explicaciones, no se lo reprochará. Pero, al verla tan entregada, se le ocurre una idea maliciosa.

—Ponte tus mejores ropas. Nos vamos de compras —le dice con voz tierna.

A Najaah se le ilumina el rostro y se levanta de un salto. ¿Qué puede hacer? No tiene muchas alternativas. Se arregla los cabellos esponjándose los rizos con los dedos y sonríe, sonríe con todo su cuerpo. Revuelve entre las ropas de su fardo y extrae la túnica que llevaba aquella noche en Kashgar, cuando se sintió la más bonita de las mujeres, mientras temblaba en los brazos del tejedor.

En un extremo de la sala, Úrian, desvelado, sigue con atención la escena. Tampoco él ha podido descansar. Tiene demasiadas cosas en la cabeza y permanece inmóvil. Alberga un deseo: escabullirse de la vigilancia a que le somete su padre. Necesita acercarse a la casa de las paredes blancas y, quizá, solo quizás, averiguar algo sobre su misteriosa habitante.

Observa a la pareja y con todo su corazón les desea suerte. Siente que lo hace por primera vez; que, al abandonar parte de su rencor, respira con más facilidad.

Desde la penumbra, cubierto hasta la cabeza, sigue los acontecimientos a través de un agujero en la lana. Najaah, confiada al secreto que le otorga el silencio del alba, se cambia la túnica con urgencia. Úrian la mira y repasa el perfil de su cuerpo todavía joven, los pechos firmes, la cintura breve que dibuja unas caderas espléndidas.

El contraluz le parece hermoso; se le ocurre que esa mujer tiene algo que le gusta. Su manera de enfrentarse a las dificultades, la decisión con que se mueve dentro de un grupo donde solo los hombres pueden meter baza. Deja un rastro salvaje que la hace muy especial. Ojalá conserve su esencia de yegua libre. Está convencido; domesticada sería infeliz.

Algo avergonzado por su incursión en la intimidad ajena, aparta la mirada y se concentra en el calor que emana de su propio cuerpo. Intentará dormir de nuevo, mientras su padre y Najaah salen en busca de nuevos imposibles.

El tejedor despierta a Lian, el traductor de chino que les ha proporcionado el superior del monasterio. Los tres cruzan a buen paso el jardín exterior y caminan hasta la salida del recinto. Algunos soldados les miran con más curiosidad que recelo. Han recibido órdenes de no intervenir si deciden ir a la ciudad. El emperador es consciente de que, si estiman su vida, ningún habitante de Wuhan les ayudará a salirse con la suya.

Xenos confía en los lazos que unen a los artesanos de su oficio, y espera encontrar algún tejedor dispuesto a hablar. No ha olvidado llevarse una de las piezas de oro que esconde en su fardo, por si el artesano considera imprescindible algún negocio previo.

Decididos, traspasan el umbral que separa la ciudad sagrada de la otra, la más vulgar y peligrosa según los nobles, hasta que sus pasos les llevan hasta el mercado.

El tejedor coge a Najaah por la cintura y ella estira el cuello, como un ave exótica que muestra la fastuosidad de su plumaje. Lian les sigue de cerca y muy pronto acaban mezclados con la gente que curiosea entre los tenderetes de los comerciantes y los puestos de comida. Un poco más allá se encuentra una calle lateral con infinidad de telas expuestas. Xenos se acerca a uno de los vendedores y se interesa por la procedencia de los tejidos más bellos que muestra el establecimiento. El artesano es un pequeño personaje, cuando ve a Lian parece relajarse.

—Es la mejor seda que puede encontrar en China —traduce el intérprete con habilidad—. El rojo resaltaría mucho sobre la piel de vuestra esposa —añade con una sonrisa tímida.

Najaah, al escucharlo, se inclina para agradecerle el cumplido, pero Xenos no presta atención al halago.

—Pregúntale dónde tiene su taller. Dile que a...
—Xenos se detiene momentáneamente, después decide seguirle el juego. En realidad, ese, y no otro, ha sido el motivo de dejarse acompañar por la mujer. Convencido de que todo marcha según su plan, continúa—: Dile que a mi mujer le gustaría ver otras piezas, que quiere conocer el proceso de fabricación. Es muy exigente y no hay nada que yo le pueda negar.

El traductor hace llegar el mensaje al comerciante, mientras el rostro de Najaah pierde la luz que le había acompañado toda la mañana.

¡Solo la necesita de cebo, para llevar a cabo su propósito! ¿Cómo ha podido creer otra cosa? Se esfuerza para mostrar una sonrisa, pero baja los ojos y se instala en el silencio.

Es necesario que Xenos le ofrezca la moneda de oro para que el comerciante se avenga a enseñarles su lugar de trabajo.

Vive en una de esas casas de dos plantas con patio exterior. Una mujer mayor y otra joven trabajan en el recinto, cerrado por un pequeño muro. El tejedor anota en su memoria cómo manipulan los hilos de seda, cómo los ponen a secar antes de enredar las madejas en los telares.

A pesar de todo, tiene la sensación de que el artesano le esconde buena parte del proceso y la prudencia le obliga a no ir más allá de lo estrictamente necesario. Cuando salen del taller, y durante mucho rato, Xenos va trenzando fantasías sobre los gusanos, pero sin acabar de entender cómo tiene lugar el fenómeno, la transformación. Piensa que la empresa que les ha llevado hasta Wuhan no será fácil y, a la vez, que no hay otra salida. Siente que el círculo se hace cada vez más pequeño. Pero ¿cómo hacer para traspasarlo? ¿Cómo conquistar el centro?

Una delegación de los comerciantes es llamada por el emisario imperial. El Consejo de Sabios se encuentra reunido para escuchar las propuestas de los bizantinos. El nerviosismo planea entre los viajeros. Intentan construir un discurso convincente que les permita moverse por Wuhan. Saben que, de conseguirlo, podrán hacer sus investigaciones sin levantar sospechas.

Esta vez los dos monjes irán acompañados por Xenos y Lysippos. Úrian, siempre a la espera de algún momento que le permita perderse, propone esperar con Najaah y el resto de los hombres.

Antes de marchar a la reunión, el tejedor siente la boca seca, se la enjuaga con agua y la escupe. Su hijo le mira y, poniéndole la mano sobre las espaldas, le dice:

—Todo irá bien, padre.

Con el fin de justificar su negativa a acompañarles, ayuda a los soldados a llevar los sacos con los regalos de Justiniano para el emperador chino.

Xenos recuerda cómo, mucho tiempo atrás, él le había dirigido el mismo gesto, las mismas palabras. Ahora, el aplomo de su hijo le descoloca.

Se han invertido los papeles, no es al muchacho a quien parecen temblarle las piernas.

El Consejo de Sabios se reúne en un edificio mucho más austero que el palacio del príncipe de Yuzhang. Tanto es así que los bizantinos recelan del poder real de esos hombres, pese a la ferocidad de sus rostros y el ademán marcial con que les reciben. Rashnaw, mientras transmite el discurso que el emisario va traduciendo, piensa que es algo así como un juego. Los sabios juegan a hacerles sentir más insignificantes todavía, pero ni los vestidos ni la riqueza de las joyas impresionan al viejo monje. Guardan un aire de duda en sus miradas que contradice la trascendencia con que intentan impresionarles.

—Justiniano, señor de Bizancio, nos ha enviado en misión de paz. Conocedor como es de vuestra grandeza y admirado por la calidad de la seda que producís, os propone un intercambio que puede beneficiar a ambos imperios. En señal de gratitud, os envía estos presentes.

El hombre que parece de más edad afirma con la cabeza por toda respuesta y el monje deja los sacos a sus pies. Al cabo de un rato, el mismo individuo hace un gesto para indicar que puede proseguir con el ofrecimiento.

—El comercio entre Oriente y Occidente —traduce el emisario— se ve de continuo limitado por la avaricia de los reyes persas. Desde tiempo inmemorial, lo gravan con todo tipo de obstáculos. Justiniano quiere proponer al pueblo chino una solución: nuestro ejército protegerá en todo momento a los mercaderes y la ruta establecida para el comercio se desviará hacia el norte del mar Hircanio. Los reyes persas no podrán exigir tributos si las fuerzas chinas y bizantinas se alían para abrir nuevos caminos que beneficien a ambos.

Los hombres del Consejo de Sabios cambian de manera notable su actitud. Rashnaw piensa que no se esperaban una propuesta tan ambiciosa; algunos ríen ostensiblemente, pero los otros permanecen a la espera.

—¿Y qué nos puede ofrecer el gran Justiniano que merezca tantos gastos en hombres y caballos? —traduce el emisario—. O, no menos importante, ¿qué quiere a cambio?

—La distancia que nos separa no os ha permitido conocer las riquezas que nuestro pueblo atesora —continúa explicando Rashnaw bajo la atenta mirada del tejedor—, pero Bizancio os puede ofrecer maravillas desconocidas en China y de las cuales nunca habéis oído hablar. Tenemos, por ejemplo, un material que resiste las acometidas del fuego o del calor extremo, el asbesto; imaginaos cómo podría proteger a vuestros ejércitos. También poseemos ámbar del Báltico y corales del Mediterráneo para embellecer a vuestras mujeres con joyas jamás soñadas o incluso vuestros propios ropajes.

El viejo monje señala las incrustaciones de jade y otras piedras que engalanan las ropas de los sabios. Todos esperan con atención el final de sus explicaciones.

—Entenderéis que nosotros pidamos algo a cambio. Sabéis que la seda es muy apreciada por las mujeres bizantinas y que Justiniano consideraría un acto de amistad poder contar con este material en estado puro.

Parecen complacidos e interesados, pero la sensación de negociación entre los dos bandos solo dura unos segundos. Al escuchar la exigencia final del monje, uno de ellos levanta la mano e impone su autoridad. El emisario real, dándose cuenta de la situación, empuja a los bizantinos hacia la salida. Tistrya da dos pasos atrás y Lysippos se pone en guardia, pero la mirada que les dirige Rashnaw es definitiva y les devuelve a una actitud de prudencia.

—El Consejo de Sabios debatirá vuestras demandas, pero es mejor que os retiréis —dictamina el emisario.

—¡Pero no nos podemos ir sin llegar a un acuerdo! —protesta Xenos, quien ha asistido a la conversación sin intervenir.

—¡Por supuesto que podemos, amigo mío! Les hemos convencido de nuestra misión, de eso se trataba, ¿no? Cuanto más tiempo dediquen a debatir, más oportunidades tendremos nosotros de no levantar ningún tipo de sospechas —murmura Rashnaw al tejedor, pasándole la mano por la espalda con la intención de transmitirle confianza.

5

Wuhan
Mayo, 552

Días más tarde, la situación en los aposentos donde se aloja el grupo ha mejorado sensiblemente. El emisario ha traído mantas y víveres, además de proporcionarles una gran mesa y taburetes. La hora de comer es como una fiesta que los hombres de Lysippos convierten a menudo en una orgía de alcohol y de risas.

Los monjes pasan buena parte del tiempo en el convento nestoriano, según ellos informándose del carácter y la disposición de los chinos a la hora de negociar un acuerdo. Por otro lado, la fascinación de Rashnaw por la medicina del lugar hace que intente profundizar en sus técnicas. Pero hoy se han reunido todos en el recinto imperial y los religiosos comen retirados del grupo, en una mesa improvisada cerca de la ventana. Su condición justifica este alejamiento y ya nadie lo ve como una actitud extraña. A veces, Najaah se acerca para preguntar si necesitan algo, complacida por la sutileza del trato que se le dispensa.

La sobremesa es siempre especialmente ruidosa. Han asado un cordero en el patio y todos han bebido más de la cuenta para poder engullir una carne agradable de sabor pero bastante dura. También los de Corinto celebran este momento mientras Rashnaw acepta con condescendencia las palabras fuertes y los chistes obscenos.

Cuando la fiesta está en su punto más álgido, Lysippos se ve obligado a levantar la mano buscando el silencio de sus hombres. No le hace falta añadir ningún otro gesto; los soldados reaccionan enseguida a la orden, en pocos segundos lo único que se escucha es el estrépito de la bandeja que Najaah tenía entre las manos y que ha acabado estrellándose contra el suelo.

El motivo del susto ha sido un grito agudo proveniente del exterior, que ha invadido el aposento. El soldado de la cicatriz se levanta para acercarse a la ventana, adonde Rashnaw también se ha aproximado a inspeccionar, pero el pequeño muro que les rodea les impide ver más allá. Úrian ayuda a la mujer a recoger los trozos de la bandeja mientras Tistrya se apresura hacia la puerta, pero dos hombres le impiden el paso. Los caballos relinchan en el patio y el joven monje quiere ir al lado de su *Explorador*. Desde que han llegado a Wuhan apenas come y los más entendidos dicen que posiblemente esté enfermo.

Nadie duda de que ha sido un grito de agonía. Poco después se escuchan nuevos altercados. Los bizantinos interpretan enseguida los gestos de peligro de Lysippos y desentierran las armas que han guardado en uno de los rincones del aposento. No son gran cosa; espadas cortas, dagas, cuchillos. Se las reparten y toman posiciones. Úrian observa el rostro de Tistrya y piensa que dejar los caballos fuera no ha sido una buena idea. Alguien dice que debería cerrarse la puerta principal y Xenos se dirige al patio sin que los soldados se opongan.

Al salir, el tejedor toma conciencia de que al otro lado de la valla tiene lugar una lucha encarnizada por causas que se le escapan. Cuando se acerca a la puerta, ve en el suelo una de aquellas lanzas con forma de hacha que los soldados chinos siempre llevan en sus manos. Al cerrar apresuradamente los batientes escucha unos golpes secos y nerviosos en la madera.

—¡Abridme, os lo ruego, soy un amigo!

Xenos queda paralizado. No reconoce aquella voz y sería muy peligroso hacer alguna concesión. Se pregunta si falta alguien entre el grupo que ha quedado en la casa, pero no es capaz de recordarlo. Enseguida siente una mano que posándose sobre su hombro le obliga a franquear la entrada.

—¡Padre Rashnaw! —exclama expectante el tejedor—. ¿Y si es un engaño?

—No, no lo es. Conozco esa voz. Dejadlo entrar.

El tejedor obedece y se encuentran de frente con un chino de pequeña estatura, vestido con ropas que delatan su buena posición en palacio. Saluda al monje y hace un gesto de agradecimiento dirigido a Xenos que este no sabe cómo corresponder. Los tres hombres se dirigen a la casa donde la presencia del oriental provoca una gran expectación. Se arremolinan a su alrededor mientras preguntan a Rashnaw de quién se trata.

—Conozco a este hombre y es cierto que es un amigo —dice el monje con firmeza.

—Pues preguntadle qué está pasando —exige uno de los soldados antes de que los demás puedan reaccionar.

—Hay una revuelta —responde el hombre, utilizando un griego bastante correcto, ante la sorpresa general—. He venido a advertiros. Parece que los enfrentamientos del príncipe de Yuzhang con su hermano Yuandi han provocado una lucha por el poder. No sé exactamente qué ha sucedido en palacio, pero algunos dicen que han asesinado al emperador.

—¡Dios mío! —exclama Tistrya—. ¿Qué será de nosotros?

—Lo mejor que podéis hacer es cerrar todas las puertas —responde el chino—. Veo que tenéis armas. No debéis dejar entrar a nadie. Yo vendré cuando las cosas estén más calmadas.

—¿Por qué no os quedáis con nosotros si la situación es tan peligrosa en el exterior? —pregunta Lysippos, quien no puede evitar desconfiar de todo y de todos.

—¡Hay otras personas que me necesitan, soldado!

—Un momento —salta Xenos, alarmado, mirando a Rashnaw—. ¿Cómo podéis saber que Lysippos es un hombre de armas?

—La confianza se construye con confianza, amigo tejedor —responde el monje—. Ya os he dicho que Fu Ming-Li es un amigo y no nos desea ningún mal.

—¡Pero ponéis en peligro la misión! ¿Y si lo enviara el mismo emperador?

—Vos, querido Xenos, veis la traición y el peligro en todas partes, pero las personas también necesitan establecer vínculos, saber con quién pueden sincerarse. Yo confío en Fu Ming-Li.

Al escuchar esas palabras, el chino sale del aposento tras hacerle una reverencia. Si les preguntaran, los viajeros mostrarían su división de opiniones ante el extraño personaje. Pero Úrian le ha visto entrar en la casa de las paredes blancas. Intenta irse con él, pero Rashnaw le corta el paso de inmediato.

—¿Adónde vas, Úrian?

—¡Dejadme! Debo hacerle una pregunta a ese hombre.

—No sé si puedo dejarte salir —dice el monje—. Además, creo que tengo las respuestas que necesitas.

Úrian pierde de pronto toda la tensión. Si antes se oponía a la fuerza con que el viejo monje intentaba retenerle, ahora le mira sorprendido.

—¡Explicadme! —exclama.

El azul del cielo se muestra desvaído. Como si alguien le hubiera vertido un chorro de agua encima y jugara a diluirlo con torpeza. Yù lo mira divertida, expectante. Sabe que una bandada de pájaros lo cruzará; intuye su proximidad. No podría explicar el porqué de este don, el que le permite adivinar, anticiparse a los hechos. Pero la joven sabe que, si se concentra en desearlo, aparece. Nunca lo pone en duda; este es el secreto, creer a ciegas.

La confidencia vino de la mano de un prestidigitador como no ha conocido ningún otro, Navid, su primer maestro. También a ese monje lo apartaron de su lado, pero nunca podrán borrar sus enseñanzas.

—No tengas miedo, Yù. Presta atención a las coincidencias que irán sucediéndose a tu paso y da forma a los milagros que contienen tus sueños —decía Navid, siempre con una mirada resplandeciente, una mirada que la hacía sentir única, mientras la tenía sentada sobre su regazo y le iba mostrando cómo leer la vida.

Primero se trató de un juego, de un pasatiempo infantil que los conectaba; más tarde, se convirtió en un hábito para la pequeña Yù. Mucho tiempo después, la joven lo incorporó a su ideario, convirtiéndolo en un ritual complejo que le serviría para comprender la profundidad de un mensaje que, lejos de desvanecerse, ha ido emergiendo.

Yù mira el cielo. No le duele la espera, todo lo contrario, disfruta como el niño que aguarda a su madre en el umbral de la puerta, mientras escucha sus pisadas.

El corazón toma ritmo y... ¡de pronto se hacen presentes! Cientos de aves volando en formación, circunscribiendo la belleza dentro del rectángulo de cielo que le ha sido otorgado. Las observa cambiar de rumbo en su tránsito fugaz por la escena. Todas ejecutan los mismos movimientos, conforman sincronías irrepetibles. Cada una se mueve en armonía con todas las otras sin la necesitad de un caudillo. Está convencida de ello. Es como mirar el interior de un calidoscopio, cambian el curso todas a la vez y dibujan nuevos hologramas enigmáticos. ¿Cómo explicar que ni siquiera se froten las plumas, que no tropiecen unas con otras en pleno vuelo?

Yù recuerda las palabras de Navid.

—Forman un solo organismo, Yù. Bailan al ritmo del cosmos.

La muchacha repite estas palabras como un mantra: «Bailar al ritmo del cosmos.» Entonces piensa que si no se deja llevar por la aflicción, si permanece en contacto con la naturaleza esencial de las cosas, como hacen los animales, podrá vivir feliz.

Medita cada día. Disipa su soledad conectándose al universo, a los movimientos de las estrellas, de las aguas. La naturaleza es un conjunto de sonidos que se armonizan; ella también siente que forma parte de esa música.

El ritual sigue con la recitación de sutras. Los eleva en memoria de su madre. Fue su abuelo quien le transmitió esa forma de espiritualidad. Se había convertido al budismo tras profesar el taoísmo durante buena parte de su vida, y consideraba los sutras una ayuda para facilitar que las almas errantes pudieran traspasar el umbral hacia el paraíso.

Fu Ming-Li le enseña el «sutra del loto» y le explica que el monje Zhivi lo difunde en un monasterio próximo al monte Tiantai. La muchacha reflexiona en torno a una de sus verdades: «Todas las cosas son de manera absoluta irreales y de forma provisional reales al mismo tiempo.» ¿No es, pues, su cautiverio entre paredes blancas tan real como el de las emperatrices en palacio o el de los soldados en guerra?

Pero Yù se esfuerza en recordar los sutras en sánscrito. Los que recitaba cuando niña, como una melodía, acompañada por la dicción grave de Navid.

—¡No entiendo qué dicen, Navid! —se quejaba la pequeña Yù.

—No tiene importancia, créeme. Los sutras son un bálsamo para el alma, no hace falta comprenderlos —se apresuraba a explicar el monje.

—Pero...

—No te obceques en pasarlo todo por el tamiz de la razón, Yù. Tu alma los entenderá, aunque tú no lo hagas. Recuerda, se trata de los sonidos de la naturaleza y su significado está implícito.

Entonces le explicaba que se podían andar los caminos de muchas formas diferentes, pero si se tomaba uno que ya habían recorrido muchas personas antes que nosotros, uno transitado por millones de individuos, durante miles de años, el viaje resultaba más sencillo.

La niña hacía un acto de fe y los recitaba, confiada.

Hoy Yù, tras ver la bandada de pájaros, también se abandona. Se sienta cerca de la ventana y escucha el viento. Percibe su murmullo desde dentro, después repite unas palabras y se imagina agua, un agua capaz de reflejar la luz, toda la luz. Observa el cerezo en flor y siente que es un espejo de su propia belleza interior, que su belleza también a él le engalana.

Sonríe.

Enseguida, el mismo viento que ha sido inspirador de esos instantes le trae los sonidos de la rebelión.

Rashnaw no imaginó en ningún momento las consecuencias que tendría la historia de Yù en el espíritu joven y soñador de Úrian. De haberlo sabido, se dice mientras duda sobre el próximo paso a dar, no le habría contado nada. No ahora, en esta casa del recinto imperial de Wuhan, al acecho de una amenaza exterior difícil de prever.

Han pasado más de tres horas desde que Fu Ming-Li salió, pero la situación se mantiene inalterable. Los soldados de Lysippos, ante la ausencia de noticias, hace rato que han relajado sus músculos. Sí, vigilan cualquier ruido, pero han perdido la tensión del peligro inminente y algunos empiezan a hablar entre ellos. Rashnaw y Tistrya rezan al fondo de la habitación, arrodillados ante la pequeña imagen de Cristo que el joven monje ha transportado en sus alforjas desde Constantinopla. Solo Xenos se muestra extraordinariamente inquieto. No ha apartado los ojos de la ventana mejor situada, y a cada grito que les llega del exterior se estremece y coge con más fuerza la mano de Najaah. Ella no se ha movido de su lado.

Las impresiones del tejedor son incompletas. Absorto en la contienda, ha perdido de vista lo que sucede en el interior. La realidad de la casa es que Úrian, después de aprovechar el momento en que su padre salió en busca de agua para los vigilantes del patio, se ha escabullido por la puerta principal ante la indiferencia de Lysippos.

—¡Vos le habéis visto! ¿Por qué se lo habéis permitido? —pregunta Tistrya con una voz que denota preocupación.

—A veces no es fácil ir contra la determinación de una persona, amigo mío. Úrian sólo cumple su destino —responde Rashnaw.

—¡Eso es una locura! Además, ¿cómo podéis saberlo? ¿Y si lo matan? Nuestra obligación es informar a su padre.

—¿Con qué propósito? ¿Para que salga a buscarlo? Entonces serían dos los que estarían en peligro —argumenta Rashnaw mientras Tistrya da un paso atrás y se apoya en la pared.

—Os admiro mucho. Sois mi maestro, y bien sabe Dios que, además de por mi padre, nunca he sentido por nadie tanto respeto. Pero a veces no os entiendo.

—Ese es el más alto grado de respeto que puedes sentir por los otros, Tistrya, dejar que hagan su voluntad, aunque nos resulte incomprensible.

Por toda respuesta, el joven monje se acerca a la ventana que hace a la vez de observatorio para Xenos y Najaah. El tejedor se gira durante un instante, pero su mirada parece perderse en algún punto indeterminado detrás de él. Luego vuelve a centrarse en la vigilancia del patio, como si cualquier otra manera de ocupar el tiempo fuera intrascendente.

Es en ese instante cuando todo se precipita. Xenos alerta al soldado de la cicatriz. Este, sentado a la mesa, limpia con parsimonia una pequeña espada. Su reacción es inmediata, se acerca a la ventana y entiende la alarma del tejedor.

Los dos soldados que vigilan el patio ya no están en su lugar. Sus órdenes eran taxativas. No hay margen, pues, para las dudas. A su señal, el resto de los hombres ocupan la posición asignada. Transcurren unos segundos de silencio hasta que la puerta de la casa empieza a abrirse lentamente.

Los bizantinos se funden con las paredes de madera para que los intrusos se confíen. Los monjes, como un cebo involuntario, quedan en primera línea a la vista de los cuatro soldados imperiales. Nada más verlos, atraviesan decididos el umbral. Solo tienen tiempo de esbozar una sonrisa antes de notar el hierro atravesando sus cuerpos. Tistrya aparta la mirada mientras Lysippos limpia su arma con las ropas de los muertos. Se topa con los ojos del tejedor, interrogantes; siente un escalofrío en su cuerpo al descubrir la ausencia de Úrian. El joven monje se siente culpable por su ignorancia, pero, por toda respuesta, solo es capaz de encogerse de hombros.

Xenos se dirige a la mesa, coge una de las espadas de reserva y, tras discutir con el soldado de la cicatriz, sale de la estancia seguido de Najaah. Ni siquiera se detiene ante los cuerpos sin vida de los vigilantes que, con su sangre, manchan la pared y el suelo del patio.

En este instante, bajo la mirada reprobatoria de Tistrya, Rashnaw se acerca a los soldados chinos y reza una plegaria.

6

Wuhan
Mayo, 552

Los laberínticos jardines del recinto imperial han permitido a Úrian avanzar sin sorpresas. Pero al llegar ante la casa de paredes blancas, oculto tras unos setos, contempla una escena escalofriante. Un grupo de guardias arrastra el que parece a todas luces el cuerpo moribundo de una mujer. El muchacho siente las quejas apenas perceptibles y en un momento de lucidez contiene el deseo de salir en su ayuda. Un rastro de sangre indica que ha sido herida ante la puerta, pero intentan llevársela hacia algún lugar.

Los hombres siguen gritándole como si la causa de su destino estuviera motivada por la realización de algún acto prohibido, pero a la mujer no le quedan fuerzas y su cuerpo inerte vence la voluntad de los soldados. Estos, sin darle la más mínima importancia, deciden abandonarla.

Úrian observa cómo, lentamente, se voltea quedándose en posición fetal. El amasijo en el que se han convertido sus ropas le impide ver el rostro. Se abre paso entre los setos con intención de ayudarla, pero escucha un nuevo ruido a su derecha. Inmóvil, ve aparecer poco después a un hombre que se acerca a la mujer. Enseguida reconoce al personaje que, unas horas antes, les advirtió sobre el cariz que tomaba la situación. Fu Ming-Li se arrodilla frente a la desconocida y la toma entre sus brazos. El hijo del tejedor no puede resistir por más tiempo la espera y se le acerca.

—¿De dónde sales, muchacho? Os dije que era muy peligroso... —exclama el chino, mirando a su alrededor.

La mujer respira con dificultad, pero saca fuerzas para librarse del abrazo de Fu Ming-Li y se inclina hacia el suelo. Allí dibuja con su dedo índice unos caracteres incomprensibles para Úrian...

原谅

El hombre, que parece haber olvidado la presencia del joven, los contempla con angustia.

—Decidme que no se trata de la muchacha cautiva —ruega Úrian, dejando escapar parte del terror que siente.

—¿La muchacha cautiva? —responde el chino, visiblemente confundido—. ¡Supongo que te refieres a la pequeña Yù! No, no es ella...

Una duda cruza los ojos del hombre. Se levanta, indica a Úrian con la mirada que se quede a cargo de la mujer y desaparece en dirección al interior de la casa. Pero la moribunda ha usado su último aliento en la escritura de los signos. Úrian, al comprobar que su presencia allí es inútil, atraviesa el umbral en busca de Fu Ming-Li.

—¿Sois vos? —pregunta Yù con voz apenas perceptible.

—Sí, no sufráis.

—¿Y Zhao?

—Mucho me temo que, al intentar huir, los soldados la han matado —explica el preceptor sin demasiada emoción tras cruzar unas palabras con Úrian.

—Le dije que no lo conseguiría... —La muchacha se sienta en la bancada del pequeño estanque y sumerge la mano en el agua hasta la muñeca.

—Antes de morir ha dejado escrito en la tierra un mensaje, quizás era para vos...

—¿Qué decía? —pregunta Yù, luchando contra su deseo de mirar fijamente a los dos hombres.

—Ha escrito «Perdón».

Yù se gira de nuevo hacia el agua. Adopta un ademán melancólico y el hijo del tejedor piensa que es como si la muchacha sintiera la tentación de zambullirse en ella para despertar de aquella pesadilla. Fu Ming-Li quiere saber más.

—Y vos, ¿os encontráis bien? ¿Os han hecho daño?

El chino siente que el corazón le late en la garganta. La muchacha no responde. Recelosa por la presencia que se esconde detrás de su preceptor, saca la mano del agua. Lentamente, se apacigua su danza trémula hasta que las imágenes se dibujan diáfanas en la superficie. El agua acoge sus contornos y una última flor de cerezo flota sin prisas. Por primera vez Úrian y Yù se reconocen.

Fu Ming-Li sigue hablando, pero ninguna de las dos figuras se mueve, como si tuvieran miedo de romper el encantamiento.

Úrian no comprende el idioma en que se comunican, pero de otra manera tampoco hubiera sido capaz de descifrar una sola palabra. La visión de la joven le mantiene atrapado. En medio del jardín, traga saliva y sigue en silencio.

El chino se acerca al muchacho y lo coge por el brazo.

—No es prudente que estés aquí, los soldados pueden regresar...

Pero nada de lo que diga el preceptor tiene más fuerza que la atracción de aquel espejismo.

—Supongo que ella es la persona por quien preguntabas, joven. Su nombre es Yù. Pero hazme caso, vuelve con los tuyos. Hablaremos más tarde, tu presencia nos pone en peligro. ¡Te lo ruego, vete!

Úrian permanece inmóvil, sorprendido de su propia mudez.

—Nunca he faltado a mi palabra; si realmente quieres ayudarla, debes confiar en mí —le incita el preceptor.

El muchacho da unos pasos atrás, sin girarse, después se pierde entre el revuelo que rodea la casa.

—¡Cierra la puerta!

Son las últimas palabras que escucha de Fu Ming-Li. Al cumplir la orden, el ruido de los batientes le produce angustia; es como un peso que le ahoga.

Tuvo la misma sensación al apartarse de Fiblas, y mucho antes, cuando dejaron atrás a su madre en la lejana Corinto. Confuso, inicia el camino de regreso. La casa de paredes blancas se hace pequeña a medida que crece su desasosiego.

—¡Úrian! ¡Al fin!

Una voz conocida le devuelve a la realidad. Sin saber cómo siente los brazos de su padre abrazándolo. Najaah respira hondo y mira al cielo, como si diera las gracias por encontrarlo sano y salvo. Las preguntas sobre su huida se encadenan. Pero el muchacho sigue sin encontrar las palabras adecuadas, como si todas convergieran en una sola...

—¡Yù!

En definitiva, el derramamiento de sangre que ha tenido lugar en los aposentos de los viajeros sirve de bien poco. En el momento de conocer los hechos, Yuandi ha enviado el número de guardias suficiente para apresarlos. Ni Lysippos ni sus hombres se pueden enfrentar a un ejército y acaban de bruces en la misma sala donde les recibió el príncipe de Yuzhang.

Ahora la situación es distinta. Yuandi no parece dispuesto a establecer ninguna alianza con ellos ni, al parecer, a otorgarles privilegios que faciliten su estancia. No es difícil entender que les considera unos intrusos, que su presencia dentro del recinto imperial obstaculiza sus planes. El emisario toma la palabra después de una larga conversación con el nuevo emperador. Rashnaw no ha entendido prácticamente nada, pero tiene la sensación de que Yuandi usa el mismo portavoz porque no le queda más remedio, quizá porque es el único que sabe griego.

—El emperador dice que no sois bienvenidos, que no quiere presencias extranjeras en Wuhan. Ahora mismo debéis abandonar el recinto imperial.

—Pero su hermano prometió que nos ayudaría —exclama Xenos indignado.

—Ya os he dicho que la situación ha cambiado radicalmente. No conduciría a nada bueno rebelarse contra las disposiciones reales, consideraos afortunados. Tenéis mucha suerte.

—¿Suerte? ¿En qué consiste nuestra suerte? —pregunta Rashnaw casi con ironía.

—El emperador ya había dictado vuestra ejecución, pero algunos nobles le han hecho cambiar de idea. No sería bueno que en las rutas comerciales se hablara de su crueldad con los extranjeros.

—Sois valiente —dice el monje, sorprendido por la sinceridad de Fu Ming-Li.

—No tengo mucho que perder —responde mientras Rashnaw lee la resignación en su mirada—. Si no sigo sus órdenes seré ejecutado, pero soy un hombre que era leal al anterior príncipe y no espero que se respete mi vida, pase lo que pase.

—¿Y no habéis pensado en huir? —interviene Xenos, quien no se ha perdido ni una sola palabra de la conversación.

—No es posible huir de Wuhan. Más vale que os lo saquéis de la cabeza, si es que lo habéis pensado en algún momento.

El emisario detiene las confidencias al intuir que Yuandi empieza a desconfiar de la conversación que mantienen. Indica a los bizantinos que den unos pasos atrás, pero antes les da un último consejo.

—Podríais refugiaros en el convento nestoriano. El emperador quiere echarlos de la ciudad, pero algunos miembros de la familia real tienen en gran estima a los monjes por sus conocimientos de medicina.

Rashnaw le agradece el consejo e inmediatamente los guardias les acompañan fuera de la sala de audiencias. En el exterior les espera Úrian.

—Contadme. ¿Qué ha pasado en palacio?

—Debemos salir del recinto imperial. Las cosas se ponen difíciles para nosotros; el nuevo emperador no solo es un tirano sin escrúpulos, sino también un asesino.

—Te espero a la hora de la rata, junto al sauce situado a los pies del puente de hierro —dice furtivamente Fu Ming-Li al joven tejedor, antes de desaparecer a buen paso.

Úrian no dispone de tiempo para pedir explicaciones. No sabe de qué hora se trata, tampoco ha visto nunca el puente de hierro, pero se las arreglará para no faltar. Cueste lo que cueste.

El día en el monasterio pasa más lento que de costumbre. Rashnaw le ha explicado que aquella hora con nombre de animal marca la medianoche, que el puente de hierro cruza el río y la zona puede ser peligrosa. Y cada vez más convencido de que el ser humano es responsable de su propio destino, añade:

—¡Que Dios te bendiga, Úrian!

Y mirándole amorosamente, no pregunta por sus motivos.

Xenos está nervioso, malhumorado. A quien quiere escucharle, le dice que las cosas van de mal en peor y reniega con cualquier excusa quejándose de su suerte. Mientras tanto, Tistrya pasa las horas muertas con *Explorador*. El caballo parece recuperarse poco a poco de su apatía, o quizás es el joven monje quien se cura en su compañía.

La luna creciente ilumina el camino del muchacho de Corinto. La única que ha advertido su partida es Najaah y sonríe con complicidad. Úrian siente que el sudor le humedece las manos. Su nerviosismo aumenta a medida que avanza y le hace respirar de manera acelerada. Camina por calles desiertas. Los habitantes de Wuhan se han encerrado en sus casas por miedo a la revuelta. Solo unos guardias ebrios se mueven con torpeza alrededor de las tabernas.

Mientras baja en dirección al río, ve el sauce asomar por encima de los tejados; unos pasos más allá escucha el murmullo suave del agua.

—El puente no debe de estar lejos —piensa Úrian, y estira el cuello en busca de algún indicio.

No se equivoca. Sus ojos admiran un puente colgante que brilla bajo la luz de la luna. Úrian nunca ha visto nada igual.

—¡Si Fiblas pudiera contemplarlo! —exclama al darse cuenta de que está fabricado con cadenas, como aquellas que montaba el amigo desaparecido en la herrería de su padre.

Ese pensamiento le entristece y, por unos instantes, la visión del paisaje se enturbia. La silueta del chino al borde del sauce, recortado en la noche, le da ánimos para continuar.

—No tenemos tiempo que perder, muchacho. Sígueme y no digas nada, pase lo que pase. ¿Te queda claro? —advierte Fu Ming-Li, echándole sobre los hombros una capa de seda y pidiéndole que se cubra la cabeza con un sombrero propio de la nobleza china.

—No os preocupéis, haré lo que vos me digáis.

—Bien, pues para empezar no te separes de mí. ¿Estamos de acuerdo? —El preceptor mira a Úrian con ademán serio, como si para seguir avanzando necesitara una seguridad plena sobre el pacto que han establecido.

—¡Estamos de acuerdo! —responde el muchacho ceremoniosamente.

A las puertas del recinto imperial, Fu Ming-Li cruza unas breves palabras con los guardias. Segundos después, ya sin obstáculos, los dos personajes entran en el lugar prohibido. Caminan en silencio, bordeando los jardines durante largo tiempo. El joven tejedor conoce el espacio por donde se mueven, sabe que la casa de las paredes blancas no está demasiado lejos. Cuando se enfrentan a una calle empinada, Úrian se detiene de inmediato.

—¿Qué te pasa? —pregunta el chino, mirando inquieto a su alrededor.

—Perdonad, pensaba que íbamos a...

—¿No has dicho que confiabas en mí? —pregunta el preceptor.

—Sí, claro. Lo siento, solo me preguntaba si...

—No te detengas o podemos tener problemas. ¿Me dijiste tu nombre?

—Úrian, señor. Me llaman Úrian.
—Pues camina, Úrian. Nos jugamos la piel.

Fu Ming-Li y el joven tejedor dejan a un lado la casa de Yù para adentrarse en otra de pilares rojos como las tejas que en dos niveles superpuestos configuran una edificación de madera con celosías verdes. Una vez en el interior, el chino coge una lámpara de bronce y la enciende. Tiene una forma muy original, a los ojos de Úrian; es la imagen de una vaca con los cuernos vacíos y curvados que unen el área de la llama con la base de la lámpara.

—¿Te gusta? —pregunta Fu Ming-Li, que advierte la curiosidad en sus ojos.

—Es extraña —responde Úrian, sin saber si es o no de su agrado.

—Mira, el humo va por el interior de los cuernos hasta la base, entonces se disuelve en el agua. Así no se ensucian los aposentos con la fumarada.

El joven tejedor asiente con la cabeza mientras avanza por un pasillo hasta llegar a la habitación del fondo. Entonces, bajo la luz tenue de la llama, el preceptor le pide que se siente y escuche atentamente.

—Sé que Rashnaw te ha confiado el secreto que envuelve a Yù. Yo nunca me habría atrevido a revelarlo si no estuviera muy preocupado por los últimos acontecimientos. Según mi parecer, la situación actual puede cambiar nuestras vidas.

—Creo entenderlo —dice Úrian.

—No, no tienes ni idea de la crueldad que puede albergar Yuandi. Piensa que ha sido capaz de matar a su propio hermano. Ahora tiene el imperio bajo sus pies, y nada ni nadie puede detenerle.

Úrian va abriendo los ojos a medida que Fu Ming-Li avanza en su exposición. Se resiste a creer el alcance de las palabras del chino.

—Pero ahora que su padre ha accedido al trono, Yù es princesa, ¡su lugar está en la corte imperial! —exclama el muchacho con voz firme.

—Querido Úrian, si no hubiera sido por su abuelo, que la protegió mientras fue emperador, Yù... —Fu Ming-Li baja la cabeza y no es capaz de acabar la frase.

—Hace un año que murió el sabio emperador Wu de Liang y Yù ya ha cumplido dieciséis. ¡No se ha llevado a cabo la promesa de liberarla! —dice el muchacho, visiblemente contrariado.

—No lo han hecho, es cierto. Al hermano de Yuandi le importaba poco el destino de Yù, tenía cosas más importantes en las que pensar. Ahora...

—¡Debemos explicárselo! ¡Yù debe saberlo! —interrumpe Úrian. Después en voz baja añade—: Me gustaría poder ayudarla.

—Quién sabe si vuestra presencia en Wuhan no estaba escrita en las estrellas.

Fu Ming-Li aparta un cortinaje que cubre la pared, ante él aparece una pequeña puerta.

—Entra, ella te espera.

—Pero... ¿vos no me acompañáis? —pregunta el muchacho con la boca abierta.

—No, Úrian. Yo he callado durante todo este tiempo. Esperaba que la liberaran. Pero, de alguna forma, también siento que he traicionado su confianza. No quise poner en peligro los privilegios que se me otorgaban... Ahora, quién sabe qué será de mí y de mi familia. Entra y explícale, confío en que sabrás cómo hacerlo. Puedo adivinar la nobleza de tus actos. Tienes algo que te hace distinto...

El chino abre la puerta e invita a Úrian a traspasarla.

—Pero ¿cómo nos entenderemos? ¡Yo no hablo vuestra lengua!

—Ella conoce el griego; de muy pequeña se lo enseñaron. ¿Recuerdas?

Úrian ata cabos con dificultad y penetra en un espacio que se le antoja sagrado. Fu Ming-Li abre los batientes de una celosía que corona la puerta.

Una brisa suave hace bailar las piezas del instrumento musical que días antes habían instalado. Alguna de ellas golpea las otras y libera un tintineo dulce. Es el primer sonido que escucha Úrian. El olor perfumado de incienso le invita a cerrar los ojos. Respira profunda y largamente.

Desde el aposento ve la habitación de Yù y, al fondo, el patio. Ella permanece sentada al borde del estanque, donde la descubrió por primera vez. Es una visión que todavía le trastorna.

Se acerca en silencio. La observa con la calma que le otorga el secreto de su presencia. Lleva una túnica de damasco verde que le llega hasta los pies; sobre ella se superponen tres camisolas de seda que muestran diferentes longitudes. Son de color malva como las flores de ciruela.

Yù se cubre las espaldas con un tul de gasa blanca, parece una diosa. Úrian tiembla de pies a cabeza. Abre la puerta secreta. No quiere asustarla, intenta pronunciar su nombre en voz baja, pero ninguna palabra sale de su boca. Lo intenta de nuevo con toda la ternura de la que es capaz.

—¡Yù!

La muchacha se gira extrañada y dice algo que Úrian no puede comprender.

—Perdona, no entiendo...

Yù sonríe y se ruboriza ligeramente, después se dirige a él en griego.

—¡Oh! Lo siento. Es la costumbre. Decía... ¿Por dónde has entrado?

Las palabras quedan suspendidas sobre el cerezo rebosante de frutos verdosos. La muchacha avanza unos pasos y se sientan al borde del estanque. Úrian se esfuerza para encontrar las palabras y finalmente le habla del escondrijo desde donde su abuelo la vio crecer. La muchacha no le mira, una lágrima humedece el vestido de seda sobre el regazo.

—¿Cómo sabes todo eso? —dice con la cabeza baja.

—Tu preceptor...

—¿Él lo sabía? Cómo puede ser que nunca...

Por primera vez, Yù clava sus ojos en Úrian y a él se le queda grabado en la retina el verde más luminoso que nunca habría podido imaginar.

—Es el color del jade —murmura, y es como si el mundo se parara de repente en torno a esta reflexión.

—¿Cómo dices? —pregunta Yù.

—Perdona... —contesta él, turbado.

—Te preguntaba el porqué del silencio de Fu Ming-Li —continúa ella.

—Quizás eso no sea lo más importante, Yù...

—¿A qué te refieres? ¿Todavía hay más? —interrumpe ella, impaciente—. ¿Te ha dicho...? ¿Acaso él sabe el motivo de mi cautiverio?

—Verás, no es sencillo. Tu madre te dejó una carta antes de morir.

—¿Una carta? ¿Dónde está? ¿Por qué nadie me la ha hecho llegar?

Los ojos rasgados de Yù centellean como esmeraldas, los grillos cantan en algún lugar del jardín. Úrian daría cualquier cosa por cambiar la realidad, por ahorrarle el dolor que sabe que le infligirá escuchar aquella historia, su historia.

—Por favor, sigue —ruega la muchacha a media voz.

—La carta estaba, igual que su diario, escrita en lenguaje Nü Shu.

—¿Lenguaje Nü Shu? ¿De qué me estás hablando?

—Es un idioma muy antiguo, un idioma secreto. Lo utilizaban las mujeres de clase baja que no tenían derecho a aprender a leer y escribir. De esta manera se comunicaban entre ellas; lo camuflaban como si fueran dibujos decorativos, en jarras, abanicos y pinturas. A menudo lo usaban para dar consejos y recomendaciones a sus hijas preparándolas para el matrimonio.

—¡No entiendo qué quieres decir! Mi madre no era de clase baja, ¡estaba instruida en las mejores disciplinas! ¿Por qué...? —El rostro de Yù parece a punto de romperse.

—Tu madre tenía un secreto, Yù. A su muerte, Zhao lo desveló para ganarse un lugar de privilegio en la corte, pero Yuandi castigó su traición...

—¿Zhao? También ella... Por ese motivo le cortaron la lengua... Ahora entiendo por qué pedía perdón. —Yù se sujeta la cabeza con ambas manos, como si el gesto fuera capaz de amortecer el dolor—. Pero ¿cuál era el secreto de mi madre? ¡Dime!

—Navid...

—¡Mi primer maestro! ¿Qué tiene que ver él?

—Navid, tu maestro y consejero real, el monje nestoriano, es... —Úrian nota la boca seca, trata de endulzar la voz tanto como puede y prosigue—: Es tu padre, Yù.

La muchacha siente como si el cielo bajara del pequeño firmamento que les guarece y toda la oscuridad de la noche se convirtiera en su tumba. Se acurruca sobre ella misma y se columpia, como si el balanceo fuera capaz de adormecer la pena que la ahoga. Úrian querría abrazarla, pero no se atreve ni siquiera a rozar sus ropas. Pasados unos minutos, Yù le mira suplicante.

—¿Tú sabes dónde está ahora mi padre? ¿Lo sabes?

—Sé lo que explican los monjes del monasterio nestoriano en el que estamos acogidos. Por lo visto, tras ser castigado, le encerraron en unas mazmorras. Nadie le ha vuelto a ver.

7

Wuhan
Mayo, 552

El día ha amanecido lluvioso. Yù mira la cortina de agua que cae de entre los tejados y escucha la melodía que componen los charcos al acoger la llovizna. De repente, tiene la sensación de que el cielo también quiere acompañar su pena.

Le ha sido imposible dormir. Se ha esforzado en convocar recuerdos de su niñez, como reencontrarse con la placidez que le transmitían los ojos de Navid, tan verdes como los suyos.

Escoge palabras oídas en pasados remotos y, poco a poco, va enhebrando sus significados. Recuerda el último mensaje que le dirigió Yuandi, con la rabia transfigurándole el rostro. Sucedió poco antes de ordenar su cautiverio.

—¡*Diàn Yù*!

Durante años ha querido conocer el porqué de aquel insulto: ¡Jade defectuoso! Ahora entiende que la apartara de su vida. Quizás ya sospechaba la verdad cuando la miraba con frialdad, casi con espanto, a medida que sus facciones se le hacían extrañas, enemigas.

Yù no puede dejar de pensar en su padre. Antes de que Úrian abandonara el aposento, le pidió que lo buscara. Necesita saber si está vivo. ¡Tiene tantas preguntas que hacerle!

Sueña que un buen día podrán sentarse uno al lado del otro y hablar de todo, quizá recordar a su madre. Añora sus manos blancas de dedos largos tocando la cítara, la melodía que guarda para sus peores noches, aquellas en que la nostalgia lo invade todo. Se sentaban sobre cojines de seda, con la música fluyendo en forma de energía invisible, llenando el espacio de una poesía apenas insinuada.

A lo largo del verano aquellos sonidos tenían la belleza del vuelo de las mariposas, y cuando hacía frío, a cobijo de la lumbre, eran suficientes para envolver la magia de las historias que explicaba Navid.

—¡Cómo debían de sufrir mis padres! —musita Yù, con un nudo en la garganta.

Aún escucha la voz de su madre explicando que la armonía de las cuerdas más gruesas te aproxima a la calma, mientras que la transparencia de las cuerdas más finas te transmite claridad. Todavía siente aquellas palabras que la invitaban a escuchar la música.

—¡Déjate llevar, pequeña Yù! Verás cómo, poco a poco, los sentimientos de malestar se disuelven y la sensación de desconcierto se desvanece.

Yù se pregunta qué hará para disolver el desconsuelo que la ahoga. Su mirada es triste, como hecha de niebla. Es una mirada capaz de contener todo el gris de la lluvia. En el exterior, el cielo empieza a teñirse de azul.

De pie, en el umbral de la puerta, deja caer la cabeza hacia atrás. Se llena el pecho con el aroma que emana del vientre tibio de la tierra al humedecerse. Observa las gotas deslizándose del cerezo y haciendo círculos concéntricos en los charcos del jardín. Una sonrisa leve se insinúa en su rostro.

—¡Parecen mandalas! —murmura al advertir cómo la naturaleza celebra la vida en cada una de sus manifestaciones.

Se acerca. Se desnuda de los sentimientos de angustia y se deja llevar. El pequeño espacio que pretende encarcelarla se diluye en su deseo de trascender.

De pronto nota una presencia en el aposento. Se gira y un cosquilleo la recorre de arriba abajo; busca un rostro...

Pero no es su nuevo amigo quien ha venido a visitarla. La figura de Fu Ming-Li parece esculpida en mármol bajo el umbral de la puerta. Los ojos de la princesa mudan de la luz al fuego, pero muy pronto regresan al agua del charco, bajo el cerezo.

El despecho se transforma en compasión y, sin prisas, recorre el camino que les separa. El hombre sigue con la cabeza baja mostrando una actitud de derrota. Yù le coge de la mano, andan unos pasos.

—Esperad a que caiga la gota. ¡Ahora! ¿Verdad que parece un mandala? —dice como quien reza una oración ante el movimiento ondulante en la piel del agua.

—Yo... Venía... No sé si podréis perdonarme... —titubea el preceptor, sin atreverse a mirarla.

—Mi abuelo y yo hacíamos mandalas. Recuerdo el día en que me trajo la arena. Durante mucho rato permanecimos el uno junto al otro en silencio. Luego me explicó que pueden escucharse las caricias del mar si cierras los ojos con fuerza. Y yo me lo propuse, yendo tan lejos como pude; pero no sentí nada. Con el paso del tiempo me instruyó en ese arte. La fuerza está en el círculo, me decía. A medida que nos alejamos del centro nos abrimos hacia la exploración del universo. Como esa gota expandiéndose hacia los extremos. ¿La veis? —pregunta la princesa, señalando el temblar de los círculos líquidos.

Fu Ming-Li la escucha con un silencio reverente.

—¡Pero todavía hay otra fuerza! Aquella que nos vuelve a convocar hacia el centro. Es el regreso hacia nosotros mismos. Hizo falta mucho tiempo para que fuera capaz de entender el alcance de su mensaje. ¿Os dais cuenta? Todo alrededor del círculo, ¡simbolizando el mundo entero!

El preceptor sigue con los labios cerrados, dispuesto a soportar cualquier reproche, a implorar el perdón. La actitud de la muchacha le desconcierta.

—Bien —insiste Yù—, ahora sé que el emperador Wu de Liang no era mi auténtico abuelo..., puede que no lleve su sangre, pero me infundió su esencia. ¿Sabéis? Fue el primero que me enseñó a mirar con otros ojos. Después vino Navid... Mi padre... —concluye Yù con voz rota.

La vergüenza hace que Fu Ming-Li se encoja de hombros. Querría estar en la piel de un caracol, para poder introducirse en el interior de su caparazón. Pero se encuentra frente a ella, de pie, a su merced.

—Ahora empiezo a verlo todo claro. Me hacían falta respuestas. ¿Me entendéis, verdad? —pregunta Yù.

Por toda confirmación, el chino hace un gesto casi imperceptible con la cabeza.

—¿Cómo rezaba aquella meditación sobre los pensamientos? Vos me la enseñasteis. ¿Cómo era? —La joven cierra los ojos y empieza a recitar—: Los pensamientos son...

—Los pensamientos son como nubes en el cielo. Sopla con ternura sobre ellos y verás con claridad la infinitud del universo —declaman juntos, a media voz.

Mientras se apagan los ecos de la revuelta, los viajeros se sienten seguros bajo la protección del monasterio nestoriano. Rashnaw no ha querido hacerles partícipes de sus dudas, compartir la sensación creciente que le invade. Todo será más difícil a partir de ahora. Esa incertidumbre empequeñece ante una complicidad inesperada. Fu Ming-Li les mantiene informados de lo que ocurre en palacio, e incluso, después de interminables conversaciones con el monje, accede a clarificar el paradero del padre de Yù.

En una reunión de urgencia, la totalidad de los bizantinos se ponen de acuerdo en usar parte del dinero que tenían reservado para posibles eventualidades. El preceptor puede sobornar a los guardianes con el fin de bajar hasta las mazmorras más antiguas de Wuhan, donde todo parece señalar que se encuentra el nestoriano encarcelado desde hace siete años, los mismos del cautiverio de Yù.

Tras atravesar túneles oscuros y pasillos inmundos, llegan al lugar indicado. Los murciélagos, con su vuelo indeciso, describen avisos de malos presagios en las tinieblas. A pesar de todo, Lysippos, Úrian y Rashnaw, por este orden, siguen andando. Uno detrás de otro, sin cruzar palabra; albergan la esperanza de encontrar con vida al padre de Yù. Pero algo les detiene.

—¡Esperad, he escuchado un golpe! —exclama Lysippos, pidiendo silencio con el dedo índice sobre sus labios.

El viejo monje y el muchacho de Corinto permanecen inmóviles con los ojos bien abiertos y la humedad en los huesos. Úrian se frota los brazos para vencer el escalofrío. Trata de no abrir la boca, de respirar tan levemente como puede; el ambiente infecto le provoca arcadas. Se traga el asco y aprieta los dientes.

—Yo no oigo nada. ¡Sigamos! —dice finalmente Rashnaw.

El ruido se repite unos pasos más allá. Esta vez ha sido lo suficientemente fuerte para alertar a los tres viajeros.

—Creo que proviene de la derecha —opina Lysippos.

A poca distancia de la posición que ocupan aparece ante sus ojos una bóveda que conecta con otro pasillo. El crujido ahora es más nítido.

—Nos han advertido que no abandonáramos el túnel principal, el camino de las antorchas. Debemos continuar —afirma el viejo monje.

—Pero quizás hay alguien al otro lado... —murmura Úrian, mirando hacia la dirección prohibida.

—No hay nada que podamos hacer, Úrian. Si no

salimos antes de que los guardias vuelvan, no tenemos ninguna posibilidad. Sigue y no mires atrás —anuncia Rashnaw, enfatizando cada una de sus palabras.

El muchacho siente que se le acelera el pulso, que su ropa se le engancha a la piel con un sudor frío y le hace temblar. Piensa en Yù, en la promesa que le hizo. Se dice que sacará fuerzas de donde sea y continúa su camino con determinación.

Las llamas dibujan sombras en las paredes como una danza oscura que anunciara el infierno; es allí adonde se dirigen. Lo saben y cada cual se encomienda a su Dios.

—¡Es aquí! —exclama el soldado de la cicatriz, señalando un lugar preciso en la pared.

Rashnaw y Úrian se acercan mientras Lysippos palpa la superficie ennegrecida de la roca.

—¿Cómo lo sabéis? —pregunta el muchacho, sin acabar de comprender la certeza del soldado.

—Es por la piedra —responde Rashnaw, cogiendo una antorcha con intención de iluminarla. Decidido, pasa la mano por la superficie sucia de barro y polvo y deja a la vista la totalidad de una inscripción china—. ¿Ves la marca? ¡Es idéntica a la que nos mostró Fu Ming-Li!

—Tiene algún significado, supongo... —responde el muchacho, sin la seguridad de querer saberlo.

—Sí que lo tiene. En chino lo denominan *pàn*. Representa la traición, Úrian —comenta el monje, rozándola con el dedo.

El joven, asustado, abre los ojos. Entretanto Lysippos hace palanca en una ranura de la pared con el báculo del monje, hasta que consigue abrirse paso. La piedra cede y una araña queda suspendida en el aire.

—Es una apertura demasiado pequeña, algo así como una ventana —anuncia el soldado.

Con la antorcha en la mano, Lysippos intenta iluminar la oscuridad, grita una y otra vez, pero nadie responde desde el interior de la madriguera. El silencio es absoluto.

Úrian nota un vacío en su interior. Se esfuerza en amortiguar la sensación para no ceder al vértigo. Acompasa la respiración en un acto consciente que le ayude a tranquilizarse.

—¿Qué haremos ahora? —pregunta como si no hubiera respuesta posible.

—Debemos encontrar una puerta, de alguna manera le sepultaron en ese calabozo. Seguramente hace mucho tiempo que no se abre... —masculla Lysippos, palpando el muro a ciegas.

—Este pequeño agujero sirve para introducir agua y alimentos, Úrian... Debemos encontrar la puerta. ¿Me entiendes? —pregunta Rashnaw ante la pasividad del muchacho.

—¡Sí, claro! —dice Úrian, intentando reaccionar.

Minutos más tarde, es él quien descubre los surcos en la pared que parecen anunciar una entrada. El soldado de la cicatriz repite la misma operación.

—¡Cede! —exclama, imprimiendo toda la fuerza de la que es capaz.

Rashnaw mira al muchacho y lo aparta del paso. No añade palabras a la súplica escrita en su rostro. Quiere preservarle, no sabe qué les espera en esa celda con aspecto de tumba.

Solo han tenido que dar dos pasos para que respirar se convierta en un esfuerzo. Protegiéndose la nariz con las manos, escrutan la mazmorra a la luz de la antorcha.

Como un perro viejo y herido, abandonado al impulso de lamerse las llagas, el padre de Yù yace en el suelo infecto.

—¡Dios mío! —exclama Rashnaw, alejando la llama débil y temblorosa de la antorcha para hacer más soportable la visión del hombre.

—¿Está muerto? —pregunta Úrian con un hilo de voz.

—¡Acercadme el agua, rápido! —pide Rashnaw—. No... Creo que no.

Lysippos hace guardia en la entrada de la mazmorra, pero no pierde de vista lo que sucede en el interior; escucha con nerviosismo las palabras repetidas del viejo monje.

—¡Padre Navid, padre Navid! ¿Podéis oírme? Soy un amigo; vos no me conocéis, pero no os quiero hacer ningún mal. Venimos a ayudaros.

Cuando incorporan al hombre y le retiran los cabellos enganchados al rostro, Úrian se tapa la boca con las dos manos para no gritar. Nota que las piernas no le aguantan y se apoya en la pared. Lysippos entra en la celda para socorrerle.

—¿Te encuentras bien, Úrian?

El soldado de la cicatriz se saca la capa y le da aire. Si el joven pudiera ver la escena desde fuera, habría descubierto la ternura bajo el aspecto de ferocidad que le otorga aquella marca. Pero Úrian a duras penas siente las palabras que le dirige. Al recuperarse, solo articula una frase nacida del horror.

—Le han sacado los ojos. ¡No tiene ojos, Lysippos, no tiene ojos! —balbucea desconsolado.

El gigante le abraza como hacía mucho tiempo que no abrazaba a nadie.

—¡Tranquilízate! ¡Tranquilo! Tranquilo... —le repite con insistencia, cada vez más cerca del susurro, al tiempo que seca sus lágrimas.

La serenidad regresa al cuerpo de Úrian con lentitud. Lysippos lleva el cuerpo del prisionero sobre sus espaldas y rehacen el camino hacia la superficie. Fu Ming-Li no les ha podido asegurar la ausencia de los guardias durante un tiempo determinado y no se fían de lo que pueda suceder. Pero nadie les sale al paso y llegan al monasterio sin más problemas.

Lysippos, que mientras lo cargaba ha sentido muy de cerca el estertor constante en la respiración del prisionero, les advierte:

—Preferiría equivocarme, pero creo que no le queda mucho tiempo de vida.

La hospitalidad de los monjes nestorianos con el padre Navid es incondicional. Saben que su presencia en el monasterio les compromete, pero esta circunstancia no les hace dudar en ningún momento.

Disponen una celda humilde, pero bien ventilada y próxima a la enfermería, para que el enfermo pueda disfrutar de las condiciones más favorables en su recuperación. Todos sospechan que hay pocas posibilidades de que eso suceda y le encomiendan a Dios en sus oraciones.

Rashnaw también se instala en el aposento del padre de Yù. Este hecho provoca un sentimiento añadido de soledad a Tistrya, quien se halla sin remedio más a merced de su suerte. El joven monje no acierta la manera de encajar. Mientras todos van arriba y abajo intentando ser útiles, él se siente desorientado. Se pregunta qué queda del joven de Gundishapur que suspiraba por salir al mundo. Tampoco se resigna a ser este personaje en el que se ha convertido; decepcionado, sin horizontes que trasciendan su hoy.

Dos monjes de Wuhan se disponen a lavar cuidadosamente al recién llegado antes de desinfectarle las llagas. El cuerpo del padre Navid presenta costras que parecen enganchadas a los huesos de tan delgado que está. Ninguno de sus antiguos amigos habría sido capaz de reconocerle. Dos cicatrices, medio enterradas entre arrugas mórbidas, se entrevén en el espacio que en otro tiempo ocuparon sus ojos.

—¿Por qué se los arrancaron, padre Rashnaw? —pregunta Jahan, el monje más joven de la comunidad, con un rictus de tristeza que acentúa su candidez.

—Tal vez Yuandi se sintió trastornado por un verde tan transparente, quizá lo relacionaba con algo que no podía digerir. Pero ahora ya todo eso carece de importancia, seguramente se trata de una larga historia —dice el nestoriano, intentando dar por finalizada la explicación.

—Yo no lo conocí, pero los hermanos del convento aseguran que era un sabio y que el emperador le tenía en mucha consideración. ¿Qué puede haber pasado para castigarle de una manera tan cruel?

—Solo Dios Nuestro Señor posee la potestad de juzgar. Nuestro deber es acercarnos a la miseria y las necesidades de los otros, para poder sentir compasión y socorrer a quien sufre —añade Rashnaw, poniéndole el brazo sobre el hombro con actitud paternal.

Jahan no hace más comentarios. Sigue cubriendo con bálsamos las heridas por donde fluyen sangre y pus, mientras la desvalida desnudez del hombre le provoca un profundo escalofrío.

Pero los dos monjes no están solos, alguien les mira sin osar acercarse.

—¡Tistrya! No te quedes ahí, pasa. Necesitamos manos —se apresura a decir Rashnaw.

El joven monje se aproxima con algo en las manos y, sin mediar palabra, se lo ofrece a su maestro.

—¿Qué es lo que me traes? ¿Estás bien? —pregunta Rashnaw, viendo la palidez de su discípulo y amigo.

—He pensado que lo podríais necesitar —responde Tistrya, desenvolviendo el presente y mirando al padre Navid. Ante los ojos inquietos de los nestorianos, aparecen unas hojas secas y desmenuzadas. Tistrya añade—: Son aquellas amapolas de color azul plata que recogisteis en Kaymakli, allá en Anatolia Central. ¿Lo recordáis? Entonces me explicasteis que de su vaina se extrae una leche de la que se obtiene un aceite soporífero; vos decíais que es una medicina muy poderosa.

—Sí, claro que lo recuerdo. Pero no las había vuelto a ver. Las busqué cuando Úrian enfermó, en Samarkanda...

—Las cogí yo —interrumpe Tistrya—. Pensaba que quizá mi padre las podría necesitar, pero su enfermedad no responde a las leyes del cuerpo. Ninguna hierba del mundo es capaz de librarlo de la locura.

Tras decir estas palabras y dejar sobre la mesa las hojas, Tistrya se dispone a abandonar el aposento con resignación y ademán avergonzado.

—Gracias, quién sabe si esta vez obrarán el milagro, querido Tistrya. Pero... ¡No te vayas! Puedes sernos de gran utilidad. ¿Por qué no ayudas al hermano Jahan mientras yo hago una decocción y probamos a dárselas? El remedio parece provocar el efecto deseado. Durante un par de días Navid respira con menos aflicción. Incluso responde con movimientos casi imperceptibles a la voz de quienes le hablan.

Úrian le acompaña durante todo el tiempo que su padre se lo permite. La relación entre ellos no es muy fluida. El tejedor cree que los intereses empiezan a diversificarse. El motivo que les ha traído hasta Wuhan se diluye a medida que pasan los días y se multiplican los inconvenientes. Xenos va y viene del monasterio a la ciudad; también visita el lugar donde han alojado a Najaah, fuera del recinto habitado por los monjes, pero bajo su protección.

El muchacho de Corinto no ha vuelto a visitar a Yù. Entrar en el recinto imperial sin la compañía de Fu Ming-Li es del todo imposible y hace unos días que el preceptor no aparece. Hacerlo sería una imprudencia, dada la situación en la que se hallan.

Al atardecer, Úrian se sienta junto al enfermo. Observa el paisaje desde la ventana. El agua, atravesando los canales y reflejando el violeta del crepúsculo, convierte los valles en el sueño de un espejo antiguo. En las laderas, pequeños balcones de verde tierno acogen el arroz unos meses antes de la siega. La niebla se desperdiga en forma de senderos que serpentean entre los riscos.

—Me han asegurado que a veces parecéis entender lo que os dicen, padre Navid. Yo creo en ello, aunque vuestra debilidad no os permita mostrármelo. Querría presentarme, ahora que estamos solos y no hay prisas. Soy Úrian y vengo de Corinto. Hace muchas lunas que emprendimos un largo viaje hasta Wuhan, ¡tantas que a menudo me pierdo al intentar contarlas!

»Hoy hace un día espléndido y hemos acercado la cama a la ventana para que podáis sentir la caricia del sol. El médico dice que os resulta muy beneficioso. ¡Si pudierais ver la magnífica vista desde este rincón! La torre de la Grulla Amarilla parece de oro cuando el sol resbala sobre sus paredes. Desde que me explicaron su leyenda, siempre que la veo imagino al monje... Pero quizá vos no la conocéis.

»Según cuentan, había en la ciudad un joven a quien todos llamaban Xin. Regentaba una taberna a orillas del río Yangtsé, con gran satisfacción de sus clientes. Una mañana se presentó un monje taoísta pidiendo vino. El generoso Xin le ofreció todo el que quiso y, agradecido, el monje pintó en la pared una grulla amarilla que bailaba cuando el público aplaudía. Así empezaron a llegar miles de visitantes que querían ver el aleteo del ave, tantos que el tabernero se hizo rico y famoso. Diez años después el monje regresó al lugar y utilizó la grulla para salir volando hasta perderse en el firmamento. Dicen que el origen de la torre de la Grulla Amarilla se basa en esta historia, ya que habría sido construida en homenaje a su memoria. ¡Quién sabe! A mí me gusta pensar que sucedió, ¡cosas más raras se han visto!

»Pero hay más detalles que merecen nuestra atención, padre Navid. Al otro lado del Yangtsé, se puede adivinar el lago Guanqiao. Seguramente vos habéis tenido la suerte de estar allí. Dicen que según las estaciones presenta un color distinto. También, que en primavera sus alrededores parecen nevados por la floración de las orquídeas. He podido averiguar que en verano sus aguas se engalanan con los nenúfares y que, al llegar el otoño, el aire transporta el aroma del acebo. El rojo de los ciruelos incendia el paisaje durante el invierno. ¡Cómo me gustaría ir! Siento que este entorno me armoniza. Cuando pienso en que debemos marcharnos...

»Todavía hay otro asunto del cual querría hablaros. Un hecho que se me ha presentado de improviso, invadiéndolo todo con una fuerza nunca sospechada. Se trata de Yù..., de vuestra hija...

Úrian hace una pausa y mira al hombre, como buscando alguna señal de su atención.

—La he visto, padre Navid. La he visto y siento que me ha despertado a la vida. Hay algo en sus ojos... Le he hablado de vos, ayudándole a rehacer su historia. Es una joven increíble, con una belleza que te abruma. ¡Estaríais orgulloso de ella! Yù guarda vuestro recuerdo con gran admiración, fue ella quien me pidió que os buscara. ¡La hará tan feliz saber que seguís con vida!

Un movimiento leve en los dedos del hombre alerta a Úrian. Él se apresura a cogerle la mano y siente una presión minúscula sobre la suya. Los dedos largos y huesudos parecen querer aferrarse a la vida por primera vez. El muchacho se le acerca y grita su nombre, casi le implora.

Al esconderse tras las cumbres, el sol deja de acariciarle la piel. El hombre parece buscar el rostro del muchacho. Úrian siente cómo su mirada, huérfana de ojos y de luz, le busca, tal como haría el pájaro con sus alas rotas, entre rosas y espinas. Abre la boca, pero ya no le queda voz. Unos instantes después, expira.

El joven tejedor no llora desconsoladamente, como habría hecho unos meses antes. No se deja llevar por el pánico o la impotencia, ni sale al pasillo pidiendo auxilio a gritos. Se limita a tragarse parte de su dolor y deja fluir el resto con mansedumbre en un luto íntimo que se desliza, en silencio, rodando en sus mejillas.

8

Wuhan
Junio, 552

La muerte del padre Navid altera la vida tranquila de los nestorianos de Wuhan. El superior de la comunidad tiene la sensación de que los últimos acontecimientos hacen peligrar la independencia del monasterio. Su filosofía, desde el mismo momento de la fundación, pasa por no inmiscuirse en los asuntos reales, por responder solo en la medida que se les invita por su ciencia médica o por cuestiones de astronomía y matemáticas.

Ahora, en muy poco tiempo, han intervenido en dos episodios que afectan a la soberanía imperial. Por una parte han dado refugio a un grupo de bizantinos que albergan propósitos turbios; por otra, han acogido a una persona condenada a prisión. Sobre las malas artes usadas para sacar al padre Navid de las mazmorras de Wuhan prefiere no pensar.

A pesar de todo, los ánimos del superior nestoriano están lejos del arrepentimiento. Sea cual sea la reacción de Yuandi, aunque les cueste la vida a todos los monjes del cenobio, cree que la intervención de los religiosos en este asunto ha sido *ad maiorem Dei gloriam*. Su antiguo compañero se merecía un final compasivo y bendecido por Nuestro Señor, por encima de los innegables pecados del prisionero.

Que los monjes de más edad se opongan no ha amedrentado al superior en su decisión. El muerto descansará en el pequeño cementerio que la comunidad tiene detrás de la capilla. El entierro ha sido una ceremonia sencilla acompañada por todos los habitantes del monasterio. Así lo han creído los religiosos, pero la realidad es otra. Dos personas no estaban presentes mientras se cubrían para siempre los despojos mortales del padre Navid; Xenos, el tejedor de Corinto, y el hombre de la cicatriz a quien todo el mundo llama Lysippos.

Los dos se han puesto de acuerdo para desaparecer en medio del acto, siguiendo el plan elaborado días atrás. La idea partió de Xenos, convencido de su responsabilidad en la misión que les ha llevado hasta Wuhan. Después de pensarlo durante toda la noche, descarta a su hijo por los peligros a que pueden estar sometidos, a Tristya por su falta de actitud y a Rashnaw porque, en este caso, con la filosofía no será suficiente. Decide que Lysippos es el único capaz de ayudarle en la aventura que se ha propuesto.

Es así como soldado y tejedor se escabullen del entierro para salir a las calles de Wuhan en busca de una entrada discreta que les permita inspeccionar los jardines del palacio. Tras dar muchas vueltas a la muralla del recinto imperial, encuentran su oportunidad al descubrir que una de las puertas solo está guardada por dos soldados. Lysippos lo plantea sin el menor asomo de duda...

—Nos acercaremos como si estuviéramos borrachos y caeremos sobre ellos. Yo me hago cargo del más alto. ¿Lleváis un arma, tejedor?

—Por supuesto —responde Xenos, mostrando la empuñadura de la daga que oculta bajo su túnica—, pero ¡yo nunca he matado a nadie!

—Pues creo que os ha llegado la hora.

Xenos se queda mirando a los dos soldados. No dirá nada sobre el miedo que le invade. Piensa que no es el momento de debilidades como esa, que lo único que debe importarle es el éxito de la misión.

La lucha es feroz. Lysippos se deshace con relativa facilidad del soldado más alto, pero no puede evitar un corte profundo en el brazo. Sin embargo, Xenos no es capaz de acabar con su oponente en el primer embate y queda arrinconado contra la muralla; la lanza en forma de hacha se aproxima peligrosamente a su garganta. El soldado está a punto de gritar advirtiendo del ataque, pero Lysippos carga contra él con la espada corta y se la clava en la nuca. El tejedor recibe sobre el rostro el líquido tibio de su oponente, se limpia la sangre de los ojos y siente cómo la lanza del chino le rasga las ropas antes de caer al suelo.

—¡Xenos! ¡Despertad! No es momento de venirse abajo —le reclama con energía Lysippos—. Hemos de esconder los cuerpos, de lo contrario nos descubrirán enseguida.

Xenos sale de su letargo, ve la sangre que riega la

tierra y se pregunta si deshacerse de ellos será suficiente. Cualquiera que pase por el lugar advertirá el rastro que ha dejado la lucha. Pero solo puede obedecer las indicaciones del soldado de la cicatriz. Hoy es su compañero, el hombre en quien debe confiar.

Poco tiempo después se encuentran en el interior del recinto, escondidos detrás de unos setos. Cuando residían en la casa cedida por el príncipe de Yuzhang, habían subido a la terraza para observar los numerosos jardines que les rodeaban. Ahora, tras la descripción dada por el superior del monasterio explicando la forma de los árboles que llaman moreras, no tienen dudas sobre dónde pueden encontrar los gusanos.

Pero su sorpresa es enorme. No parece haber ningún guardián que proteja el lugar. Las facilidades que se les presentan hacen dudar a Xenos, piensa si no se habrán equivocado en sus apreciaciones.

—No tiene sentido que nos dejen pasar sin más —exclama Lysippos, que desconfía de las apariencias.

—Entremos a echar un vistazo. Si no es el lugar que buscamos, ya tendremos tiempo para decidir el siguiente paso —responde Xenos, traspasando el umbral de una arcada de madera con numerosas inscripciones.

Caminan a la sombra de unos árboles de copa redonda, arrancan unas hojas y se sorprenden por la blandura de su tacto. De pronto, ante sus ojos, unos peldaños descienden hacia una sala protegida del sol y del frío. Allí descubren un entramado construido con cañas de bambú abiertas.

—¡No veo ningún gusano, ni ningún huevo! Yo diría que hemos venido al lugar equivocado.

—No estáis en lo cierto, amigo Lysippos. Observad, ¡la cuenca de estas cañas está repleta de ellos! Recordad que son pequeños como un grano de polen. Mirad las pequeñas manchas grises...

El tejedor no acaba su discurso. Una bestia furiosa se interpone entre ellos y las cañas. Es enorme y parece surgida de la nada con la intención de hacerles frente.

—¡Atrás! —advierte Lysippos, empujando al tejedor.

—¿Qué es eso? —pregunta Xenos despavorido, incapaz de mover un solo músculo—. ¡Por el amor de Dios! ¿De dónde ha salido?

El animal emerge de la oscuridad. Se mueve rabioso, como si estuviera herido, y estira el cuello hasta llegar muy cerca de sus víctimas. Los forasteros nunca han visto nada igual. El cuerpo recuerda el de una serpiente, pero tiene la cabeza de un camello y cuernos de ciervo. Los amenaza con unas zarpas tan afiladas y fuertes como las de un águila gigantesca.

—¡Es el mismo demonio!

—Podría serlo. ¡El monstruo diabólico que guarda los gusanos! —exclama Xenos.

—Tenemos que deshacernos de él. Le arrojaré la espada.

Antes de que el soldado pueda hacer ningún movimiento, el ser apocalíptico ruge con la fuerza de un trueno en plena tormenta. Acto seguido, abre la boca y proyecta unas llamaradas que por poco no los quema vivos. El animal se dispone a repetir la operación, pero los asaltantes huyen horrorizados. Heridos, con el espanto dibujado en el rostro, no dejan de correr hasta considerarse a salvo.

Muy cerca del monasterio recuperan el aliento e intentan serenarse.

—¿Os encontráis bien, Xenos? —pregunta el soldado.

—Creo que sí. Solo tengo unas quemaduras superficiales en la mano. Me las ha hecho al intentar protegerme el rostro. Nada importante. Pero... ¿habéis visto vuestro brazo, Lysippos? ¡La sangre os sale a chorro! ¡Debemos apresurarnos! ¡Hay que detener esa hemorragia!

Una vez en el monasterio, los monjes atienden a los dos viajeros. En pocos días se recuperan de las heridas, pero no de la incredulidad de sus compañeros. Les resulta muy difícil explicar el terror a que han sido sometidos, describir aquella figura espantosa, justificar la inútil muerte de los guardias.

El padre superior les confiesa su escepticismo en relación con las leyendas locales, sobre todo aquella en que un dragón se erige como guardián de los gusanos de seda.

Pasan los días y Yù empieza a preocuparse por la suerte de Úrian. Quizá no le debería haber pedido que buscara a su padre, que corriera el riesgo de caer prisionero de los soldados de Yuandi. El preceptor le ha dicho que no le dé más vueltas, que pronto tendrá noticias del bizantino, pero no sabe hasta qué punto puede confiar en él. Yù duda si realmente puede confiar en alguien.

Y, sin embargo, cree en Úrian, se siente próxima a ese extranjero. Posiblemente porque le habla en una lengua que, en una época terriblemente lejana, había escuchado en boca de su padre.

Yù no sabe que el preceptor huye de sus preguntas, que ha prometido al muchacho dejar que sea él quien le explique toda la verdad. Pero el momento es complicado. Los guardias de palacio se hacen más omnipresentes que nunca; atravesar las puertas que dan acceso al recinto imperial se ha convertido en una empresa difícil, incluso para un hombre conocido y respetado como Fu Ming-Li.

Pese a todas las dificultades, el preceptor convence a su primo, encargado de los carreteros de palacio, para que Úrian sea uno de los hombres que transporten el pescado fresco, aquel que llega cada mañana del río Yangtsé para deleite de la familia imperial. Fu Ming-Li explora la posibilidad de que sea una vía abierta y permita en el futuro la entrada del joven al recinto, pero el comerciante le responde con palabras ambiguas.

Sea como sea, el plan ha dado el resultado que esperaba. Fu Ming-Li respira aliviado cuando Úrian llega a la casa que durante tantos años sirvió de observatorio al anciano emperador Wu de Liang.

—¡Que la paz sea contigo, Úrian! Entra. Te avisaré cuando mi primo se disponga a salir con los otros trabajadores. Volverás con él, del mismo modo que has venido. Pero ten cuidado, no debemos comprometerle.

—Así será. Le estoy muy agradecido...

—No nos entretengamos hablando, ¡Yù te espera! Tal y como te prometí, en ningún momento le he desvelado nada que haga referencia a la suerte de su padre. Ten valor y el tacto suficiente, te lo ruego.

Cuando cruza la puerta secreta que da paso al aposento, ve a la joven que le espera de pie. Va cubierta con una gasa blanca y, al recibir la luz del jardín, le otorga una aureola etérea, tal y como hace la niebla con el paisaje.

Yù no tarda en advertir su presencia, se le acerca y escruta en el fondo de sus ojos. Se queda un momento interpretando las señales, tal y como actuaría un augur. No le hace ninguna pregunta, tampoco le pide aclaraciones. Úrian tiene la seguridad de que no puede adivinar los detalles, pero sí la esencia. El muchacho de Corinto deja caer la cabeza, como si soportara de pronto una carga pesada o pidiera perdón por no haber sido capaz de llevarle buenas noticias.

En compañía de Yù, el silencio toma otra dimensión. Úrian nunca había vivido un vacío tan lleno de significado. Es un aliento que permite escuchar los latidos del propio corazón y mirar de frente a los fantasmas y a los sentimientos, los unos junto a los otros.

La tristeza planea sobre ellos, pero también lo hace una emoción suspendida en el aire. Aquella que les acerca, que conecta su espíritu y que, de alguna forma, les estremece.

Intentando encontrar las palabras más adecuadas, Úrian va recubriéndolas de ternura y le relata los hechos.

—Pasamos juntos las últimas horas, Yù. ¡Y estoy seguro de que podía entenderme! Mientras estaba en la cama, le explicaba el paisaje que se veía a través de la ventana, pero también cosas mías, nuestras... Le hablé del lago Guanqiao, de cómo se transforma con el cambio de las estaciones, y su rostro parecía recuperar la placidez. No sé cómo explicártelo...

Yù le mira amorosamente. En sus ojos se puede leer la gratitud que le profesa, sus labios se entreabren para volverse a cerrar sin decir nada. Unos instantes después, Yù intenta explicarse.

—La imagen de ese lago es un recuerdo vivo en mi memoria, Úrian. Puedo imaginar la expresión de mi padre al escuchar tus descripciones. Me llevó al lago cuando todavía era una niña. El agua parecía cosida con flores, y entre las hojas anchas de los nenúfares se instaló una mariposa, ¡la más bella que he visto nunca! —Yù se recoge y, como regresando de un sueño, añade—: Durante estos años de cautiverio, también el recuerdo de Guanqiao ha sido un tormento. Soñaba que yo era el mismo lago y, encarcelado entre dos montañas, reflejaba en mis aguas serenas la sombra del acebo; también los árboles y las nubes. Pero era del todo incapaz de encontrar una salida que me llevara hasta la mar.

—Te sacaré de aquí, Yù —murmura Úrian.

Se lo asegura con la misma intensidad que si le hubiera dicho que la amaba. Pero la princesa sigue acurrucada y niega con la cabeza. Hecha un ovillo, su perfil de luna se acentúa todavía más. Úrian le aparta con suma delicadeza los cabellos del rostro. Para él, la joven es como un libro, cuyas páginas intenta entender y le cautivan, pero tiene la sensación de que nunca podrá acabar de leerlo.

Yù le coge la mano y nota un estremecimiento.

—¡Úrian, un pájaro de luz! —exclama con la mirada fija en la mancha que el joven presenta en el brazo derecho.

—¿Cómo has dicho? —pregunta extrañado.

—Es un Fêng-Huang, ¡el ave de la luz por naturaleza! Navid..., mi padre lo llamaba Fénix.

—¿Un Fénix, dices?

—¿No lo ves? —pregunta la princesa, siguiendo con la punta de los dedos cada una de las líneas que configuran aquella mancha de nacimiento—. Es roja como sus plumas, aquí en la cabeza tiene dos más largas, como si fuera una cresta. Parece a punto de levantar el vuelo...

—Nadie le había encontrado nunca el sentido. A medida que iba creciendo, ella también lo hacía. Cuando se lo preguntaba a mi madre, respondía con una sonrisa. Pero una vez me dijo al oído: «Cuando llegue el momento, alguien te revelará su mensaje.» Dime, ¿qué tiene de especial esa ave? ¿Por qué la llamas de luz?

—¿Qué tiene de especial, dices? ¡Todo en ella es especial! ¡Es única! El resto de los pájaros se elevan en el intento de embriagarse con su resplandor. ¿Quieres que te cuente su historia? ¿Te gustaría escucharla?

Los dos jóvenes se acercan un poco más y, cogidos de la mano, ajenos a todo aquello que no sea su momento, se adentran en la leyenda. La princesa le explica que el ave es gentil, bella y amable y que todas las otras le adoran.

—Es grande como un águila y tiene el plumaje de púrpura y oro. Pero también luce rojos, naranjas, verdes... Y es más brillante que el arco iris. Cuando le llega la muerte, construye un nido con ramas de roble sobre las palmeras de un país lejano. Lo rellena con sándalo, nardos, canela, mirra y hierbas resinosas. Abatido, abriendo las esplendorosas alas, la luz consume pájaro y nido, mientras el Fénix canta la canción más bella y todo se convierte en cenizas perfumadas. Pero entre los restos del incendio aparece un huevo, que el calor del sol se encarga de incubar, y vuelve a nacer el ave Fénix, brillante como la luz del sol y alimentado por ella. Cuando ha crecido lo suficiente, el joven pájaro recoge las cenizas maternales y vuela hacia tierras sagradas para desperdigarlas sobre un templo. Entonces, durante mil misteriosos años, el nuevo Fénix cuida del mundo y de sus criaturas hasta la hora de su muerte.

Úrian está asombrado. Tras escuchar esas palabras, no se siente digno de llevar una marca parecida. Tan solo es capaz de dedicarle una sonrisa inexpresiva que no se extiende más allá de sus labios. Tiene los ojos llenos de cosas inexplicables.

Yù le levanta la barbilla y se le acerca tanto que el muchacho puede sentir su aliento.

—¿Lo entiendes, Úrian? ¿Entiendes que esta ave es el símbolo de la esperanza? —añade la princesa sin dejar de mirarle.

Lysippos y Xenos se muestran pensativos y poco comunicativos. Si en un primer momento necesitaban poner palabras a la incursión fallida, ahora son del todo contrarios a hablar. Si no fuera por las heridas, todavía evidentes, podrían pensar que todo ha sido una terrible pesadilla. A veces se buscan y, sin testigos, comentan su gran fracaso; en otras ocasiones, les parece intuir un cierto escepticismo, especialmente cuando deben responder a las dudas de sus compañeros sobre la peripecia que les llevó a los aposentos prohibidos del palacio. Pero, en el fondo, se sienten cuestionados.

Los viajeros, inmersos en una espera angustiosa e incómoda, mastican su propio fracaso. Huérfanos de un líder capaz de empujarlos a continuar la lucha, se zambullen en sus miserias. ¿Dónde está la fuerza que les hacía avanzar pese al viento gélido del Pamir, el impulso que se convertía en decisión, a pesar de la sed que les atormentaba durante su paso por el Taklamakán? ¿Qué les queda del coraje que les empujaba a enfrentarse con las dificultades y multiplicar su valor? ¿Dónde se esconden los poderosos titanes que se movían al son de los objetivos trazados en el horizonte?

Sienten que en el fondo de esas preguntas se encuentra la paradoja más empobrecedora, la sensación de que no hay un mañana en el cual se puedan proyectar. Han logrado el final de su ruta, como los viajeros que a poca distancia de la cumbre no encuentran la forma de abordarla y, a la vez, comprueban que el camino se ha desvanecido a sus espaldas.

Poco queda del joven monje que se había hecho una promesa: demostrar su capacidad al emperador de Bizancio. Justiniano había dudado de su madurez para enfrentarse a los peligros y responsabilidades de la expedición. Ahora, el sueño de Tistrya ya no es reencontrarse con su padre y que al abrazarlo le manifieste su añoranza, la gran alegría que supone tenerlo de nuevo a su lado. La figura del viejo loco ha hecho pedazos las fantasías que, hasta donde le llega la memoria, han formado parte de su vida.

Najaah permanece al lado de Xenos, como el perro que espera una caricia de su amo. La ferocidad y la intensidad de su mirada, la arrogancia de su gesto, se han difuminado hasta convertirse en una caricatura. Ha apostado por aquel amor y ahora es prisionera de sus sentimientos. Al perder su libertad, se ha disipado toda la esencia que la conformaba.

Rashnaw hace días que observa el estado ausente de Úrian. En más de una ocasión su padre se lo ha reprochado de malas maneras, pero eso tampoco provoca el efecto deseado. Cuando el ambiente se caldea con discusiones, no suele tomar partido y se le ve suspirar; a menudo ante escenas simples como la contemplación de una flor.

—¿Qué es lo que cantas, Úrian? —le pregunta Rashnaw.

—¿Cómo decís? —responde el joven, visiblemente turbado.

—Me ha parecido oírte cantar.

—¡Ah! Es posible. No es nada...

—Me alegra que en medio de tanta crispación alguien mantenga el corazón alegre.

Úrian sabe que la perspicacia de Rashnaw no pasaría por alto sus quebraderos de cabeza. Por una parte, le gustaría confiarse a él, compartir la sensación agridulce que le asalta, pedirle consejo... Pero algo le frena. ¿Le asusta poner nombre a un sentimiento que ni él mismo puede explicarse? ¿Teme acaso la respuesta del monje?

Sea como sea, se mantiene en silencio. Imita el recorrido de los dedos de Yù, el trazado del pájaro de luz que lleva tatuado en el brazo. Sabe que ni siquiera

Rashnaw puede descubrir el rastro invisible que la muchacha le ha grabado.

—¿Conocéis la leyenda del ave Fénix? —pregunta al monje sin mirarlo.

—¡Sí, claro! Pero hay muchas. Cada pueblo tiene una. En Gundishapur se escuchaban distintas versiones a personas llegadas de cualquier parte del mundo.

—¡Yo también sé una! Puede que no sea la misma...

—¿Estás interesado en esta ave, Úrian?

—Sí, me parece que sí.

—Dicen que en el Edén, bajo el árbol del bien y del mal, floreció un rosal. Con la primera rosa nació un pájaro, de un plumaje increíble y un canto magnífico. Fue el único que se resistió a comer la fruta prohibida. Cuando Adán y Eva fueron expulsados del Paraíso, cayó sobre el nido una chispa de la espada de fuego de un querubín; el pájaro se quemó al instante. Pero de las propias llamas surgió una nueva ave, el Fénix.

—Que se convirtió en inmortal, ¿verdad?

—Sí. Ese fue su premio a la fidelidad del precepto divino. Con otras cualidades, claro está, como por ejemplo el conocimiento, la capacidad curativa de sus lágrimas o su increíble fuerza.

—¿Y cuál es su misión?

—¿La del Fénix, me preguntas?

—Sí..., ¡claro! —exclama Úrian, sonrojado.

—Pues transmitir el saber que atesora desde su origen y servir de inspiración a los buscadores de conocimiento...

—Pero... ¡está muy solo! —dice el muchacho, mirándole como si pidiera ayuda.

—Sí, Úrian. Sí que lo está.

La melancolía que invade al grupo también afecta a Úrian. Las conversaciones con los compañeros de aventura se vuelven extrañas y repentinas, como si solo pudieran responder a las necesidades cotidianas. Pero su espíritu respira libre cuando piensa en el próximo encuentro. Yù es el bálsamo que desde hace semanas cura todas sus heridas.

Mientras Rashnaw se aleja, una señal que marca con sabiduría el final de sus conversaciones, el muchacho va siguiéndole con la mirada. A punto ha estado de hacerle aquella pregunta que le inquieta, pero finalmente no se ha atrevido. Era fácil, y seguro que habría recibido una respuesta, pero incluso ante el viejo monje siente un extraño pudor que le detiene. Poco importa que conozca su secreto, que lo intuya desde su experiencia.

Le habría preguntado qué sabe de Fu Ming-Li, por qué durante tantos días no ha dado señales de vida. Tiene el camino libre, sabe que puede hablar con el mercader y entrar cuando quiera, pero los consejos del preceptor, su vigilancia mientras él y Yù se abandonan a un conocimiento mutuo le dan la seguridad que necesita.

Durante un rato duda sobre el paso que debe dar. Pero no se entretiene demasiado en conjeturas. Debe aprovechar la visita diaria del mercader al recinto imperial, de lo contrario pasará otro día sin verla y la sola idea le parece insoportable. La urgencia, pues, le obliga a tomar decisiones y la persona que busca solo puede estar en un lugar del convento, los establos.

—Necesito que me hagas un favor, Tistrya —dice Úrian antes de explicar al joven monje su problema.

—Ya me parecía a mí que tus ausencias estaban motivadas por una causa de fuerza mayor —responde Tistrya, con una sonrisa de oreja a oreja.

—Bien, a lo mejor no ha sido una buena idea, no importa.

El muchacho de Corinto se siente frágil ante la sonrisa del monje; piensa en otras opciones, en Lysippos, o en Rashnaw de nuevo, pero en el fondo considera que es un problema muy pequeño para sus compañeros de viaje, que sin duda tienen cosas más importantes que hacer.

—¡No te enojes, amigo mío! —exclama Tistrya inesperadamente—. Tal vez sea un buen momento para demostrarte mi aprecio. Tú y yo no empezamos demasiado bien en la lejana Constantinopla; esperaba que durante el viaje tuviéramos más ocasiones de conocernos, pero ha sido muy duro.

—No entiendo qué quieres decirme, Tistrya...

—Poca cosa, solo que me hace feliz saber que has encontrado algún motivo para renacer en esta tierra extraña. Yo admiro tu curiosidad por la gente y los lugares que hemos ido visitando, tu disposición para compartir. Sin duda, Fiblas se ha ido con la certeza de que no podía haber tenido un amigo mejor.

—Quizás exageres atribuyéndome esas cualidades, pero tu sinceridad me conforta. Yo también admiro la entereza que has demostrado ante la enfermedad de tu padre. Seguro que él, en algún instante de cordura, ha entendido la ventura de vuestro reencuentro. Yo... no sé los motivos que me han llevado a pedirte ayuda, pero ahora sé que si alguien nos guía, lo hace con una bondad y sabiduría infinitas.

—¿Cómo piensas entrar al recinto imperial, joven Úrian?

—Todo está previsto. Solo espero que la ausencia de Fu Ming-Li no haya hecho cambiar las cosas.

—Si es así, no debemos perder ni un segundo —dice Tistrya acariciando el lomo lustroso y leal de *Explorador*.

9

Wuhan
Junio, 552

Cuando Rashnaw se despide de Úrian, decide alejarse del monasterio, del ambiente melancólico que reina en los aposentos donde se alojan los viajeros. El viejo monje necesita un espacio sin ruidos ni incertidumbres que le permita reconciliarse consigo mismo, con sus aspiraciones, sus dudas, sus fantasmas. Al salir del recinto que les acoge, cruza los establos y oye hablar animosamente a los dos jóvenes. Sonríe satisfecho.

—Tienen toda la vida por delante, ¡Dios quiera que aprendan algo positivo de esta dura experiencia! —dice en voz baja sin detenerse.

Los cantos de los monjes nestorianos, que tienen lugar todos los días durante los rezos del anochecer, le acompañan un rato mientras camina en dirección al río.

Es una noche de verano plácida, el calor todavía no resulta asfixiante e invita a pasear. Lo hace sin prisas; no le espera nadie y el hábito que viste le otorga un cierto respeto entre la población. De nuevo el golpear de su báculo contra el suelo marca un ritmo que le libera. Sin saber muy bien por qué, Gebze regresa a su pensamiento. Aquella pequeña aldea que atravesó antes de su llegada a Constantinopla, cuando acudió al llamamiento de Justiniano. ¡Cuántas idas y venidas en su vida! También entonces era de noche, pero la luna no se mostraba llena ni emergía de entre las aguas del río con un rojo tan intenso.

El viejo monje eleva una plegaria de acción de gracias y se siente pequeño e insignificante ante un espectáculo tan bello.

Las patrullas del nuevo emperador Yuandi se hacen visibles en las calles de Wuhan, pero sus habitantes ya están acostumbrados a las sucesiones imperiales e intrigas de la corte y siguen las rutinas del día a día. Los vendedores ambulantes recogen sus puestos y un grupo de pequeños pájaros revolotean alrededor de los desechos comestibles; con su trofeo en el pico, vuelan hasta las ramas de los árboles más próximos.

Rashnaw busca una piedra y se sienta a observarlos. Recuerda unas palabras del Evangelio: «No os preocupéis por vuestra vida pensando qué comeréis o qué beberéis, ni por vuestro cuerpo, pensando cómo os vestiréis. ¿No vale más la vida que la comida y el cuerpo más que el vestido? Mirad los pájaros del cielo: no siembran, ni siegan, ni recogen en graneros, y vuestro Padre celestial les alimenta. ¿No valéis más vosotros que ellos? ¿Quién de vosotros, por más que se esfuerce, puede alargar un solo instante su vida?» Se siente turbado, como si la escena representada fuera una señal que le invitara a replantearse su situación. ¿Tal vez ha ido demasiado lejos en la consecución de sus objetivos descuidando lo verdaderamente importante?

Cuando levanta la mirada, ve la luna flotando sobre el río, pálida, serena, desdibujándose entre las barcas que salen a pescar al atardecer. Solo son media docena de troncos muy largos unidos entre sí. Tienen un aspecto frágil y elegante, parecen procesiones de luciérnagas danzando trémulas sobre las aguas. Advierte una luz al lado de una figura humilde, alguien sentado en una de las barcas con las piernas cruzadas y un sombrero cónico en la cabeza.

El hombre se ayuda de un remo para girar, avanzar o hacer recular la sencilla embarcación. Detrás de él hay un cesto donde deposita el pescado, probablemente el que hoy servirá para alimentar a su familia. Es el único elemento añadido al conjunto. Pero otros seres le acompañan. Son unos pájaros grandes, parecidos a los patos. Permanecen quietos, a la espera. Los llaman cormoranes. Rashnaw ya los conoce, los ha visto anidar en acantilados y árboles muy cerca de la costa de Antioquía.

Se detiene y observa. No puede entender por qué hombre y pájaros flotan en compañía. Se acerca al río y permanece atento al ritual. El hombre ata un cordel a la parte inferior del cuello del cormorán, después lo lanza al río. El ave permanece largo rato en el agua hasta que emerge con un pez en la boca. El cordel ha permitido que lo atrapara, pero en ningún caso que pudiera engullirlo. El pescador se lo saca del pico y lo deposita en el cesto. Repite la operación una, dos, muchas veces.

El viejo monje baja la mirada y comprende la parábola. Él es el cormorán del emperador de Bizancio, la herramienta que usa Justiniano para la consecución de sus objetivos. Nunca podrá saborear el fruto conseguido, no le pertenece. Su esclavitud es similar a la escena de pesca que tiene ante sus ojos. No hay libertad en la captura.

Quizá tenga razón el superior del convento de Wuhan y la causa por la cual lucha es solo una falacia. A pesar de todo, todavía existe una diferencia, el cormorán está atado a la barca, él todavía puede volar y escoger su destino. ¿O será ya demasiado tarde?

Lysippos no se permite abandonar los aposentos donde se alojan sus hombres. Sabe que la moral está en horas bajas y asume su parte de responsabilidad por haberles confiado los resultados de su incursión con Xenos. Intenta convencerse de que fue inevitable; cualquiera se hubiera dejado llevar por el pánico. Ahora lo ve claro, tendría que haber inventado una excusa, un ataque de los hombres del emperador, por ejemplo, muy superiores en número.

Ya es tarde. Los soldados bizantinos eran capaces de luchar contra cualquier ejército conocido, estaban acostumbrados a ello, no les importaba que las armas enemigas fueran diferentes y exterminadoras. Pero si entraban en juego las supersticiones, aquel animal desconocido que Xenos y él mismo habían descrito con pavor, todo se complicaba. Entonces empezaban a dudar de sus posibilidades.

En ese momento de la misión, cuando todo parece más incierto que nunca, es la última cosa que necesitan sus guerreros.

Ya no tiene remedio, pero el valiente soldado de la cicatriz anda entre los hombres, nervioso y algo avergonzado. Entiende que guarden silencio porque están confusos, que algunos le examinen como si dudaran de su capacidad para dirigirles. Lysippos se limita a pasear con la mirada perdida, evitando cruzar ningún comentario con el tejedor.

Más tarde se sorprende pensando en Belisario. El hombre que le crió como lo haría un padre y le enseñó todo lo que sabe. Nunca le escondió que la muerte de su madre fue un error, uno de los tantos que tienen lugar durante las guerras. Lysippos conoció la verdad tras probar el sabor de la sangre, entendió entonces que en una acción de combate es difícil distinguir la peligrosidad de los enemigos.

Al ver marchar a Rashnaw, piensa en acompañarle, pero el recuerdo de su rectitud le ha detenido; tampoco con él podría poner sus reflexiones en voz alta. El monje odia la guerra; querría, como le manifestó durante el viaje, que los hombres se entendieran sin necesidad de matarse unos a otros. Pero ¿qué puede hacer él, qué hubiera hecho Belisario? Son soldados. Su misión es proteger los intereses del emperador.

Lysippos detiene su andar sin sentido y toma asiento muy cerca de la puerta. Mira al exterior. Sigue dándole vueltas a ese último pensamiento. «Somos soldados», repite en voz alta, y algunos de los que le acompañan se giran para mirarlo. Desearían corroborar sus palabras, renovar la confianza que le otorgaron durante el viaje, pero no reconocen a su jefe tras aquella actitud dubitativa.

Es solo una idea, pero expresarla en voz alta le ayuda a seguir. Mira a su alrededor y convoca a sus hombres. Todos ellos se le acercan con timidez, posiblemente porque temen que quiera seguir contando sus hazañas contra el misterioso dragón que los dejó heridos y asustados. Pero su intención es muy distinta.

—Compañeros... —comienza Lysippos, dispuesto a dar rienda suelta a buena parte de sus pensamientos—, el emperador nos ha traído a estas tierras lejanas con un objetivo que nos llena de orgullo. Si tenemos éxito en nuestra empresa, Bizancio dejará de estar sometida a las veleidades de nuestros enemigos persas. Y eso es lo que haremos, aunque nos cueste la vida. ¿Estamos de acuerdo?

La pregunta no obtiene ninguna respuesta. Pero el orador no la espera. Conoce la valentía de sus soldados. Él mismo escogió a esos hombres de entre los mejores, sabe que son veteranos de mil batallas.

—Si hemos venido a conquistar el secreto de la seda para nuestro emperador Justiniano, lo conseguiremos. La destitución del príncipe de Yuzhang ha sido un inconveniente. Él, cuando menos, no nos trataba como enemigos, pese a desconfiar de nuestras intenciones. Ahora debemos dar otro paso. Hemos de poner en práctica lo que sabemos, lo que somos. Y la única manera de hacerlo es enfrentarnos a los chinos y arrebatarles esos pequeños gusanos que provocan tanta agitación. Lo haremos a nuestra manera. Atacaremos por sorpresa el recinto imperial, pero será imprescindible ser cautos. Hay que elaborar un plan que nos permita entrar por sorpresa. Después tendremos que huir lo más rápido posible. Ese será nuestro reto.

Todos los hombres se han ido acercando a su comandante. Algunos abren sus ojos desmesuradamente, pero no es miedo lo que anida en sus corazones. Es la tensión de la batalla, la necesidad de actuar con la mayor brevedad posible y conjurar el riesgo, aunque sea con la muerte.

—¿Cómo lo haréis, Lysippos? —pregunta Xenos, quien no se ha perdido ni una sola palabra de su discurso.

—Sé que no es el miedo el que os mueve, amigo mío —responde Lysippos—. Vos y yo hemos vivido una experiencia extraña, el desconocimiento de esta parte del mundo, que el destino ha puesto a nuestro alcance, ha sido nuestro peor enemigo. Pero ningún animal es tan fuerte que sea imposible vencerle, y confío en mis hombres.

Las palabras de su comandante provocan un estallido de orgullo entre los soldados. Xenos piensa que tal vez estén en el camino correcto, que inevitablemente habrá muertos, pero no es un paseo lo que les ha llevado tan lejos y siempre supo que el riesgo era un viajero más entre ellos. Al mismo tiempo se alegra de la ausencia de Rashnaw, de su hijo y de ese joven monje al cual lo único que parece importarle es su caballo. Le gustaría advertirles, pero Lysippos ha pensado en todo.

—Este será un hecho de armas. Dejaremos al superior del convento como encargado de velar por los ausentes en esta reunión. Si la misión fracasa, cosa del todo improbable, él les protegerá.

—Confiáis mucho en el poder de los nestorianos, Lysippos, pero quizá no sea tan grande como creéis.

Najaah sorprende a los presentes en ese mismo instante. Nadie esperaba su intervención. La mujer se acerca a Xenos, le coge del brazo, pero el tejedor rechaza su contacto.

—Ya sabemos cómo entrar en el recinto imperial —explica Lysippos—. Nos resultó fácil la vez anterior. La puerta oriental solo está guardada por dos hombres y, si actuamos con rapidez, podremos deshacernos de ellos y lograr nuestro objetivo en pocos minutos. El jardín donde esconden los gusanos se encuentra muy cerca, lo tenemos localizado.

—¿Pero cómo lucharemos contra el monstruo? —reclama uno de los hombres.

—Es una buena pregunta. Pero no os preocupéis, tengo la respuesta. La he encontrado pensando en mis viajes con el general Belisario. Durante el tiempo que pasamos en el norte de África pudimos ver cosas sorprendentes. Recuerdo que un día nos mostraron de forma confidencial un arma secreta que en principio parecía cosa de magia, pero tuvimos ocasión de comprobar sus efectos con nuestros propios ojos y os puedo asegurar que fueron devastadores.

Todos los hombres forman un círculo alrededor de Lysippos. Es poco habitual en él extenderse con historias, probablemente porque ha sido educado para la acción y no confía en las palabras.

—El propio Belisario dudaba de lo que habíamos visto —prosigue el soldado de la cicatriz cuando se restablece el silencio—, pero lo cierto es que unos alquimistas venidos de Alejandría nos hicieron una demostración de aquella arma mortífera. Construyeron una bola con grasa, salitre, azufre y... Pero dejadlo de mi cuenta, creo que seré capaz de recordar la fórmula y elaborar el amasijo. Después de lanzarla, no necesitaremos más que una flecha encendida, que al entrar en contacto con la mezcla mandará a cualquier monstruo al mismísimo infierno.

—Si estáis dispuestos a correr el riesgo, yo también quiero acompañaros —afirma con voz segura Najaah.

—Te has vuelto loca, mujer. Esto es una empresa militar. Tu lugar está aquí, con los jóvenes y los monjes.

—¿Alguien de entre vosotros puede afirmar que no sería capaz de matar a un hombre si fuera necesario? ¿Acaso pensáis que mi condición de mujer me hace menos valiente, más frágil?

Lysippos duda ante la firmeza de Najaah. Mientras, el tejedor, que ha ido calibrando el plan propuesto, se manifiesta de forma inesperada.

—No nos sobran efectivos, a lo mejor no deberíamos rechazar su ofrecimiento. Si estamos de acuerdo en que el factor sorpresa es lo más importante, Najaah puede vigilar mientras conseguimos nuestro objetivo.

—Xenos tiene razón —dice repentinamente el soldado de la cicatriz, mirando al tejedor con extrañeza—. Si Najaah quiere tomar parte en esa maniobra, yo no pondré ningún impedimento. Se quedará en una de las torres de vigilancia. Si hay peligro, ella nos avisará. Tiene buenas piernas y la he visto correr en busca de los camellos rebeldes.

Los soldados bizantinos no comparten la decisión, pero están acostumbrados a obedecer órdenes.

Se quedan en silencio. Todo está dicho y solamente les queda prepararse para la acción.

Xenos y Lysippos se retiran para consensuar la estrategia a seguir.

Ajeno a los acontecimientos que tienen lugar en el monasterio, Úrian atraviesa de nuevo la puerta secreta que da paso a la prisión de Yù. Tistrya se ha quedado fuera, vigilando. En el interior de la casa reina un silencio capaz de hacer olvidar el desasosiego que se ha apoderado de Wuhan.

Como viejos conocidos, la princesa cautiva y el hijo del tejedor ya no necesitan demasiados preámbulos para iniciar una conversación. El tiempo se convierte en una lenta procesión de instantes, donde cada palabra, cada mirada, cada movimiento se llenan de significado.

Tras responder al tímido saludo de Úrian, Yù le mira con detenimiento, como si fuera un ciego que quisiera reconocerle con la punta de los dedos. Vigila cada gesto del joven, el silencio de sus manos sobre las rodillas, la postura ligeramente inclinada de su cabeza. Al cabo de un rato, busca sus ojos.

—¿Quizá sea aventurado decir que hoy te noto un poco triste, Úrian?

—Estoy cansado, preocupado. Supongo que es eso lo que percibes.

Ella acorta distancias y pone su mano sobre el hombro del joven. Un aroma tibio y dulce, como de vainilla, acompaña a Úrian.

—Hay una cosa que no te he dicho, Yù —murmura el corintio, con la cabeza baja, unos instantes más tarde—. No somos exactamente mercaderes, no tal y como tú lo piensas. Nosotros...

—No tienes que decirme nada que realmente no desees —le interrumpe la joven.

—Ya lo sé, pero tengo la sensación de no jugar limpio, si no lo hago...

—Te puedo ahorrar un mal rato, Úrian. Hace tiempo que sé de vuestras intenciones. Fu Ming-Li me habló de vosotros mucho antes de conocerte. Yo no soy nadie para juzgaros.

—Ahora ya no importa. ¡Todo está perdido! Los hombres están hundidos y mi padre se ha convertido en un completo desconocido; ya no tenemos nada que decirnos. Siente que ha fracasado en su propósito, y no puede permitírselo. Ni siquiera deja que Najaah, la mujer que tanto le ama, o yo mismo le curemos la herida. Está rabioso contra todo y contra todos.

—¿Le han herido? No me habías dicho nada...

—No es importante. Una quemadura en la mano. Perdona, pensaba que ya te habría informado tu preceptor...

—Hace varios días que no le veo. Unos eunucos me dejan la comida en la puerta. Empiezo a estar preocupada por la falta de noticias. Cuando te he visto entrar pensé que te acompañaba. Ha sido una sorpresa que lo hicieras con...

—Tistrya —se apresura a decir Úrian.

—Pero, dime, ¿qué le ha pasado a tu padre? —insiste Yù.

—Sufrieron un ataque en el interior del jardín de las moreras.

—¿Los hombres de... del emperador?

—¡No! Cuentan que antes de poder acceder a la sala donde se guardan los huevos de seda apareció un animal monstruoso y les atacó. Ni la valentía de Lysippos ni la tenacidad de mi padre pudieron doblegar a la bestia que parecía emerger de los infiernos. Aún no se han repuesto del susto ni encuentran la manera de hacerle frente.

Yù no puede disimular una sonrisa.

—Perdona, Úrian, no pretendo burlarme... —se apresura a decir, justificando una reacción que ha desconcertado al joven—. Habéis caído en una trampa.

—¡Una trampa, dices!

—Sí, una trampa preparada para los extranjeros. Ningún chino se atreve a penetrar ese jardín prohibido. A todo aquel que ha osado intentarlo se le ha dado muerte de una manera escalofriante y después han asesinado a su familia.

—¡El animal era de verdad! No sé a qué especie pertenece, pero el fuego que escupía...

—Parecía real y, ciertamente, es peligroso. Pero se trata de un ingenio construido por los sabios. Nadie conoce su funcionamiento, salvo sus creadores, y Fu Ming-Li, que nunca habla de ello.

—Cuando estuve en las dependencias del palacio imperial pude ver por casualidad unas pinturas que representaban dragones terroríficos. ¿Se trata de algún demonio parecido, quizás?

—¡No, Úrian! En nuestra cultura los dragones no representan a los demonios, como tú dices. Los dragones son criaturas benéficas y símbolos de buena fortuna, del poder terrenal y celestial, de conocimiento y de fuerza. No sé lo que han visto tus amigos, posiblemente la figura ha sido diseñada para provocar su horror.

—En Corinto se explican leyendas donde los dragones lanzan fuego y vuelan sobre la tierra incendiando las cosechas; también matan a las personas que encuentran a su paso o se las llevan hacia sus madrigueras. ¡Son seres temibles!

—Nosotros les invocamos para que traigan la lluvia. Vigilan los cielos y cuidan de los ríos. ¿No te han hablado de la fiesta de las barcas del dragón?

—Algo he oído. Creo que es muy importante; el Consejo de Sabios comentó que la estaban preparando. Pero ¿de qué se trata realmente?

—Mis recuerdos son ya muy lejanos. Cuando era una niña, Navid me llevaba al río y nos divertíamos mucho ofreciendo *zongzi* a los peces.

—¿*Zongzi* a los peces? —pregunta Úrian, con una mueca de extrañeza que divierte a la joven.

—Es arroz envuelto en hojas de bambú. Fu Ming-Li dice que ¡algunos traen las hojas de la montaña Amarilla y el arroz de la lejana Yanji!

—Pero no entiendo por qué hacen semejante cosa.

—Es un homenaje. Se trata de una historia muy antigua, Úrian. Cuentan que un poeta se suicidó tirándose al río, y que lo hizo porque no fue capaz de convencer al rey Chu para que acabara con la corrupción política. Algunos cortesanos intrigantes conspiraron contra el poeta y el rey lo desterró.

—¿Y por qué quiso matarse?

—Hubo una guerra en la que murieron muchos hombres, el ejército del Reino de Quin atacó al de

Chu y Qu Yuan se sintió dolido y avergonzado por no haber sido capaz de hacer nada para evitarlo.

—¿Ese Qu Yuan era el poeta?

—Sí, eso me ha explicado Fu Ming-Li.

—Sigo sin entender la relación de su muerte con dar de comer a los peces, lo siento.

—Verás, el quinto día del quinto mes de nuestro calendario lunar le rendimos homenaje y simbólicamente damos de comer a los peces para que no necesiten alimentarse con el cuerpo del poeta que se lanzó al río. Es una tradición muy querida en nuestro país. Pero podrás verlo con tus propios ojos y venir a contármelo.

—Lo haré, Yù.

—También me dijo mi preceptor que, a primera hora de la mañana, muchas mujeres y hombres salen a buscar plantas medicinales; dicen que las recogidas durante ese día tienen mayor poder curativo.

Los dos jóvenes se miran con extrañeza. Se preguntan cómo pueden sentirse tan próximos pese a las creencias que les separan.

La revelación sobre el supuesto monstruo ha reconfortado a Úrian. A pesar de todo, sigue mostrando una cierta melancolía. Quizá vislumbra la posibilidad de una partida forzosa, tal vez las sensaciones se le mezclan. De la misma forma que lo hacen, en su mente, el recuerdo de los paisajes, los caminos, los amaneceres... Intenta explicárselo. Sabe que lo hace con torpeza.

Ella cierra los ojos. Úrian imagina que las líneas suaves dibujadas en su rostro son lunas menguantes teñidas de negro, lunas que descansan sobre la nieve.

Los abre instantes más tarde y entonces la transparencia de los lagos más bellos del mundo le cautiva de nuevo.

—Si eres capaz de encontrar en tu interior las emociones vividas, emergerán más dócilmente las palabras. Quiero enseñarte una cosa, Úrian.

La princesa se adentra en el cuarto donde pasa sus noches. Aparta una mampara de bambú y coge uno de los objetos que llenan los estantes. Lo transporta con suma delicadeza. Las manos sirven de apoyo a una bandeja pequeña que acoge un poco de agua. En medio del recipiente hay una piedra alargada. Cuando Yù se encuentra frente a Úrian, extiende los brazos hacia él, como si se la diera en ofrenda.

—¿Qué es eso, Yù? —pregunta el joven.

La princesa deposita el objeto encima de una roca plana del jardín. Después busca a Úrian y, cogiéndole la mano, le invita a sentarse a su lado para poder contemplarla juntos.

—¿Qué te sugiere, Úrian? Intenta no mirarla únicamente con los ojos.

—No sé si te entiendo, Yù. Veo una piedra muy bonita sobre el agua... Representa algo en especial, ¿verdad? —pregunta, intuyendo que se le escapa algún significado.

—Olvida la piedra. Ve más allá e intenta viajar a través de ella. No te obligues a ver nada en concreto. Ninguna respuesta es correcta, pero todas lo son.

De la mano de Yù, Úrian se adentra en el arte del *suiseki*, en su filosofía, en su alma. La princesa le explica que la piedra y el agua representan el simbolismo de dos fuerzas del universo encontradas, pero a la vez complementarias. Le cuenta que la belleza de un *suiseki* te permite reencontrarte con el pasado, conjura tus emociones y sirve a la meditación.

—Son piedras-paisaje, Úrian. Paisajes que conoces y otros que, quizá, te han explicado o has soñado. Así los vas haciendo tuyos y pasan a formar parte de tu manera de ver las cosas.

Los dos vuelven a mirar en dirección a la piedra. Úrian percibe poco a poco la silueta de las montañas del Cáucaso. A medida que la imagen proyectada se va fundiendo con la que tiene enfrente, su mirada se ilumina y pierde la tensión que le ha provocado la búsqueda.

Yù observa cómo el joven señala los pequeños glaciares y sonríe feliz; son manchas blancas de algún mineral atrapadas en la piedra que a los ojos de Úrian ya han perdido su condición estática. Dibuja con el dedo los caminos que le llevan de un lugar a otro siguiendo las vetas anaranjadas del mineral.

Los ojos de Úrian se humedecen al llegar a una arista que cae en vertical hasta el agua de la bandeja...

—Recuerdo que el cielo se agrandaba ante nosotros y caía lejos, sobre una extensión infinita, líquida. Le dije a Fiblas que los límites del mundo debían de ser algo parecido, y los dos contemplamos el mar de nuevo. Todavía me produce escalofríos aquella sensación de libertad y su compañía, que tanto echo de menos.

Úrian le habla de Fiblas, le explica las circunstancias de su trágica muerte. Nunca hasta ahora se había visto con valor suficiente para rememorar aquella escena terrible. Ahora, al hacerlo, siente cómo el nudo, que le ha acompañado desde entonces, se va deshaciendo.

La princesa le cuenta su visión de la piedra. Lo que Wu de Liang, su abuelo, le quiso mostrar: las montañas y los valles de China. Los senderos anaranjados representan las murallas que custodiaban su imperio, tocadas por el último sol de la tarde.

—¡Es fantástico, Yù! ¡Realmente mágico! —exclama el muchacho de Corinto, sorprendido por las diferentes interpretaciones ante la imagen de la piedra.

—No, Úrian. No es magia, es poesía.

Úrian siente fascinación por todo aquello que Yù le explica. Pasaría días enteros escuchándola, quizá toda una vida. A veces sus palabras le acercan a un mundo desconocido que le abre las puertas a una realidad diferente: en otras ocasiones, su sola melodía le seduce de tal forma que no acierta a descifrar el contenido.

Aún pasan un buen rato el uno junto al otro, con la sensibilidad a flor de piel. Esa sensibilidad que nace más allá de las ideas adoptadas por la tradición, surgida de las propias raíces de la vida. Han encontrado un territorio común por más desierto que pudiera parecer.

10

Wuhan
Junio, 552

Úrian se despide de Yù. Preocupado por haber dejado solo a Tistrya, sale y le encuentra cubierto con la capucha que usan los mercaderes. Como si se dispusiera a abandonar la casa del preceptor.

—¿Por qué llevas puesta esa ropa? ¿Ya nos esperan? —le pregunta Úrian, pensando que el tiempo ha transcurrido sin darse cuenta.

Tistrya se muestra sorprendido por su aparición. Se baja la capucha y, durante unos instantes, parece no tener respuesta.

—Hace poco que ha venido el mercader amigo de Fu Ming-Li —comenta—. Me ha pedido que les ayude en un transporte. Parece que no hay suficientes hombres disponibles; con la fiesta de las barcas del dragón tienen mucho trabajo.

—Voy contigo...

—¡No, Úrian! Ha dejado muy claro que con uno

más era suficiente. Lo mejor que puedes hacer es regresar con Yù. Aprovecha, tú que puedes —dice, guiñándole el ojo.

—Está bien, de acuerdo, pero le podrías preguntar por el preceptor. Yù también está preocupada.

—Ya lo he hecho. Pero no tiene ninguna noticia que explique su ausencia.

—Así pues, ¿sabes cuánto tardarás?

—Tú vuelve con Yù, que cuando termine pasaré a buscarte.

Úrian quiere darle las gracias. Abre los labios y le mira fijamente, pero Tistrya desaparece de inmediato.

El joven regresa a las dependencias de Yù. Nota aquel olor a incienso que ya le resulta agradablemente familiar. Tiene la extraña sensación de entrar en un lugar conocido, como en la lejana Corinto, cuando su madre cocía en el horno el pan de miel que tanto le gustaba. Cierra los ojos, aspira el olor y el viejo recuerdo hasta empaparse de él.

Sonríe.

Desea llamar a Yù, decirle que todavía disponen de tiempo, pero se toma unos minutos para observarla. La princesa está inclinada sobre unas mesitas de barro, el incienso arde a su lado. Desde la posición que ocupa no puede ver de qué se trata, pero la actitud de la muchacha es de reverencia ante un altar.

La deja hacer mientras se esfuerza en retener la belleza del momento. Úrian se abandona a su magnetismo. Ella ha vuelto a recogerse los cabellos con las agujas de jade blanco. Solo un mechón desciende por su mejilla, rasgando el equilibrio de la piel nacarada.

—¡Es tan hermosa! —dice con un murmullo casi imperceptible.

Yù, como si lo presintiera, se gira, feliz por el inesperado reencuentro. Él intenta contener su emoción y responde a sus preguntas de manera breve. Le falta aire. La joven le muestra el ritual que lleva a cabo. Lo hace con la complicidad y la estima de compartir algo muy íntimo y Úrian se siente el ser más afortunado del mundo. Frente a ellos dos tablillas de barro reposan sobre una mesa. En una de ellas se puede leer Navid, en la otra unos caracteres chinos indescifrables.

—Ahora ya están juntos, nadie puede separarlos —se adelanta a aclarar Yù, sin dejar de mirar los nombres caligrafiados de sus padres.

Naωιδ

—¿Cómo se llamaba tu madre? —pregunta Úrian.

—Su nombre era Lán. Quiere decir montaña de niebla.

Yù le explica que la ceremonia del incienso tiene un significado claro en su cultura: mantener la familia unida. El humo elevándose, en compañía de una plegaria, es una manera simbólica de entrar en contacto con los espíritus ancestrales.

Úrian duda, pero finalmente se decide a pedirle algo.

—¿Podríamos escribir Iris? Mi madre tenía el nombre de una flor que puede tener colores tan distintos como el arco iris.

Si Úrian ha quedado maravillado viéndola hacer aquella ofrenda a sus antepasados, ahora la admira todavía más observando cómo se prepara para la escritura.

El joven sigue de cerca el ritual. Observa cómo ella diluye con agua la piedra de tinta, hasta entonces inerte. En contacto con el líquido se despierta y suelta su elixir; su savia negra se expande como una noche sin luna.

Yù escoge el pincel más adecuado, lo sujeta con pulcritud y respeto. Mira el rastro sinuoso que va dejando a su paso. Mientras, el joven piensa que la cadencia de la escritura es como el mechón de cabellos que le atraviesa el rostro; dócil y a la vez indómito.

Ἶρις

El nombre de su madre queda inscrito en el papel y un escalofrío recorre el cuerpo de Úrian al sentir tan cercana su presencia, la intensidad del incienso, la emoción tan a flor de piel.

—Hacía mucho que no escribía en griego, Úrian. Recuerdo cuando mi padre me enseñaba a hacerlo, la dificultad que me suponía avanzar de izquierda a derecha y no de arriba abajo. Él se esforzaba en explicarme que cada trazo no tenía sentido por sí mismo, que no expresaba ninguna idea si no entraba en relación con los otros hasta formar una palabra. «¡Qué triste!», exclamé. Y él se rio un buen rato.

Úrian también sonríe y le hace mil preguntas aunque no siempre es capaz de comprender sus respuestas. Se queda pensativo cuando la princesa le explica que la escritura es un ejercicio para la vida, que tiene muchos beneficios físicos y espirituales y es una buena forma de infundir paciencia, disciplina y perseverancia.

Quiere verla escribir, esta vez en su lengua, a su manera. Ella se prepara, tal y como se hace en los grandes momentos, y el joven siente que su presencia emana sensaciones contrarias, parece llena de una paz interior que equilibra la tensión del momento. Piensa en el temblor de una estrella suspendida en el cielo nocturno.

Yù escribe con todo su cuerpo, pero también lo hace desde la quietud. «La escritura se interrumpe, pero su significado continúa. Se abandona el pincel, pero su poder es inagotable.» Así reza un proverbio chino. Úrian, incapaz de poner palabras, bebe de sus sentidos.

Es como una danza del pincel donde la composición viene marcada por su ritmo. La joven establece un intercambio espiritual con lo que escribe. El juego estético resulta tan bello como la silueta perfilada al contraluz de un sol que declina.

A Úrian, la escena que transcurre ante sus ojos le recuerda las sensaciones evanescentes de la pintura. Piensa en sus días en Corinto, distraído en la mezcla de los pigmentos, cómo su espíritu permanecía pendiente de las formas que cobraban vida en las telas. Hace tiempo que no evocaba estas emociones. Es como si pasado y presente, siempre en tránsito, se confabularan en un instante feliz.

Pero Yù se detiene para cogerle la mano.

—Escribiremos juntos, Úrian. Déjate llevar, confía en mí.

Él se estremece al notar el aliento tibio de la joven junto a su mejilla. Siente que las piernas le flaquean y suda. Suda al entrar en contacto con su brazo, al elevarse para afinar el signo, también cuando reposa para así aumentar el volumen de los contornos. No conoce el motivo de las pausas cuidadas ni de la energía que su cuerpo le transmite en algunas líneas, pero de lo que no alberga duda alguna es de que daría la vida por no perderse ese momento. Le trastorna el olor de la tinta, del incienso que todavía quema muy cerca, del perfume de vainilla que desprende su princesa.

Yù da por acabada la escritura, pero la distancia entre ellos es tan breve que puede sentir la tibieza de su piel. Durante un tiempo impreciso los dos jóvenes permanecen inmóviles. El silencio es cóncavo, les devuelve la respiración agitada, el latido de sus corazones que amenaza con encontrarse.

Úrian, sin apartarse de ella, le recorre el óvalo de la cara con la punta de los dedos. Siente que se trata de un privilegio parecido al de andar sobre el perfil de la luna. Tal vez en el trayecto le será posible dejar escrito todo el amor que le invade y que solo las palabras callan.

Cuando el superior del convento nestoriano de Wuhan tiene noticia de la incursión violenta que preparan los bizantinos, decide ir a la capilla y elevar una plegaria por el alma de los viajeros. Es todo lo que puede hacer; ya ha tomado conciencia de que los acontecimientos se precipitan y solo lamenta que la presencia de Rashnaw no ponga un poco de cordura a una decisión que considera desafortunada. Pero el viejo monje lleva mucho rato ausente, y desde su salida nadie le ha vuelto a ver.

Xenos comenta los últimos detalles con el comandante Lysippos. Planean un ataque rápido. Se acercarán por la puerta norte y, tras poner fuera de combate a los guardias, dejarán un par de hombres para cubrirse las espaldas. Najaah vigilará desde lo alto de la torre. Después lanzarán la mezcla viscosa contra el monstruo. La flecha ardiendo provocará un incendio y, como poco, le dejará aturdido. Puede que sea suficiente para matarlo. De todas maneras, les permitirá ganar tiempo y robar los preciados huevos. Tendrán una posibilidad. Si no es así, únicamente Dios puede prever qué pasará.

Los soldados se reparten las armas que han ido consiguiendo y dejan los caballos libres de cualquier carga, solo uno lleva la mezcla elaborada por Lysippos, cubierta con un haz de paja. Piensan que si todo marcha bien dispondrán del tiempo suficiente para regresar al convento; una vez allí, la partida será inminente. Por lo que han ido observando, los chinos son gente de reacciones lentas y meditadas.

Además, ayer llegó una noticia que posiblemente les favorezca. Es el aniversario del emperador y quieren hacer coincidir esa efeméride con la tradicional fiesta de las barcas del dragón; posiblemente esta circunstancia les dé más margen de maniobra. Durante todo el día han visto pasar caravanas con víveres y grupos de artistas ambulantes que se dirigen al palacio. Es de suponer que los servidores de Yuandi estén concentrados en los actos de celebración; querrán que la primera fiesta del nuevo mandatario sea realmente especial.

Con los caballos desnudos y las armas dispuestas, los bizantinos recuerdan sus momentos de aprendizaje. Cuando la destreza con los animales y el brillo de sus espadas eran más importantes que la lucha por la vida.

En los establos tiene lugar un hecho inesperado. Lysippos golpea al tejedor por la espalda y le deja inconsciente. Mientras tanto, Najaah, con un trapo en la boca, es amarrada a una de las columnas. Frente a ella, atan también el cuerpo inerte de Xenos.

—Los hechos de armas deben llevarlos a cabo los hombres que han sido adiestrados para ello, capaces de ejecutar las misiones sin que les tiemble la mano. Ahora seremos menos, pero tendremos la certeza de que nuestra voluntad es indestructible —anuncia Lysippos a sus hombres con un tono firme que ellos interpretan de manera muy diversa.

Atraviesan las calles que les separan de la puerta norte recorriendo los barrios más pobres de Wuhan, lejos del río donde con los preparativos de la fiesta se reúne la multitud. La mayoría de los que se encuentran a su paso son comerciantes sin techo que han extendido sus mercancías sobre una manta raída. Sentados en la tierra a la espera de compradores inexistentes, les ven pasar sin mover un solo músculo, con los ojos atravesados por una tristeza infinita.

Al llegar frente a la muralla, el grupo de ocho hombres que comanda el soldado de la cicatriz comprueba la escasa disposición de los guardianes para la defensa del recinto. Uno de ellos ríe estrepitosamente, parece explicar alguna anécdota; se apoya en su compañero, los dos han dejado las armas arrimadas al muro. A juzgar por su indiferencia, no parece importarles demasiado la presencia de los recién llegados.

—No esperan nada de nosotros; es como si nos invitaran a entrar... —comenta Lysippos para animar a sus hombres, pero no puede evitar el tono de decepción que transmite su voz.

—Mucho mejor, Lysippos —le responde Fixia, uno de los más veteranos—, así no tendremos bajas.

El soldado de la cicatriz esperaba una mayor resistencia que les ayudara a recuperar la tensión perdida. Se conforman con poner fuera de combate a los guardias. Dejan a dos soldados para vigilar su retirada y penetran en el recinto imperial. El recorrido es corto. En poco tiempo divisan la arcada de madera que da entrada al jardín de las moreras. Aceleran el paso, confiados en la tranquilidad que les rodea. Bajan de los caballos y se disponen a traspasar la puerta.

Su arma secreta está dispuesta para ser utilizada en cualquier momento. Están justo en el lugar exacto. Lysippos pone en guardia a sus hombres y sujeta la masa viscosa que arrojará al misterioso monstruo, si finalmente les ataca. Otro de sus soldados enciende el fuego que dará en el blanco. Pero una lluvia de flechas cae a su alrededor y un numeroso grupo de soldados de Yuandi se presenta de pronto en las terrazas. Tras el primer ataque han tensado de nuevo los arcos de madera. Parece imposible que no hagan volar sus flechas de nuevo en todas las direcciones.

—Es una trampa —clama Lysippos, profundamente consternado—. No presentéis batalla, no hagáis ningún movimiento que les pueda provocar.

Los soldados obedecen. Ahora entienden la facilidad con que han entrado en el recinto imperial. Saben que esta vez no se enfrentan a ninguna aparición; son los guardias de Yuandi convertidos en un ejército preciso y terrible; además, les superan por docenas. Antes de que Lysippos tome la decisión de usar su arma contra ellos, una flecha abate al soldado que sujetaba la tea con el fuego. Los relatos que han escuchado a los monjes nestorianos sobre la brutalidad del ejército imperial no invitan a resistirse.

Derrotados, apretando los dientes por la impotencia que les mantiene atrapados, los bizantinos ven a lo lejos la figura del emperador. Monta un lustroso caballo blanco, su imagen imponente muestra la misma tensión marcial que sus arqueros.

Todo parece perdido. Esperan que en cualquier instante una nube de flechas vuelva a surcar el cielo y esta vez les caiga encima. Es entonces cuando Lysippos divisa un caballo que se les acerca con lentitud. Reconoce enseguida a Fu Ming-Li, el chino al que Rashnaw tanto admira. Siente el deseo de permitir que se les acerque y atravesarlo con el cuchillo que todavía guarda bajo la túnica. Pero las primeras palabras que oye, más propias de un hombre santo que de un enemigo, hacen que olvide sus propósitos.

—Vuestra ambición ha superado todas las expectativas, amigos míos. Habéis cometido un grave error y tendréis que aceptar el castigo —anuncia el preceptor, que permanece a una distancia prudencial, como si sospechara las intenciones del soldado—. Yuandi no pasará por alto esta traición a su hospitalidad.

—¿Llamáis hospitalidad a la manera en que hemos sido tratados? Somos soldados del emperador Justiniano, el único merecedor de tal nombramiento —responde Lysippos, visiblemente contrariado por haber caído en la emboscada.

—Tenéis suerte. Nadie más entre los presentes entiende el griego. De lo contrario, no duraríais ni un segundo con vida después de vuestras arrogantes palabras. —Fu Ming-Li se muestra inquieto y en su discurso subyace un ruego de contención que hace reaccionar a los bizantinos con toda la prudencia que el momento les permite—. Si no presentáis batalla, no os matarán, al menos de inmediato. No lo hagáis, os lo imploro. Yo estoy aquí en contra de mi voluntad. Los últimos acontecimientos me han convertido en un mero traductor de Yuandi. No soportaría colaborar en vuestro exterminio. Si los gestos os delatan, ninguna súplica podrá frenar la ira del emperador. No habrá nada que yo pueda hacer o decir.

—Entiendo que eres como un cervatillo perdido en la montaña y asediado por las águilas, preceptor. No sé qué motivos te han hecho sucumbir bajo las garras de estos asesinos, pero no llevaré a mis hombres al suicidio; puedes estar tranquilo.

—Veo que eres más sabio de lo que cabe esperar de un soldado, pero calificar de asesinos a aquellos que defienden el más valioso de sus secretos no me parece lo más acertado. Ellos podrían decir lo mismo de vosotros, Lysippos —responde Fu Ming-Li—. Uno de los guardias que habéis golpeado ha muerto, no creo que Yuandi se conforme con la sangre que ya ha sido derramada, corréis un gran peligro.

—¿Han asesinado a los hombres que dejé vigilando la puerta? —pregunta el soldado de la cicatriz, que ha entendido casi de inmediato las insinuaciones del preceptor.

La pregunta de Lysippos queda sin respuesta. Sin más palabras, los guardianes del emperador acorralan a los bizantinos y se apoderan de todas sus armas, también las que creían más escondidas. Cuando encuentran el extraño amasijo viscoso, lo miran con recelo.

Un grupo numeroso de chinos les rodean y hacen las veces de escolta. Están bien coordinados, como si todos y cada uno de ellos supieran su papel y lo llevaran a cabo sin posibilidad de ninguna interrupción. Atraviesan de nuevo el recinto y salen por la puerta norte. Los cuerpos de los hombres de Lysippos que guardaban la retirada yacen en el suelo decapitados.

El resto del camino lo hacen en silencio. Ninguno de los soldados le reprocha a su comandante el fracaso en la misión, parecen hacerse cargo de que sus propósitos estaban por encima de las posibilidades reales, dadas las escasas fuerzas con las que contaban.

Cuando el convento nestoriano aparece ante su vista, observan con resignación que también ha sido tomado por las fuerzas de Yuandi. Han confinado a los monjes en la capilla y los chinos entran y salen por todas partes. Lysippos entiende de inmediato que buscan al resto de los viajeros, pero parece que Rashnaw todavía no ha vuelto y no hay ningún rastro de Úrian ni tampoco de Tistrya.

Poco después, no obstante, se presentan los dos jóvenes y, casi al mismo tiempo, unos soldados traen a Rashnaw cogido por los brazos.

—Celebro que no hayas opuesto resistencia, amigo mío —dice Fu Ming-Li mientras el viejo monje refleja el mismo estupor que Úrian y Tistrya.

—¿Puedo saber qué es lo que sucede? —reclama Rashnaw, dirigiendo su mirada hacia el preceptor.

—Tus compañeros han intentado tomar por la fuerza lo que no les pertenece. Es el riesgo que se corre por viajar en compañía de hombres acostumbrados a derramar sangre.

—¿Ha muerto alguien, Fu Ming-Li?

—Ha muerto un soldado del emperador y también un par de los vuestros. Pero lo más importante es qué será de vosotros. Yuandi está dispuesto a hacer un trato; lo que no sé es si sabréis aceptarlo. Yo os diría que no tenéis ninguna otra salida.

—¿Cuál es el trato? —pregunta el viejo monje, observando cómo sacan de los establos a Xenos, que parece aturdido. Najaah lucha con todas sus fuerzas intentando librarse de las garras de dos soldados chinos; ellos disfrutan de la agitación que la posee y se burlan de las contorsiones con las que la mujer trata de soltarse.

—Puesto que hoy es el día de su aniversario y la ciudad celebra una de sus fiestas principales, el emperador quiere mostrarse magnánimo. Y no penséis que es demasiado habitual en él, es probable que sus concubinas le hayan deleitado en extremo estas últimas noches. Os dará la libertad si aceptáis partir de inmediato hasta los confines del imperio, donde seréis abandonados a vuestra suerte. No os será permitido llevar armas, pero dispondréis de agua y provisiones suficientes para salvar vuestra vida. El emperador desea hacer saber a Justiniano lo que les sucede a aquellos que osan violar la ley del hijo del sol.

—¿La libertad? —repite inquieto el monje, que ve alguna trampa en su ofrecimiento—. ¿Significa eso que nos podremos ir todos, sin más?

—No, por supuesto que no. ¡Lo que me pedís es imposible! —exclama el preceptor—. Seréis tú y tu discípulo, así como Xenos y su hijo. Najaah también podrá marchar. En realidad, todos aquellos que no han participado en la sangrienta incursión que hoy ha tenido lugar.

—¡No podemos aceptar esas condiciones, Fu Ming-Li! ¿Qué pasará con Lysippos y sus hombres?

—Es mejor que no penséis en ellos. Concentraos en vuestra salvación. Y hacedlo ahora, antes de que Yuandi decida encarcelaros a todos.

—Pero...

—Ya no hay duda posible, maestro —interviene Tistrya, a quien los soldados han permitido acercarse al viejo monje—. Y nadie debe forzar su muerte si tiene la salvación a su alcance.

Rashnaw se queda mirando uno por uno a todos los hombres que le han acompañado en el viaje. Escruta el gesto de Tistrya, pero no ve cobardía en sus palabras, sino una cordura trágica que le conmueve. Por unos instantes se siente orgulloso de ese joven que ha tenido tanto tiempo bajo su tutela y a quien ahora, todo lo indica, le ha llegado la hora de volar solo.

Después, con lágrimas en los ojos, baja la cabeza lentamente en señal de asentimiento.

Fu Ming-Li fustiga su caballo para llegar sin pérdida de tiempo al lugar donde le espera Yuandi. Las fuerzas del emperador no tardan demasiado en dividirse en dos grupos. Uno de ellos, mucho más numeroso, se prepara para volver al recinto imperial, llevando a los prisioneros: Lysippos y sus hombres. El soldado de la cicatriz no ha mirado en ningún momento a Rashnaw; no ha querido influir en su decisión. El otro grupo, cerca de una docena de soldados de aspecto feroz y bien armados, se queda en el convento y exige a los bizantinos que recojan sus efectos personales. Tistrya aprovecha la oportunidad, pide su báculo a uno de los soldados y este se lo entrega sin demasiado entusiasmo, luego se dirige a paso ligero hacia los establos.

El hijo del tejedor le sigue. No podría marchar sin sus útiles de escritura y el turbante de Fiblas. Cuando sale con ellos en las manos, ve que el joven monje todavía revuelve entre la paja y rebusca en un rincón. La primera reacción es decirle algo, recordarle que no puede entretenerse, pero desiste.

El patio del monasterio está lleno de soldados que no apartan la mirada de ellos, pero el pensamiento de Úrian vuela sobre los tejados de Wuhan. Le gustaría poder ver a través de las casas y de los muros. Sentir una vez más la presencia de Yù, tener a su lado su voz cálida y contagiosa, la blancura de su piel en contraste con la piel curtida y oscura que él ha ido forjando a lo largo de tantos meses de viaje.

Pero lo único que percibe es el polvo que, al paso de los caballos del emperador, se extiende por las calles que empiezan a vivir en sus recuerdos. A lo lejos se oye una música suave que desaparece por momentos diluida por las voces de los niños. Úrian se da cuenta de que ha dado comienzo la fiesta de las barcas del dragón, pero ambos sonidos se van perdiendo lentamente, convirtiéndose en una melodía silenciosa que solo su corazón sabe escuchar.

11

Riberas del gran río Amarillo
Julio, 552

Rashnaw intuye que se acercan al lugar donde los cinco viajeros serán abandonados a su suerte. El preceptor de Yù le comunicó que sucedería cuando llegaran a los límites occidentales de los reinos del sur, y hace casi dos meses que fueron expulsados de Wuhan.

Dos meses atravesando territorio chino sin entender una sola palabra, abocados a la soledad y al aislamiento. Dos meses intentando interpretar los rostros de sus guardianes. La búsqueda del gesto, la expresión fugaz les provoca una fuerte sensación de inquietud. La compañía de los soldados chinos les impide cobijarse al abrigo de los monasterios nestorianos, donde siempre hay alguien que comparte su idea de las cosas y las expresa en la misma lengua que los viajeros.

Pero no son libres de escoger los lugares donde pernoctar, ni tampoco aquellos donde permitirse descansar y aligerar los efectos del calor y el polvo de los caminos.

Son seres sometidos a una voluntad grosera, expresada con palabras extrañas. Son prisioneros del emperador Yuandi y ese es el trato que reciben.

Ni los monjes ni los tejedores habrían podido imaginar nunca la sensación de impotencia y de humillación que provoca la falta de respeto hacia los cautivos, la rabia que puede desencadenarse a cada paso. A pesar de todo, Rashnaw está pendiente de las reacciones que muestra la mujer. Ha visto el odio reflejado en su mirada cuando alguno de los soldados se le acerca con actitud lasciva. Ha observado cómo aprieta los puños, incluso recoge piedras y las mantiene a su alcance. Najaah no quiere contarle aquello que siente, pero el viejo monje sabe que la situación actual ha disparado un antiguo resorte en su interior.

No es fácil olvidar las viejas heridas. Las de ella han adquirido de pronto el aspecto de la carne expuesta en el mercado tras la matanza. Advierte su desasosiego constante, siempre al acecho, siempre indómita.

Úrian camina un poco alejado del grupo, como un alma en pena. Es fácil descubrir que ha perdido peso, a duras penas levanta la vista más allá de lo necesario para guiar a su caballo. Tistrya no lo deja solo en ningún momento, pero el muchacho de Corinto responde con palabras sueltas a las conversaciones que él se esfuerza en iniciar.

Es curioso que, de entre todos los viajeros, el joven monje sea el que se muestra más entero. Siempre está dispuesto a hacer de intermediario, sobre todo en situaciones tensas, cuando el orgullo de Xenos choca con la ferocidad de los guardias o cuando los ánimos del grupo decaen peligrosamente.

Tistrya deshace el camino con más aplomo que el resto. No baja la mirada al atravesar ciudades o aldeas, mientras sus habitantes tratan al grupo como si fueran apestados. Ni siquiera cuando unos muchachos les arrojaron piedras, gritando palabras incomprensibles, reaccionó de forma violenta. Todo lo contrario. Desconcertando al mismo maestro, quitó importancia a los hechos y aplacó la furia del tejedor diciendo que solo tenían ganas de jugar.

Ahora, las orillas del gran río Amarillo están próximas, lo anuncian los pájaros y la vegetación. El viejo monje no se atreve a compartir su sospecha con los viajeros. Si es cierto que la custodia de los soldados chinos les somete a una esclavitud vergonzosa, también lo es que bajo su dominio están a salvo de los bandidos y los curiosos.

La lluvia marca el primer momento del día, pero a medida que pasa el tiempo, el cielo se oscurece de manera progresiva. Hace mucho rato que avanzan bajo una tormenta de rayos y truenos. Los caballos relinchan, agitan las crines, remueven las pezuñas en el barro. Tistrya mima a *Explorador* y le alienta a seguir, le habla con voz suave y el animal le devuelve la mirada como si realmente pudiera entender sus deseos.

Desde las gotas iniciales, al ruido del agua chapoteando en los charcos se añadía un sonido metálico, el de la lluvia rebotando sobre los escudos de los guardias, un martilleo insidioso que hacía más profundo el aguacero, pero ya hace rato que los viajeros han dejado de escucharlo.

Están solos.

Se encuentran solos bajo un cielo enfurecido, bajo la maldición de quién sabe qué Dios. No ha sido necesario entender la lengua de los hombres de Yuandi al indicarles el otro margen del río. Ni el mismo arcángel en el Jardín del Edén, al expulsar a Adán y Eva, habría sido más preciso con la espada en la mano.

Les han mostrado el camino, les han tirado a los pies los fardos con alimentos y mantas y, escupiendo en el barro, han proferido palabras desafiantes.

Ahora, sin Lysippos y los soldados, su suerte está en manos del Altísimo. A veces, al viejo monje le cuesta alejar del pensamiento la idea de que Él también les ha dejado desamparados. Los cinco viajeros todavía parecen más frágiles mojados y temblando de frío, como pájaros fuera del nido, con el plumaje empapado.

—Deberemos buscar un lugar donde pasar la noche —dice Xenos, observando con melancolía las huellas que han dejado impresas sobre el fango.

—A pocos pasos de aquí me ha parecido ver una cueva. Puede servirnos de refugio. Los caballos necesitan guarecerse y descansar en lugar seco —se apresura a decir Tistrya, dando unas palmadas amigables a su *Explorador*.

—¡Manos a la obra, pues! Nosotros lo necesitamos igualmente —responde el tejedor, sin esperar más opiniones al respecto.

La cueva es lo bastante grande para albergar al pequeño grupo y a las bestias, cansadas y nerviosas por la tormenta. Rashnaw ha hecho fuego con la intención de poner a secar las ropas. Pese a encontrarse en pleno verano, el tiempo pasado bajo la lluvia les ha dejado una fuerte sensación de humedad en los huesos. Junto al fuego se reparten unos panes y queso. En el exterior, el agua del río bajando con fuerza es el único sonido que escuchan. La lluvia ha cesado.

—¡Deja de temblar y acércame otro pedazo de pan, mujer! —pide Xenos.

Najaah no se mueve, ni siquiera levanta la cabeza que esconde entre las rodillas. Úrian mira a su padre y el silencio se apodera del grupo. El joven se enfrenta con los ojos del tejedor y le desafía. Cree poder sentir su rabia, o tal vez la alberga en su interior. Se pregunta qué ha sido de aquel color azul donde se refugiaba al despertar de una pesadilla, de aquel marrón que le recordaba la dulzura de sus atenciones cuando estaba enfermo. Ahora, los ojos de Xenos, indiferentes a sus colores divididos, codician venganza.

—No le habléis así. Ella no tiene la culpa, ninguno de nosotros la tenemos. Si nos encontramos aquí es porque...

Úrian no finaliza la frase, posiblemente porque le resulta demasiado cruel, o porque la mano de Najaah se le acerca depositándose en la suya en actitud de súplica. Tistrya pide entonces la palabra. Lo hace con seguridad, como quien se dispone a pronunciar un discurso importante.

—Me entristece mucho que Lysippos y sus hombres ya no estén con nosotros. No solo porque el retorno bajo su protección sería más seguro, también porque me había acostumbrado a ellos y había aprendido a quererles. Los recuerdo a diario en mis oraciones. Nos hemos quedado solos, es cierto, pero no todo está perdido.

—Ahora dirás que nos tenemos los unos a los otros y que... —interrumpe el tejedor con la boca llena.

—Es muy cierto lo que decís, Xenos. Pero, si me lo permitís, querría añadir todavía otra cosa. —Tistrya coge su báculo y se levanta. Lo hace sin prisas, como revistiendo la situación de una solemnidad que desconcierta a sus compañeros—. He tenido mucho tiempo para pensar; de hecho, todos lo hemos tenido, pero creo que ha llegado el momento de comunicaros mis intenciones. —Tistrya se detiene y mira al resto del grupo—. No volveré con vosotros a Bizancio.

El joven monje siente que todas las miradas se le clavan encima. Ninguno de ellos sigue masticando lo que tiene en la boca. Úrian intenta intervenir, con la clara intención de hacerle cambiar de parecer, pero le indica con la mano que no es el momento.

—No es fruto de un momento de locura o desánimo —prosigue—, ya os lo he dicho. Seguiré con vosotros hasta llegar a Penjikent. Allí me quedaré con mi padre, le acompañaré los días que le queden de vida y, supongo, tendré tiempo de reflexionar sobre qué hago con la mía. —Rashnaw le mira con lágrimas en los ojos. Definitivamente, se ha hecho mayor, piensa, y está orgulloso de él. Tistrya se le acerca y sonríe levemente mientras le ofrece el báculo. El viejo monje no entiende el gesto, hasta que su discípulo añade—: Hay todavía otra cuestión. No os lo he comunicado antes porque no quería comprometer a nadie, pero ahora que los chinos nos han abandonado a nuestra suerte, ya no tiene ningún sentido guardar el secreto. Tal vez os ayude a recobrar la confianza.

Todos los presentes escuchan con atención al joven monje, sorprendidos ante su serenidad. Ven en la calma con que expresa su decisión una característica que hasta el presente era patrimonio de Rashnaw.

—Dentro de mi báculo hay lo que hemos venido a buscar, el objetivo que tantos esfuerzos y penurias nos ha costado. Pero debo deciros que, en este momento, no estoy seguro de que haya merecido la pena. El precio que hemos pagado todos ha sido demasiado alto... —Las miradas de los viajeros ya no se mantienen fijas en el joven monje, se clavan en el bastón que Rashnaw sostiene con un ademán extraño. Tistrya continúa—: ¿No eran los huevos del gusano de seda y las semillas de morera los motivos por los que han dado la vida nuestros compañeros o el mismo Fiblas? Aquí los tenéis, llevádselos a Justiniano y pedidle que cumpla su palabra: admitir de nuevo a los nestorianos en el seno de la Iglesia.

—Pero ¿qué dice este insensato? —exclama Xenos, sospechando de la cordura del joven y haciendo ademán de levantarse.

El viejo monje le cierra el paso, primero con la mirada, después con la mano sobre su pecho. No necesita añadir palabra alguna para detener la actitud violenta del tejedor. Con mucho cuidado, examina el báculo y busca una fisura. Desencaja las dos partes del bastón y extrae de su interior media caña de bambú cortada longitudinalmente. Sobre ella, una masa grisácea da fe de la veracidad de las palabras del joven. En el fondo del cayado unas semillas del árbol denominado morera descansan sobre unas hojas.

—Pero... ¿cómo has podido? ¿Cuándo...?

—Nadie pensaba que yo tendría el valor de arriesgarme. Ni el mismo emperador. ¿Lo recordáis? Fue el primero que dudó de mi capacidad. Pero ha sido fácil. Lo entendí al escuchar las explicaciones que Yù daba a Úrian. Aquel monstruo no era más que un ingenio mecánico. Solo faltaba averiguar cómo funcionaba.

—Y lo hiciste, Tistrya, ¡venciste al monstruo!

—Desplegué mi inteligencia, tal y como me enseñó mi maestro —continúa el joven monje, mirando a Rashnaw—. Este supuesto monstruo se movía gracias a un sistema de poleas y de conducciones de agua. Lo descubrí examinando los alrededores. Cuando los visitantes pisaban la losa de la entrada, saltaba el mecanismo...

—Pero tanto Lysippos como yo mismo vimos que escupía fuego —interviene Xenos desencajado.

—Por lo que he podido averiguar, la llama se produce a partir de dos piedras que chocan y encienden un gas.

—¡Se trataba solo de un juguete! —exclama el tejedor—. ¡Y tú lo sabías, Úrian!

—Lo supe el mismo día en que decidisteis asaltar el lugar; cuando llegué, ya no hubo tiempo de advertiros —responde el chico un poco intimidado, o quizá dolido, justo antes de dirigirse a su compañero—: Por eso te fuiste y me dejaste con Yù alegando que te habían pedido ayuda para descargar no sé qué... ¡Ahora lo entiendo!

—Siento haber tenido que mentir, haberte engañado, pero ya está hecho. Todos estaban atentos a la incursión de Lysippos y me pude mover sin problemas.

A pesar de sentirse avergonzado, Xenos sonríe por dentro. Ya no importa cómo; el hecho es que la misión puede acabar bien, que tienen aquello que han venido a buscar. Aunque Tistrya tiene otras cosas en la cabeza.

—Durante mucho tiempo mi orgullo herido por las palabras del emperador me dio la fuerza de seguir. Confieso que a menudo ha sido más fuerte en mí el despecho que la causa nestoriana, pero ahora ya no importa... Ya he dejado de pensar en su desprecio, no necesito su reconocimiento.

Rashnaw entiende el esfuerzo que le debe suponer esta confesión y se le acerca hasta que los dos se funden en un abrazo que los presentes acogen con satisfacción. Pero Tistrya todavía tiene algo que decir a su maestro y lo hace hablándole al oído.

—Vos me habéis enseñado todo lo que sé y otras muchas cosas que el tiempo hará aflorar, estoy convencido. Os he acompañado a China por la gran admiración que os profeso y el gran aprecio que os tengo. Esta es mi humilde ofrenda, e incluye mi gratitud más sincera. Espero que os sirva, que Justiniano sea capaz de cumplir su parte del trato.

—Esto solo el tiempo podrá decirlo, hijo mío.

Úrian ha seguido con expectación las palabras de Tistrya, pero ahora se aleja unos pasos del grupo, y mira el cielo.

—No sé qué Dios nos ha guiado hasta aquí —dice con voz queda—, pero espero que piense que todavía necesitamos algo de su benevolencia para conseguir llevar a buen término esta misión. Yo te lo pido, seas quien seas...

Como si quisieran darle los buenos días, sin acabar de atreverse a ello, en el jardín se escucha el repiqueteo suave de las campanas. La princesa abre los ojos, pero no hay nadie que pueda advertir su apariencia triste. Son como el cielo gris que hoy cubre Wuhan, como las aguas del río Yangtsé, revueltas tras las últimas lluvias. Ella no musita ninguna queja, casi agradece esta luz tranquila de día nublado, donde ningún sol puede clavársele en la mirada y los colores se muestran matizados de refulgencias.

Se levanta y escoge un bálsamo que elabora a partir de las flores que crecen por los alrededores de la ciudad. Piensa que necesitará más, que se las pedirá a su preceptor para destilarlas en su pequeño alambique. En contra de su costumbre, calienta agua y toma un baño. Se queda mucho tiempo sumergida en el líquido aromático, buscando en la tibieza una continuidad de sus ensoñaciones. Después sale al jardín con el ánimo de encontrar una rendija en el cielo nublado por donde se deslice un rayo de sol.

Se sienta en el pequeño banco que rodea el estanque para secar sus cabellos sueltos sobre la espalda. Mira la tortuga encajada entre dos piedras, no ha salido a saludarla. Yù tampoco lo hace. Probablemente, como decía Navid, esos pequeños y humildes animales son una imagen del universo, pero hoy el suyo se inscribe en las alas de la ausencia.

Durante mucho rato permanece quieta, con la mirada fija en el agua del estanque. Solo el sol, que se esconde de nuevo tras las nubes, consigue borrar la presencia del viajero, que continúa latente sobre el espejo líquido. De pronto pierde el interés y su atención parece irse muy lejos de ese pequeño recinto que la rodea.

El chapoteo de una rana la devuelve al lugar. Piensa en encender el incienso, como cada día, pero sabe que la plegaria que acompaña el gesto se desvanecerá más allá del recuerdo de sus padres. Abandona el banco y se dirige a la casa, sin prisas. El roce de sus ropas de seda, al reclinarse sobre las tablillas caligrafiadas, es el único sonido que se escucha en el aposento. Llora en silencio.

Cuando recobra el ánimo, se prepara una infusión de canela con azúcar de caña, la que los mercaderes chinos traen de India. Hoy no tiene sentido esperar la visita de Fu Ming-Li para tomarla juntos. Tras comunicarle la noticia de la partida de Úrian, Yù le hizo saber que necesitaba estar sola, que no podría poner barreras a la nostalgia. Ahora siente que el tiempo es como un papel rasgado; no sabe qué hacer para reconstruirlo.

Mira sus manos vacías y piensa que estarán así siempre, pero de pronto encuentra un rastro casi imperceptible de tinta. No ha vuelto a escribir desde aquel día en que lo hizo con Úrian. Ahora le cuesta pensar en coger el pincel sin estremecerse. Instintivamente recorre el perfil de su cara con la punta de los dedos, tratando de encontrar el gesto preciso que la conecte con el único paraíso que le ha sido permitido probar. Aquel griego la hizo sentir como un pellizco de luz invadiendo el aposento. Hoy tiene miedo de extender las manos y que se abracen a la niebla, que le asalte la imagen de su propio vacío.

Decide que solo puede sumergirse en el estudio. Se dirige hacia uno de los estantes y coge *La relación de las cosas del mundo*, de Hua Zhang. En sus páginas siempre encuentra curiosidades que hacen volar su imaginación, personajes que la subyugan, nociones de astronomía o de botánica que la obligan a pensar. Pero tras ojear unas páginas lo abandona. Demasiados viajeros y países para ella, ahora que no se ve capaz de esparcir sus pupilas al viento.

Se gira de nuevo hacia los estantes y revuelve entre manuscritos. No sabe cuál es el objeto de su búsqueda. Tal vez un ungüento para las heridas, una poción que la enturbie o la libere. Se encuentra entre las manos los cuentos de Xiao Shuo, pero los desestima; ninguna de sus historias fantásticas sería capaz de atraparla.

Un baúl pequeño y polvoriento yace en el fondo del estante. Hace mucho tiempo que no extrae su contenido y se aventura. Observa una hoja que sobresale del resto, la coge y pasa la mano por encima de los versos de la poetisa Pao Ling-Huy, copiados por ella con la caligrafía perfecta que ha conseguido lograr.

Dispone en el jardín unos cojines para la lectura, y apoya su cabeza a la sombra del cerezo. El sol vuelve a abrirse camino, pesadamente, entre las nubes.

En voz alta, empieza la lectura...

La hora del regreso

Los pájaros del aire saben que el atardecer es la hora
[del regreso,
solo el que anda errante no retorna a su hogar.
Inadvertidamente pierdo el fragante aliento de las
[flores
y paso un tiempo inútil con el esplendor de la luna.
Un rostro ceñudo aparece por la mañana en mi
[espejo,
lágrimas anhelantes manchan mi vestido primaveral.
La niebla del amanecer se desvanece sobre el monte
[Wu,
a lo largo del río Ch'y se desnudan las ramas verdes.
Te espero, pero nunca vienes.
Los gansos del otoño vuelan de dos en dos.

—Vuelan de dos en dos... —murmura la princesa con voz rota.

Ella, que siempre ha querido volar, añora poder plegar las alas sobre su cuerpo. Con un gesto repetido recoge el poema y los almohadones, de la misma manera que iría apagando una a una las lámparas que ponen luz a su noche. En el interior de la casa que le sirve de prisión, Yù se cobija detrás de la celosía y mira a través del laberinto de madera.

Ahora sueño y vida se entrelazan. Todo aquello que la rodea vuelve a su habitual anonimato.

Epílogo

> «A veces se precisa un golpe de locura para construir un destino.»
>
> MARGUERITE YOURCENAR

Constantinopla
Abril, 555

¡Podías haber escogido otro día para partir! Hoy tendrá lugar una celebración muy importante y el emperador cuenta con nuestra presencia...

Úrian no responde a esas palabras. La decisión está tomada y las exigencias de su padre confirman la distancia que se ha establecido entre los dos. Le podría preguntar para quién es importante la presencia del tejedor real, pero no lo hace. Piensa que el propio Justiniano tan solo les ha recibido una vez desde que regresaron con el secreto que tanto había anhelado. Ahora, todas las miradas se dirigen hacia Bizancio como la única productora de seda de Occidente. Pero este hecho no ha merecido la atención del emperador. Liberado de su deuda con Teodora, únicamente parece interesado en la teología.

Nada le dice, pues. Acepta la bolsa de oro que su padre le ofrece, y acto seguido llena el fardo con unas prendas de ropa y los útiles de escritura que le dio Rashnaw. Desde que salieron de China, no ha podido abandonar la costumbre de escribir su diario.

Hace semanas que quiere partir, quizá meses. Poco le importa si el eunuco Narsés ha conseguido al fin aniquilar a los ostrogodos, tras veinte años de luchas ensañadas. Las consecuencias serán las de siempre, el vencedor querrá cargos y prebendas, se instalará en palacio hasta que reciba la orden de organizar una nueva guerra donde derramar más sangre. Mientras tanto, el general Belisario se sentirá herido en su amor propio. Él no ha disfrutado de las mismas oportunidades que Narsés, y ahora queda privado de la gloria reservada a los escogidos.

Tras colocar el fardo a lomos del excelente caballo que le ha regalado Xenos, atraviesa la Puerta de Bronce que comunica el Palacio Sagrado con la avenida central. Enseguida le sale al encuentro el bullicio y la alegría de un día festivo. Los habitantes de Constantinopla ven en la victoria de Narsés la oportunidad de una época próspera, o tal vez la ocasión propicia para liberarse de los elevados tributos que exige el imperio.

Los esclavos esposados en hileras, los carruajes llenos de metales preciosos y todo tipo de ornamentos se suceden sin descanso. Pero Úrian se esfuerza en no mirar hacia atrás. Sabe que si lo hace podrá contemplar la figura de su padre en la torre de la muralla, ataviado de manera ostentosa con la seda que le ha hecho rico. Siente sus ojos clavados en la nuca y le pesan. Avanza, y a cada tramo del camino es como si se fuera liberando de una mirada que quiere subyugarle.

Se hace difícil sortear a la muchedumbre que camina en dirección a palacio, pero la determinación del joven es como una ola gigantesca que ha sido capaz de saltar sobre las almenas y ahora se desperdiga por la avenida, ajena a los gritos de victoria de los bizantinos, decidida a aprovechar cualquier rendija para continuar su camino hasta el mar.

Dos años atrás, cuando llegaron de Oriente, también se daba cita otra celebración. Pero con la alegría de muchos se fundían los llantos de otros. Belisario no pudo abrazar a su discípulo, el niño que adoptó y en quien tenía puestas las pocas esperanzas que le quedaban. La idea de que Lysippos podía seguir vivo no era suficiente para resignarse a su pérdida. Pero el emperador impidió sus intentos de organizar una expedición de rescate.

—Os necesito en Constantinopla, querido Belisario —le dijo en repetidas ocasiones, sin que ningún destino ni objetivo concreto justificara la presencia del general.

El bueno de Jedisán, el padre de Fiblas, también había sido incapaz de consolar a su esposa. Aferrada a Úrian, agarrando con fuerza el turbante violeta entre sus manos, le pedía, una y otra vez, que le explicara cómo había sucedido, cuáles habían sido sus últimas palabras.

Mientras orienta los pasos vacilantes de su caballo

entre el gentío, el joven de Corinto observa cómo arrastran a los prisioneros en dirección a palacio. Imagina el dolor de las mujeres solas, de los niños sin padre; son personas de las cuales no conoce el rostro, dobladas por la voluntad del tirano que asesina amparándose en un Dios. Estremecido por ese pensamiento que, ahora lo sabe, complacería a Rashnaw, lucha todavía contra el deseo de mirar hacia atrás. La misma determinación que le sirve para avanzar debe de dar fuerzas a su padre para mantenerse en alerta, para poder percibir cualquier movimiento que denote su debilidad.

—Al fin y al cabo, es absurdo —se dice, y continúa su camino, chocando contra el populacho enfervorizado.

Rashnaw. Se pregunta por qué le viene a la memoria ese hombre siempre que va en busca de respuestas. Estaría orgulloso de él. Si pudiera verle, seguro que sonreiría complacido, se va repitiendo mientras aumenta la distancia entre él y la figura de la torre.

El viejo monje no tardó tanto en abandonar el palacio. Pocas semanas después de llegar a Constantinopla se celebró el V Concilio Ecuménico. Todo fue una gran farsa, una trampa para reiterar el rechazo de la Iglesia a la llamada herejía de Nestorio. De los ciento sesenta y seis obispos, solo fueron convocados doce orientales. ¿Cómo podía ni siquiera imaginar el emperador que Rashnaw se dejaría comprar por favores personales? El hijo del tejedor todavía hoy se lo pregunta. No, Rashnaw no aceptó ninguna prebenda. Fiel a su ideario, partió en dirección a Gundishapur, deshizo el mismo camino que ahora forja Úrian, sin mirar hacia atrás, a fuerza de voluntad.

El joven de Corinto respira aliviado cuando percibe la brisa del Bósforo acariciándole el rostro. Se humedece los labios buscando el rastro salado, todavía imperceptible. Sabe que la torre de la muralla se dibuja con menos omnipresencia a su espalda y su padre ha pasado a formar parte de un conjunto borroso. Es entonces cuando el hijo del tejedor busca en la capa la cinta de color turquesa, aquella que trenzaba los cabellos de su madre. La aprieta como pidiéndole su bendición. Después escucha el golpear suave de las dos piedras en la pequeña bolsa, que siempre lleva atada a la faja. Sonríe; es como otro latido que le infunde vida. El betilo de Najaah y su piedra de jade.

Todavía le resuenan muy adentro las palabras de su padre, cuando Najaah intentaba explicarle que se sentía prisionera, que añoraba la libertad de ir y venir, la aventura de comenzar un nuevo día.

—¡Mira que llegas a ser desagradecida! ¿Todavía no has tragado suficiente polvo y has sufrido bastante miseria, mujer?

Ya hace casi un año que también ella se marchó, como lo hacen las golondrinas al llegar los primeros fríos. Úrian ha echado de menos su compañía, la complicidad que habían conseguido entre los dos y que tan difícil le resultaba entender a Xenos. Quizá su partida en busca del amor, que todavía creía posible, su valor al desprenderse de las riquezas que la esclavizaban de nuevo y las últimas palabras que le dirigió ayudaron al hijo del tejedor a tomar su decisión...

—No puedo cambiar la dirección del viento, Úrian, pero sí maniobrar con las cuerdas de mi corneta para así poder escoger en qué lugar del firmamento deseo volar.

Ahora es el joven de Corinto quien se siente artífice de su propia historia. Ya nada es igual; él tampoco, y no se arrepiente. Ha entendido que la transformación forma parte de la vida. La leña se transforma en fuego, las nubes en lluvia, los capullos en seda. Dicen que se recula con la convicción de encontrar seguridad, pero se adelanta a tientas. Él ha decidido que invertirá el proceso.

Se concentra en su piedra de jade. Ha aprendido muchas cosas de la naturaleza de ese material, de sus propiedades y de las historias que lo rodean. Conoce la importancia que los chinos le otorgan, sabe de su vínculo con la perfección y la inmortalidad. Pero, sobre todo, ha aprendido a mirarlo con los ojos de Yû, bajo el arte del *suiseki*.

Ahora que la piedra está desnuda de todo valor superfluo, reconoce el valor que él le otorga. Esta es su joya. Ante sus ojos brillan las aguas verdes del Bósforo, como un paisaje íntimo, como una invitación. Es un primer paso necesario hasta sumergirse en la belleza líquida de los ojos de la mujer que ama. El jade es el territorio común a los dos, por más desierto que pueda parecer.

Úrian no sabe si es el inicio de su aventura o se acerca al final, como si su determinación reuniera ambas cosas a la vez. Pero no siente la necesidad de preguntárselo, no quiere ofrecer más resistencia; ya lo ha hecho durante dos años y solo ha conseguido sentirse más turbado, vivir en un desorden que le iba ahogando.

Barre la ciudad con la mirada. Los soldados traen las lanzas relucientes y las mallas de fiesta se aferran a los cuerpos forjados en mil batallas mientras hacen ondear el estandarte imperial. Con los caballos engalanados, vitorean el nombre de Narsés, su héroe. Observa los pañuelos bordados que cuelgan de las ventanas y los decorados de acebo, laurel y flores silvestres que dibujan nombres y consignas de triunfo. Escucha el tintineo rítmico de todas las campanas de Constantinopla y sigue avanzando hacia el Bósforo.

Al llegar a los muelles, dirige la mirada más allá del estrecho y cree ver, sobre el horizonte, una lejanía del color del jade. Cierra los ojos y se acerca a tocarla. Sus dedos le devuelven la textura de la seda que anhela.

Tarragona
Abril, 2007 - Enero, 2009